Holly Baker
Der Zauber der Schneeflocken

PIPER

Zu diesem Buch

1. Dezember:
Mach dir eine heiße Schokolade mit Sahne und genieße sie.
Das klingt zugegebenermaßen gar nicht so schwer, findet Leni, als sie die erste Aufgabe des Adventskalenders in Augenschein nimmt. Auch die Herausforderungen in den nächsten beiden Säckchen wirken machbar. Erst, als am vierten Dezember das Schmücken ihrer eigenen Wohnung auf dem Programm steht und die Kisten mit der Weihnachtsdekoration zahllose Erinnerungen an ihren verstorbenen Mann Tom wachrufen, benötigt Leni dringend Unterstützung von ihrer Zwillingsschwester Marie. Als sie für die Bewältigung der darauffolgenden Aufgaben ihren Nachbarn Erik einbezieht, stellt sie überrascht fest, wie viel Spaß sie beim gemeinsamen Erfüllen der kleinen Aufträge hat. Sie backen Plätzchen, kaufen Geschenke und schlagen im Wald eine Tanne für Heiligabend. Doch je näher sie sich kommen, desto größer wird auch Lenis schlechtes Gewissen. Und kurz vor dem Weihnachtsfest bringt ein einziges Ereignis plötzlich all ihre Gefühle ins Wanken …

Holly Baker, die in den bunten 80ern geboren wurde, ist ein leidenschaftlicher Weihnachtsfan. Sie liebt es, sich Geschichten auszudenken, die ihre Leserinnen zum Träumen bringen, sowie selbst in Romanen, Serien oder Filmen zu schwelgen. Die Autorin lebt mit ihrer Familie im Ruhrgebiet und schreibt unter ihrem richtigen Namen auch Krimis und Fantasyromane.

Holly Baker

Der Zauber der Schneeflocken

Roman

PIPER

Mehr über unsere Autoren und Bücher:
www.piper.de

Wenn Ihnen dieser Roman gefallen hat, schreiben Sie uns unter Nennung des Titels »Der Zauber der Schneeflocken« an *empfehlungen@piper.de*, und wir empfehlen Ihnen gerne vergleichbare Bücher.

Gedicht auf Seite 7:
Erich Fried, *Was es ist.*
Aus: *Es ist was es ist. Liebesgedichte Angstgedichte Zorngedichte*
© 1983, 1994 Verlag Klaus Wagenbach, Berlin.

MIX
Papier aus verantwortungsvollen Quellen
FSC® C083411

Originalausgabe
ISBN 978-3-492-30338-5
Oktober 2020
© Piper Verlag GmbH, München 2020
Redaktion: Friederike Haller
Umschlaggestaltung: zero-media.net, München
Umschlagabbildung: FinePic®, München
Satz: Satz für Satz, Wangen im Allgäu
Gesetzt aus der Adobe Caslon
Druck und Bindung: CPI books GmbH, Leck
Printed in the EU

Für Niklas, Betty und Christian

Für meine Mutter

Was es ist
von Erich Fried

Es ist Unsinn
sagt die Vernunft
Es ist was es ist
sagt die Liebe

Es ist Unglück
sagt die Berechnung
Es ist nichts als Schmerz
sagt die Angst
Es ist aussichtslos
sagt die Einsicht
Es ist was es ist
sagt die Liebe

Es ist lächerlich
sagt der Stolz
Es ist leichtsinnig
sagt die Vorsicht
Es ist unmöglich
sagt die Erfahrung
Es ist was es ist
sagt die Liebe

Prolog

*I*ch ignorierte das leise Lachen aus dem Schwesternzimmer und hastete den Flur hinunter zum letzten Zimmer auf der rechten Seite. Ich rannte, denn ich wollte nicht zu spät kommen. Ich durfte nicht zu spät kommen.

Die Klänge von *Last Christmas* begleiteten mich. Normalerweise zauberte mir dieses Lied ein Lächeln ins Gesicht, war es doch gewissermaßen *unser* Lied. Aber nicht hier. Nicht jetzt. Stattdessen schnürte es mir die Kehle zu. Eben noch hatte ich mit meiner Familie zusammengesessen und über einen Witz geschmunzelt, den Finn, der Mann meiner Zwillingsschwester, erzählt hatte, und jetzt war ich hier und so weit vom Glücklichsein entfernt, wie es nur ging.

Ich bog um die Ecke und trat durch die offene Tür in sein Zimmer. Überdeutlich mischte sich der Duft von Zimt, Nelken und Orangen aus dem Flur unter den Geruch von Desinfektionsmitteln. Eigentlich liebte ich den Duft der Adventszeit, doch in diesem Augenblick erschien er mir völlig deplatziert.

»Bin ich zu spät?«, fragte ich so leise, dass ich meine Stimme selbst kaum hörte.

Der Pfleger – Erik – sah von der Maschine auf und schüttelte den Kopf. »Hallo, Leni. Nein, du bist rechtzeitig.«

Rechtzeitig. Wofür? Das, was hier gerade geschah, kam alles andere als zur rechten Zeit. Es passierte etwa fünfzig Jahre zu früh. Ich war nicht bereit dafür, würde es niemals sein.

Mein Blick heftete sich auf das Bett, in dem Tom lag. Auf seine Brust, die sich langsam und kaum merklich hob und senkte. Eben hatte ich es noch eilig gehabt, doch als ich nun auf ihn zuging, bremste ich meine Schritte in der Hoffnung, die Zeit würde stehen bleiben.

Erik durchquerte den Raum und strich mir mit einem angedeuteten Lächeln über den Arm, bevor er mich mit Tom allein ließ. Inzwischen kannte ich den Pfleger gut. Besser, als ich ihn jemals hatte kennenlernen wollen, obwohl er sehr nett und hilfsbereit war. In den letzten Wochen hatte ich jedoch zu viele Stunden auf dieser Station verbracht.

Ich nahm Toms Hand in meine und drückte sie, während ich ihm einen Kuss auf die Stirn gab. Tränen rollten mir über die Wangen, tropften hinab auf das weiße Laken und hinterließen einen nassen Fleck.

»Tu mir das nicht an«, flüsterte ich nahe an seinem Gesicht. »Wir haben uns geschworen, dass wir das schaffen. Im Frühling, weißt du noch? Du kannst mich nicht einfach verlassen. Ich liebe dich, ich brauche dich. Bleib bei mir.«

Er gab keine Antwort, ich hörte ihn kaum atmen. Mein Blick glitt automatisch zu dem Monitor, der Toms Blutdruck und Puls anzeigte. Noch war er bei mir, aber wie lange noch? Nicht lange genug, nicht einmal annähernd.

Erik kam zurück in den Raum, beinahe lautlos. Er sah kurz nach Tom, bevor er sich erneut an den lebenserhaltenden Maschinen zu schaffen machte. Ich hielt Toms Hand fest in meiner, streichelte mit dem Daumen über seinen Handrücken, während Tränen meinen Blick verschleierten.

Den ganzen Vormittag und Mittag hatte ich an Toms Bett gesessen, bis meine Mutter vorbeigekommen war, um mich abzuholen. Jetzt wünschte ich, ich wäre hiergeblieben, bei ihm. Niemand hatte damit gerechnet, dass uns nur noch so wenig Zeit bleiben würde.

Die Minuten dehnten sich wie Kaugummi und vergingen doch viel zu schnell. Und dann, einfach so, hörte Tom auf zu atmen und verließ mich. Ich schluchzte auf, seine Hand immer noch fest in meiner. Wie durch einen Schleier bekam ich mit, wie Erik etwas auf einem Zettel notierte und die Maschinen abschaltete.

»Es tut mir so leid, Leni«, sagte er leise, bevor er mich erneut mit Tom allein ließ. Zum letzten Mal.

Ich zitterte, so heftig begann ich zu weinen. Hinter mir betrat jemand den Raum, doch ich drehte mich nicht um. Ich wollte allein sein, brachte allerdings keinen Ton heraus, nur ein Schluchzen. Toms Hand glitt aus meiner. Ich wollte sie festhalten, aber die Kraft wich aus meinen Fingern wie das Leben aus Tom.

»Ist er …?«, hörte ich die Stimme meiner Mutter, die sogleich wieder verstummte.

Ich hatte meine Mutter gebeten, zu Hause zu bleiben und mit der Familie Heiligabend zu feiern, doch jetzt war ich froh, dass sie hier war, als ich jeden Halt verlor.

Kapitel 1

Zwei Jahre später

Der Schnee knirschte unter meinen Schuhen. Es war eisig kalt, und ich wickelte den Schal fester um meinen Hals. Mein Atem zeichnete Wölkchen in die Luft. Schneebedeckt sahen die Gräber auf den ersten Blick alle gleich aus, inzwischen war ich jedoch so oft auf diesem Friedhof gewesen, dass ich das richtige blind hätte finden können. Vor dem herzförmigen Grabmal blieb ich stehen. Ich nahm die erfrorenen roten Rosen aus der Vase, stellte stattdessen den Strauß bunter Dahlien hinein und wischte mit der behandschuhten Hand den Schnee vom Stein.

TOM KAISER
Geliebter Ehemann & Sohn
2. März 1981 – 24. Dezember 2018

Fast zwei Jahre war es mittlerweile her, und dennoch fühlte es sich immer noch so schmerzhaft und unwirklich an wie am ersten Tag. Als hätte Toms Herz erst gestern aufgehört zu schlagen und meines damit in undurchdringlicher Finsternis versenkt. Fast zwei Jahre, in denen nicht ein Tag verging, an dem ich ihn nicht vermisste. Und jetzt stand schon wieder die Adventszeit bevor, die alles nur noch schlimmer machte.

Ich warf einen Blick in den Himmel, an dem sich die Wolken türmten und neuen Schnee ankündigten. Die Sonne hatte sich seit einer gefühlten Ewigkeit nicht mehr blicken lassen. Nicht am Himmel und nicht in meinem Herzen.

Wo bist du, Tom? Warum hast du mich allein zurückgelassen? Du fehlst mir, jeden Tag ein bisschen mehr. Wie soll ich das nur schaffen?

»Guten Tag, Leni.« Die Stimme von Pfarrer Peters, der mit einem Mal neben mir stand, war leise und tröstlich.

»Hallo, Herr Pfarrer.« Ich schenkte ihm ein Lächeln, auch wenn mir nach Weinen zumute war. »Wie geht es Ihnen heute?«

Er lächelte zurück. »Das wollte ich dich gerade fragen. Es ist immer noch schwer, nicht wahr?«

Ich nickte, denn die plötzliche Enge in meinem Hals machte es mir unmöglich, etwas zu sagen. Eine Weile standen der Pfarrer und ich schweigend nebeneinander und betrachteten das Grab, während sich der Friedhof langsam füllte. Es war Totensonntag, und ich war gewiss nicht die Einzige, die einem verstorbenen Familienmitglied die Ehre erweisen wollte, auch wenn ich mich vor allem in letzter Zeit immer öfter alleingelassen fühlte.

Die Kirchenglocken läuteten, gleichzeitig rieselten die ersten Flocken vom Himmel, und die auf dem Friedhof verstreuten Hinterbliebenen zündeten Kerzen auf den Gräbern an. Es war ein wunderschöner Anblick, der mich zugleich tieftraurig stimmte. Ich bückte mich, um die Lichter auf Toms Grab ebenfalls zu entzünden und mir verstohlen eine Träne von der Wange zu wischen.

»Die Arbeit ruft.« Bevor er ging, drehte sich Pfarrer Peters noch einmal zu mir um. »Möchtest du mich zum Gottesdienst begleiten? Es könnte dir Trost spenden.«

Ich schüttelte den Kopf. »Das ist nett, vielen Dank, aber Sie wissen doch …« *Mit Toms Tod habe ich den Glauben verloren.* Ich sprach es nicht aus, aber das musste ich auch nicht. Pfarrer Peters war ein Freund der Familie. Seit ich ein kleines Mädchen war, hatten wir uns nahezu jeden Sonntag in der Kirche gesehen, sämtliche Familiengeburtstage zusammen gefeiert und gemeinsam Familienmitglieder betrauert. Mit Toms Tod hatte sich vieles verändert.

Nach dem ersten Schock und der Trauer, die mich bis heute allgegenwärtig umhüllte, war ich so wütend geworden, dass ich es nach der Beerdigung nicht mehr geschafft hatte, einen Fuß in die Kirche zu setzen. Tom war gerade einmal siebenunddreißig gewesen. Wir hatten Pläne gehabt, das ganze Leben noch vor uns, und dann war es uns einfach so genommen worden. Ich erinnerte mich an den Tag, als er vom Arzt gekommen war – eine Routineuntersuchung, die alles veränderte. Blutkrebs im Anfangsstadium. Wir hatten uns geschworen, nicht aufzugeben und zu kämpfen. Allerdings hatte Tom gar nicht erst die Chance dazu bekommen. Bereits die erste Chemo hatte sein Herz dermaßen geschwächt, dass die notwendige Knochenmarktransplantation als Option ausfiel. Man hatte nichts für ihn tun können, und ich hatte dabei zusehen müssen, wie er immer schwächer geworden war. Am Ende hatten die Organe eins nach dem anderen aufgegeben, und er war an Herzversagen gestorben. Ich hatte mich betrogen gefühlt, tat es noch. Man hatte mir die Liebe meines Lebens genommen und erwartete, dass ich einfach so weitermachte. Doch das fiel mir verdammt schwer. *Die Zeit heilt alle Wunden.* Wie oft hatte ich diesen Spruch schon gehört? Es stimmte nicht. Zwei Jahre reichten nicht annähernd, um eine Wunde dieser Größenordnung zu heilen. Vermutlich reichte nicht einmal ein ganzes Leben dafür aus.

Pfarrer Peters nickte. »Nun denn. Irgendwann wirst du es schaffen, darüber hinwegzukommen, da bin ich sicher, und dann werden wir uns in der Kirche wiedersehen. Wer weiß, vielleicht schon dieses Jahr an Weihnachten.«

Ich sagte nichts dazu, da ich ihn nicht vor den Kopf stoßen wollte, und er lächelte mir noch einmal zu, bevor er sich Richtung Kirche entfernte. Nach und nach leerte sich der Friedhof, die Kirchenglocken verstummten, und ich blieb allein zurück. Eine Weile beobachtete ich die tanzenden Schneeflocken, die sich auf Toms Grab legten, dann verließ auch ich den Friedhof.

Ich war durchgefroren und spürte meine Füße kaum noch, trotzdem konnte ich mich nicht dazu aufraffen, nach Hause zu gehen. Also lief ich immer weiter am Neckar entlang. Es dämmerte, und tatsächlich hatten bereits einige Anwohner Weihnachtsbeleuchtung an den Fenstern oder Bäumen vor den Häusern angebracht und eingeschaltet, sodass mir überall Lichter entgegenleuchteten. Allerdings schlossen sie mich eher aus, als dass sie mich einluden.

Früher hatte ich ebenfalls Lichterketten und anderen Leuchtschmuck herausgekramt und überall verteilt, sobald die Herbstsonne an Kraft verlor, auch wenn man damit eigentlich bis nach dem Totensonntag warten sollte. Ich hatte die Adventszeit so sehr geliebt, dass ich es nie hatte erwarten können, endlich die ganze Wohnung zu dekorieren. Schon als kleines Mädchen hatte mein Zimmer zur Adventszeit stets ausgesehen wie die Zweigstelle des Weihnachtsmanns. Kaum zu glauben, dass Tom und ich uns ausgerechnet auf dem Weihnachtsmarkt kennengelernt hatten.

Ich war mit einer gemeinsamen Freundin unterwegs gewesen, und sie hatte ihn mir vorgestellt, nachdem wir ihm auf dem Marktplatz zufällig über den Weg gelaufen waren. Weniger zufällig hatten Tom und ich uns dann auch an den folgenden Tagen in der Heidelberger Altstadt getroffen. An unserem ersten Jahrestag hatte er mir auf der Eisbahn unterhalb des Schlosses schließlich einen Antrag gemacht. So war die Adventszeit für uns zu etwas ganz Besonderem geworden. Bis sein Herz ausgerechnet an einem Heiligabend aufhörte zu schlagen.

Mit dem Advent stand also Toms und mein Jahrestag vor der Tür, ebenso wie sein zweiter Todestag. Am liebsten hätte ich mich zu Hause eingeigelt und Winterschlaf gehalten, um all den Erinnerungen zu entgehen, doch ich bezweifelte, dass mir das gelingen würde.

Nachdem ich den letzten Heiligabend allein zu Hause im Bett verbracht hatte statt mit meiner Familie unter dem Tannenbaum, hatte meine Mutter angekündigt, meine Abwesenheit dieses Jahr nicht zu akzeptieren. Die Schonfrist war vorbei; alle waren der Meinung, es sei an der Zeit, endlich wieder nach vorn zu sehen.

Alle außer mir.

Mein Handy klingelte – *I don't care* von Ed Sheeran und Justin Bieber. Früher hätte ich zu dieser Zeit des Jahres längst *Last Christmas* als Klingelton ausgewählt, heute ging ich diesem Lied, wann immer ich konnte, aus dem Weg. Was beinahe unmöglich war. Es war mir nie aufgefallen, wie oft es im Radio lief oder irgendjemand es in der Straßenbahn summte. Jetzt hörte ich es spätestens ab Ende November immer und überall.

Ich ignorierte den Anruf, und kurz darauf klingelte es ein zweites Mal. Seufzend holte ich das Smartphone aus meiner Manteltasche und nahm den Anruf entgegen. Es war Emma, meine beste Freundin.

»Was gibt's?«

»Hi, Leni. Wollen wir uns auf einen Kaffee treffen?«

»Ich hab eigentlich schon was vor.« Das war gelogen, aber ich hatte keine Lust, mich mit Emma zu treffen, wollte es nur nicht so deutlich sagen. Dabei hätte sie mit Sicherheit kein Problem damit. Emma war ehrlich, nahm für gewöhnlich kein Blatt vor den Mund. Erst vor einer Weile hatte sie sich beschwert, dass ich kaum noch Zeit für sie hatte – was stimmte. Wie im letzten Jahr hatte ich bereits Halloween angefangen, mich zurückzuziehen, um mich für die bevorstehenden Wochen zu wappnen. Gut gemeinte Ratschläge und mitfühlende Blicke und Gesten ertrug ich dabei nicht und erst recht keine Vorwürfe.

»Was hast du denn vor?«, wollte Emma wissen.

Mist. »Ähm, ich wollte …«

»Erwischt«, sagte Emma nur. »Komm schon, Leni. Wir haben uns bestimmt drei Wochen nicht gesehen, und ich würde dich wirklich gern noch mal treffen und quatschen, bevor du die Innenstadt wieder meidest wie ein Minenfeld. So wie früher, ja?«

Ich seufzte. »Also gut.« Früher hatten wir uns mindestens einmal pro Woche in unserem Lieblingscafé in einer der schmalen Gassen nahe des Marktplatzes getroffen, stundenlang dort gesessen und geredet. Obwohl unsere Treffen weniger geworden waren, nachdem Emma geheiratet und ich Tom kennengelernt hatte, trafen wir uns trotzdem weiterhin regelmäßig. Sie fehlte mir, und ich beschloss, dass es für mein Herz heute in der Stadt noch relativ ungefährlich war. Die Buden standen zwar bereits über die ganze Innenstadt verteilt, aber der Weihnachtsmarkt eröffnete erst morgen.

»Super. Was hältst du davon, wenn wir ins *Café Glück*–«

»Vergiss es«, unterbrach ich sie. Ins *Café Glücklich* würde ich nie wieder einen Fuß setzen, denn es war nicht nur Emmas und mein Lieblingscafé, es war auch Toms und meins gewesen.

»Ach, Leni.« Nun war es Emma, die seufzte. »Irgendwann musst du über deinen Schatten springen.«

»Warum? In Heidelberg gibt es Cafés wie Sand am Meer. Ich treffe mich gern mit dir, aber nicht im *Glücklich*.«

»Na schön. Dann am Bismarckplatz?«

»Ich schreib dir, wann die nächste Bahn fährt.«

Ich stieg aus der Bahn und überquerte die Straße. Emma war schon da, als ich das *Kurpfalz Café* durch den schweren roten Vorhang betrat. Sie hatte einen Tisch in der Ecke gewählt und sich so hingesetzt, dass ich dem Trubel im Gastraum den Rücken zuwenden konnte. Ich zögerte kurz, als mir nicht nur der Geruch von frisch gerösteten Kaffeebohnen in die Nase stieg, sondern auch ein Hauch von Zimt und gebrannten Mandeln. Außerdem war das Café über und über mit Mistelzweigen, Lichterketten und LED-Sternen dekoriert. Zum Glück lief wenigstens keine Weihnachtsmusik, sonst wäre ich wahrscheinlich sofort wieder gegangen. So steuerte ich auf Emma zu, die aufstand und mich umarmte, als ich sie erreichte.

»Hallo. Wie schön, dass das geklappt hat. Ich freue mich riesig, dich zu sehen.«

»Ich find's auch schön«, gab ich zu und setzte mich Emma gegenüber. »Hast du schon bestellt?«

»Noch nicht, aber die Saisonkarte ist klasse. Hier, wirf mal einen Blick hinein.« Sie schob das laminierte Heftchen über den Tisch zu mir.

Ich sah nur kurz hinein: Latte macchiato mit geröstetem Mandelaroma, Waffeln mit Pflaumen und Zimt, Kuchen mit Kirschen und Marzipan. Alles viel zu weihnachtlich! Auch wenn es zugegebenermaßen lecker klang und ich mich früher wie eine Ausgehungerte auf das Angebot gestürzt hätte. Ich schob die Karte zurück, was Emma netterweise nicht kommentierte.

»Wie geht es dir?«, fragte sie stattdessen.

»Gut«, log ich, doch sie kannte mich besser und griff nach meiner Hand.

»Kann ich dir irgendwie helfen?«

»Wie denn? Nein, ich muss da allein durch.«

»Du musst da nicht allein durch«, erwiderte sie. »Du hast mich, du hast deine Familie. Wir machen uns Sorgen um dich.«

»Warum? Weil ich immer noch trauere, obwohl es nach zwei Jahren nicht mehr angemessen ist?«

Emma schüttelte den Kopf. »So ein Blödsinn, das hat niemand gesagt.«

»Doch, meine Mutter. Mehr oder weniger zumindest.«

Sie schnaubte. »Ach, deine Mutter. Versteh mich nicht falsch, ich mag sie gern, aber manchmal reagiert sie wenig empathisch.«

»Und das sagst ausgerechnet du. Ich hab dich lieb, Emma, aber hin und wieder benimmst du dich selbst wie die Axt im Wald.«

Sie zuckte mit den Schultern. »Ich bin pragmatisch. Das ist ein Unterschied. Und wir machen uns Sorgen, weil du dich abschottest«, kam sie zum eigentlichen Thema zurück.

Ich verschränkte die Arme vor der Brust. »Das ist nicht wahr, ich bin doch hier.«

»Du schottest dich ab. Wann hast du zum Beispiel deine Schwester das letzte Mal gesehen?«

Marie. Ich hätte wissen müssen, dass *sie* dahintersteckte. »Sie hat dich auf mich angesetzt, stimmt's?«

Emma schnaubte. »Niemand hat mich auf dich angesetzt, aber ich will dich nicht anlügen. Marie und ich waren neulich im Kino und haben auch über dich geredet.«

Zu dumm, dass Emma nicht nur mit mir, sondern auch mit meiner Schwester befreundet war. Wenn Marie und ich uns stritten, was vor allem zu Schulzeiten regelmäßig der Fall gewesen war, versuchte Emma jedes Mal zu vermitteln. Sie war ein Einzelkind und hatte sich immer eine Schwester gewünscht; ich hatte sogar eine Zwillingsschwester. Für Emma war das das pure Glück, und auch ich hatte es immer cool gefunden. Doch im Moment ...

Obwohl Marie ebenfalls in Heidelberg lebte, hatte ich sie seit ein paar Wochen nicht gesehen. Sie fehlte mir, allerdings konnte ich ihren Anblick momentan einfach nicht ertragen.

»Wie geht es ihr?«, fragte ich. »Ist alles in Ordnung?«

Emma nickte lächelnd. »Sie sieht mittlerweile aus wie eine Marzipankartoffel, aber es steht ihr, und sie fühlt sich mehr als wohl.«

Ich nickte und spürte ein Brennen im Hals. Ich erinnerte mich noch genau daran, wie Tom und ich vor drei Jahren an einem Sonntagmorgen kurz vor Halloween im Bett gelegen hatten.

»Was hältst du eigentlich von Babys?«, hatte er mich gefragt.

»Ich liebe Babys, das weißt du doch. Warum? Hat es bei deiner Schwägerin endlich geklappt?«

Tom zuckte mit den Schultern. »Keine Ahnung, du kennst doch meinen Bruder. Stefan redet über so etwas nicht mit mir, da musst du dich schon mit Stefanie unterhalten.«

Stefan und Stefanie. Anfangs hatte ich die ähnlichen Namen für ein Klischee gehalten und erwartete irgendein perfektes Traumpaar. Die beiden hatten sich als furchtbar nett herausgestellt – und sie taten mir schrecklich leid. Am letzten Muttertag, den wir zusammen in einem griechischen Restaurant gefeiert hatten, hatte mir Stefanie verraten, dass sie schon länger versuchten, Eltern zu werden.

»Warum fragst du dann?«

Tom grinste. »Na ja, ich dachte, es wäre vielleicht an der Zeit, dass wir selbst probieren, ein Baby zu bekommen. Ich meine, ich bin sechsunddreißig, du bist zweiunddreißig. Wie lange sollen wir noch warten? Wenn wir Pech haben, klappt es auch bei uns nicht auf Anhieb ...«

»Warum sollte es nicht klappen?«, erwiderte ich mit klopfendem Herzen. »Du bist ein Glückskind, Tom Kaiser, schon immer gewesen.«

»Heißt das, du möchtest ein Baby?« Er strahlte mich an.

»Natürlich. Ich will ganz viele Kinder von dir haben, die so aussehen sollen wie du. Du hast völlig recht, du gehst bald auf die vierzig zu, also küss mich endlich.«

Er hatte mich gekitzelt, ich gelacht, und dann hatte er mich endlich geküsst.

Inzwischen war ich fünfunddreißig und weiter davon entfernt, eine Familie zu haben, als jemals zuvor. Das Schicksal schien mich nicht besonders zu mögen.

Auch bei Tom und mir hatte es nicht gleich geklappt, und irgendwann war er heimlich zum Arzt gegangen, um auszuschließen, dass es an ihm lag. Der Arzt hatte, gründlich wie er war, einen kompletten Check-up verordnet und Tom am Ende mitgeteilt, dass es mit seiner Fruchtbarkeit kein Problem gäbe, dafür hätte er bedauerlicherweise etwas anderes gefunden ...

»Hallo. Was darf ich Ihnen bringen?«, riss mich der Kellner aus meinen Erinnerungen.

»Hi. Ich hätte gern den Latte mit Mandelaroma und die Waffeln mit Pflaumen und Zimt«, bestellte Emma.

Ich versuchte, die Erinnerung wegzublinzeln, was natürlich nicht funktionierte, daher täuschte ich ein Gähnen vor. »Entschuldigung. Ich nehme bitte einen Cappuccino und ein Stück Nusskuchen, danke.«

»Sehr gern. Möchten Sie vielleicht etwas Zimt in Ihren Cappuccino?«

Ich zwang mich zu einem Lächeln. »Das ist sehr nett, aber lieber nicht.«

»In Ordnung.« Der Kellner machte sich eine Notiz und ließ uns wieder allein.

»Der steht auf dich«, meinte Emma, als er außer Hörweite war. Ich zuckte nur mit den Schultern. »Ach, Leni, darf ich jetzt nicht einmal mehr so etwas sagen? Warum ...?«

»Lass uns bitte über etwas anderes reden«, unterbrach ich sie.

»Na schön. Wie läuft es mit der Arbeit?«

Ich war freie Journalistin und schrieb für einige Frauenmagazine als feste Freie, was bedeutete, dass ich regelmäßig Aufträge bekam. Zum Glück plante diese Branche Monate im Voraus, sodass die Weihnachtsausgaben längst fertig waren. »Gut. Das Valentinstagsheft ist so gut wie druckreif. Willst du wissen, welche Farben nächstes Frühjahr angesagt sind?«

»Danke, verzichte«, erwiderte Emma kopfschüttelnd. »Ich verstehe nicht, wie du Jahr für Jahr diese inhaltlosen Artikel schreiben kannst. Im Prinzip ist es doch immer das Gleiche, nur, dass jetzt meinetwegen Pastellfarben statt Colour Blocking angesagt sind.«

»Heutzutage kann man so gut wie alles tragen.«

Mir machte die Arbeit Spaß, obwohl ich mich deutlich von den meisten Redakteurinnen in diesem Ressort unterschied. Ich rannte nicht jedem Trend hinterher, und ich ging alles andere als regelmäßig zum Friseur. Meine Haare waren seit jeher blond und halblang. Einmal hatte ich es mit einer Kurzhaarfrisur versucht, sie jedoch gleich wieder aufgegeben, weil es mir nicht stand. Zu lang durften meine Haare allerdings auch nicht sein, weil sie dafür zu fein waren. Mein Kleiderschrank wusste nichts von Gucci oder Prada, und ich hasste es, mir die Nägel zu lackieren, obwohl ich es eigentlich ganz hübsch fand. Aber für gewöhnlich schaffte ich es schon am ersten Tag, dass der Lack wieder abblätterte, sodass es schäbig aussah. Worüber Tom sich jedes Mal köstlich amüsiert hatte.

»Wie läuft es bei dir?«, fragte ich. »Viel zu tun?« Emma war Scheidungsanwältin.

»Nicht übermäßig. Du weißt doch, um die Weihnachtszeit herum lassen sich weniger Paare scheiden, auch wenn ich das nicht verstehe. Ich meine, Schwiegermütter sind besonders anstrengend, wenn es um die Zubereitung des Festtagsbratens geht. Darüber solltet ihr mal einen Artikel schreiben: *Wie bleibe ich ruhig, wenn sich die Schwiegermutter über die Feiertage ankündigt?*«

Ich schmunzelte. »Gute Idee. Ich werd's dem Chefredakteur morgen vorschlagen, damit die Kolleginnen über die Feiertage Stoff für eine Reportage sammeln können. Für dieses Jahr ist es leider schon zu spät. Du weißt, wir bereiten uns schon wieder auf die Bikinifigur vor.«

»Scheiß drauf, ich will mir erst mal ein bisschen Winterspeck anfuttern«, sagte Emma, als der Kellner zu uns an den Tisch kam.

»Na dann viel Erfolg.«

Emma lachte, und ich musste mitlachen. Sie war, seit ich sie kannte – und das waren inzwischen immerhin fünfundzwanzig Jahre –, rank und schlank. Sie konnte essen, was sie wollte, ohne auch nur ein Gramm zuzunehmen, was echt unfair war. Ich war zwar kein Moppelchen und hatte aus Prinzip etwas gegen Diäten und Kalorienzählen, ein wenig aufpassen musste ich allerdings schon. Dass ich Weihnachten und damit auch all den Köstlichkeiten wie Lebkuchenherzen oder Dominosteinen aus dem Weg ging, war in dieser Hinsicht tatsächlich ein Vorteil.

»So, der Latte macchiato und die Waffeln für Sie«, sagte der Kellner und servierte zuerst Emma. »Und einmal der Cappuccino und der Nusskuchen für die hübsche Frau.«

Er zwinkerte mir zu, und zum ersten Mal seit Langem

sah ich nicht beschämt weg. Vielleicht wurde ich ein bisschen rot, aber ich hielt seinem Blick stand. Er hatte unglaublich schöne Augen – eine Mischung aus grün und braun – und sah insgesamt ziemlich gut aus, wenn auch ein wenig jung.

»Oh, vielen Dank. Das ist nett.«

»Es entspricht der Wahrheit. Ich bin Lars.« Er reichte mir die Hand, und ich ergriff sie.

»Leni.«

»Was für ein wunderschöner Name. Sagen Sie ...«

In diesem Moment ertönte das weltberühmte Intro von *Last Christmas*, und jemand schaltete die Anlage lauter. Ich spürte, wie mir Tränen in die Augen schossen, und sprang so abrupt von meinem Stuhl auf, dass er fast umkippte und ich gegen den Tisch stieß, wo der Cappuccino überschwappte. Ohne ein weiteres Wort griff ich nach meinem Mantel und meiner Tasche und flüchtete Richtung Ausgang.

»Hab ich was Falsches gesagt?«, hörte ich Lars erschrocken fragen.

»Scheiße. Könnte ich bitte die Rechnung haben?« Das war Emma.

Als ich durch den Vorhang an die frische Luft stürzte, schlug mir Kälte entgegen, und es schneite heftiger. Inzwischen war es dunkel, und obwohl der Weihnachtsmarkt noch nicht eröffnet war, leuchtete überall die Weihnachtsbeleuchtung. Wütend wischte ich mir die Tränen aus den Augen.

Wenn ich mal für ein paar Augenblicke tatsächlich nicht

an das denken musste, was passiert war, genügte irgendeine Kleinigkeit, die die Erinnerung zurück und mich aus der Fassung brachte: ein Lied, ein Geruch, ein Ort. So ging es jedes Mal, und zur Adventszeit war es besonders schlimm. Genau deshalb ging ich ihr so gut wie eben möglich aus dem Weg.

Kapitel 2

Das Erlebnis im *Kurpfalz Café* hing mir noch den restlichen Tag lang nach. Auf Außenstehende mochte meine Reaktion hysterisch wirken, aber ich konnte nichts daran ändern – Musik rief seit jeher heftige Emotionen in mir hervor. Wenn ich schlechte Laune hatte, brauchte ich bloß *Walking on Sunshine* laufen zu lassen, damit es mir besser ging. Andersherum funktionierte es mindestens genauso effektiv. Die ersten Klänge von Whitney Houstons *I will always love you*, und schon rollten die Tränen. *Last Christmas* war besonders schlimm. Es reichte bereits, an das Lied zu denken, damit die Erinnerungen auf mich einprasselten:

Mein erstes Aufeinandertreffen mit Tom an der großen Weihnachtspyramide auf dem Marktplatz. Tom und ich auf der Eisbahn am Karlsplatz, wo er mir den Antrag machte. Tom und ich beim Plätzchenbacken. Tom und ich tanzend, während wir eigentlich den Weihnachtsbaum schmücken sollten. Und dann ich allein, wie ich den Gang der Intensivstation entlanghastete, um Toms letzten Atemzug zu begleiten. Jedes Mal dudelte *Last Christmas* im Hintergrund.

Obwohl ich dieses Lied inzwischen hasste, verkrümelte ich mich am Abend mit einer Familienpackung Taschentücher und einer Wärmflasche ins Bett und hörte es mir eine halbe Stunde lang in Dauerschleife an in der Hoffnung, mich nach dieser quasi Konfrontationstherapie besser zu fühlen. Fehlanzeige. Danach ging es mir nur noch schlechter.

Ich weinte mich in den Schlaf und träumte von Tom, und als ich am nächsten Morgen aufwachte, fühlten sich die nächtlichen Bilder einen Moment lang so real an, dass ich vor Verzweiflung fast geschrien hätte. Wann wurde es endlich besser? Ich ertrug diesen Schmerz nicht mehr. Er war schlimmer als alles, was ich jemals hatte ertragen müssen, und würde mir über kurz oder lang den Verstand rauben.

Während ich am Waschbecken im Bad stand und mir kaltes Wasser ins Gesicht spritzte, kam mir ein Gedanke, der mir nicht neu war, den ich jedoch bislang nicht zugelassen hatte: *Könnte ich doch nur aufhören, immerzu an die Vergangenheit zu denken.*

»Hallo, Leni, wie geht es dir?«, fragte meine Schwester am anderen Ende der Leitung vorsichtig.

»Hallo, Marie. Ganz okay, danke.« Ich schloss die Augen. Jetzt log ich schon meine Schwester an … Ich wusste, dass sie es gut meinten, und dennoch: Wenn meine Familie oder meine Freunde versuchten, mir zu helfen, ging es mir danach umso schlechter, weil sie mir das Gefühl gaben, dass ich übertrieb und endlich lernen sollte, mein Leben ohne Tom zu leben.

»Wie ist es bei dir?«, fragte ich, um von mir abzulenken. »Alles okay mit dem Baby?«

Marie ging nicht darauf ein. »Bist du sicher?«, fragte sie stattdessen.

Seufzend klappte ich den Computer zu. Ein Wunder, dass ich es überhaupt geschafft hatte, den Artikel über romantische Urlaube in den Bergen zu Ende zu schreiben. »Emma hat dir alles erzählt, oder?«

»Schon, aber sei ihr bitte nicht böse. Sie hat sich nur ...«

»... Sorgen gemacht, ich weiß.« Geräuschvoll atmete ich aus. »Gebt mir noch ein bisschen Zeit. Ich komme darüber hinweg.« Irgendwie. Irgendwann. Zumindest hoffte ich das.

»Sei mir nicht böse, Leni, aber ich habe das Gefühl, dass es schlimmer wird statt besser. Du schottest dich ab, kommst kaum noch zu den Familienessen. Ich weiß schon gar nicht mehr, wie du aussiehst.«

»Dann schau in den Spiegel«, erwiderte ich. Wir waren eineiige Zwillinge und sahen uns zum Verwechseln ähnlich. Wir hatten die gleiche Figur, die gleiche Haarfarbe, ja sogar die gleiche Frisur. Nur ihr Babybauch unterschied uns momentan voneinander, und Marie kleidete sich zugegebenermaßen etwas hipper als ich, weshalb die meisten dachten, sie sei diejenige von uns beiden, die als freie Journalistin für Frauenmagazine schrieb. Meine Schwester hatte sich jedoch noch nie für Journalismus interessiert und arbeitete lieber mit den Händen. Sie hatte eine Ausbildung zur Floristin gemacht und besaß ihren eigenen Blumenladen. Auch das unterschied uns voneinander: Maries grünen Daumen suchte man bei mir vergebens. Ich hatte es sogar geschafft, einen Kaktus zu töten.

»Das ist mein Ernst«, sagte Marie. »Ich habe wirklich Angst, dass du in eine Depression abrutschst und dann nicht mehr herauskommst.« Sie holte tief Luft. »Bitte, Leni, lass dir helfen.«

»Du meinst eine Therapie?« Ich stand auf und verließ das Arbeitszimmer, ging langsam hinüber zum Wohnzimmer und setzte mich aufs Sofa. Der Gedanke war mir nicht fremd, ich hatte bereits selbst darüber nachgedacht, mich allerdings dagegen entschieden. Für die meisten Menschen mochte eine Therapie eine gute Sache sein, aber nicht für mich. Allein bei dem Gedanken, stundenlang über Tom reden zu müssen, begann ich am ganzen Körper zu zittern. Ich hatte regelrecht Angst davor und war überzeugt davon, dass mich Gespräche über meinen Ehemann in ein noch tieferes Loch stürzen würden, aus dem es erst recht kein Entrinnen mehr gab. Nein, Aufarbeitung im Dialog war keine Option. Es musste einen anderen Weg geben, auch wenn ich keine Ahnung hatte, wie er aussehen könnte.

»Denk einfach mal darüber nach, okay?«, sagte Marie, nachdem ich ihren Vorschlag mit Schweigen beantwortet hatte. »Finn hat einen Freund, der ist zufällig Therapeut. Da müsstest du nicht erst lange auf einen Termin warten, und er würde ausnahmsweise sogar zu dir nach Hause kommen, wenn dir das lieber wäre.«

»Ich denke darüber nach«, log ich, denn ich hatte gewiss nicht vor, mit einem Freund meines Schwagers über meinen Verlust zu reden. Ich mochte Finn, und bestimmt war sein Therapeutenfreund ein netter Typ, aber ich wollte nicht, dass sie beim gemeinsamen Abendessen über mich sprachen. Schweigepflicht hin oder her.

»In Ordnung. Sag mal …« Marie klang zögerlich.

»Ja?«

»Am Montag steht der letzte Ultraschalltermin an. Möchtest du mich begleiten? Ich hätte dich gern dabei.«

»Ach, richtig«, brachte ich mühsam heraus. Ich fühlte mich wie gelähmt.

»Du bist doch die Patentante«, fuhr Marie fort. »Und du bist meine Zwillingsschwester und ein Teil von mir. Ich wünsche mir so sehr, dass du auch hiervon Teil bist.«

Die Tränen waren ihrer Stimme deutlich anzuhören, und auch mir liefen sie über die Wangen.

»Ich weiß«, erwiderte ich leise.

»Es bedeutet mir sehr viel, Leni.«

»Ich weiß«, wiederholte ich. Es tat mir leid, dass meine Schwester enttäuscht von mir war. An ihrer Stelle wäre es mir nicht anders gegangen, ich hätte sie ebenso gern dabeigehabt wie sie mich.

»Der Termin ist um Viertel vor neun. Ich werde vorher beim Bäcker nebenan etwas frühstücken«, sagte sie nach einer Weile. »Vielleicht magst du ja kommen, ich würde mich jedenfalls sehr darüber freuen.«

Ich schluckte. »Ich versuche, es einzurichten, okay?« Noch während ich den Satz formulierte, wusste ich, dass ich sie versetzen würde. Und mit Sicherheit wusste Marie es auch.

Ich schaute aus dem Fenster. Draußen war es nasskalt und dunkel. Das, was vom Himmel fiel, waren keine flauschigen Flocken, sondern Schneeregen. Es half jedoch nichts, ich musste noch mal raus. Mein Kühlschrank war so gut wie leer, und ich hatte nicht einmal genügend Bargeld, um mir eine Pizza zu bestellen. Die vier Euro, die ich aus meinem Portemonnaie schüttelte, reichten zwar gerade so für eine kleine Pizza Feta, doch unter zehn Euro lieferte der Service nicht. Mit Tom ...

Ich verbot mir, an ihn zu denken, zog die gefütterten Winterstiefel an und die dicke Jacke, wickelte mir den Schal mehrfach um den Hals, setzte mir die Mütze auf und schlüpfte in die Handschuhe. Gott, wie ich die warme Jahreszeit vermisste. Da reichte ein Paar Schuhe, um das Haus verlassen zu können, während man im Winter mindestens fünf Minuten fürs Anziehen einplanen musste. Früher hatte mich das nie gestört, da hatte ich es sogar ganz kuschelig gefunden, dick eingemummelt durch die verschneite Nachbarschaft zu spazieren und mir die Weihnachtsdeko der anderen anzuschauen. Tom an meiner Seite ...

Ich schnappte mir meine Tasche und den Schlüssel und lief die Treppe nach unten, kam allerdings nur einen Stock weit, denn dort öffnete sich just die Wohnungstür, und Erik trat heraus. Jener Erik, der auf der Intensivstation in der Uniklinik arbeitete und Tom beim Sterben begleitet hatte.

Als er im Sommer in dasselbe Haus gezogen war, in dem auch ich wohnte, nur ein Stockwerk tiefer, hatte ich es nicht glauben können. Warum ausgerechnet mein Haus? Er war einer der freundlichsten Menschen, die ich kannte, und trotzdem stellte ich mir jedes Mal, wenn ich ihm zufällig begegnete – was sich leider kaum vermeiden ließ –, diese Frage. Sobald ich ihn sah, kamen die Erinnerungen hoch: Tom, wie er um sein Leben kämpfte und schließlich verlor.

Trotzdem blieb ich stehen und lächelte zurück, als Erik mir zuwinkte. Tatsächlich hatte ich schon mehr als einmal überlegt, mir eine neue Wohnung zu suchen. Es war ja nicht nur er. Die Wohnung, die Nachbarschaft, der gesamte Stadtteil erinnerten mich an Tom. Das Problem war jedoch, dass überall in Heidelberg Erinnerungen an meinen Ehemann in mir auflebten. Es würde nicht reichen, in einen anderen Stadtteil zu ziehen, ich würde Heidelberg verlassen müssen und meine komplette Garderobe austauschen, denn auch jedes Kleidungsstück war mit Erinnerungen an ihn behaftet. Und ich fürchtete, selbst mit einer kompletten Neuausstattung die Geister der Vergangenheit nicht abschütteln zu können. Außerdem liebte ich Heidelberg, Wieblingen und meine Wohnung und würde es wahrscheinlich irgendwann bereuen, alles hinter mir gelassen zu haben.

»Hallo, Leni. Wie geht es dir?«

Immer die gleiche Frage und immer die gleiche Lüge. »Gut, und wie ist es bei dir?«

»Ich kann mich nicht beklagen, ich liebe die Adventszeit. Die Lichter, die gemütlichen Adventssonntage, der Baumkuchen.« Erik lachte. »Zu dem kann ich einfach nicht Nein sagen, was man mir im Januar leider jedes Jahr aufs Neue ansieht.«

»Ach was, das glaube ich nicht.«

»O doch.« Er sah mich an und wartete offensichtlich darauf, dass ich etwas sagte.

Ich wollte ihn fragen, was die Arbeit machte, ließ es jedoch bleiben und biss mir stattdessen auf die Zunge, weil ich seine Antwort gar nicht hören wollte. Ich überlegte, was ich stattdessen fragen konnte, aber mir fiel einfach nichts ein. »Ähm, ich muss los, bevor die Supermärkte schließen. Bis dann ...« Ich wollte die Treppe nach unten hasten, als Erik mich zurückhielt.

»Leni, warte mal. Hast du vielleicht Lust, mich auf den Weihnachtsmarkt zu begleiten? Ich weiß, das Wetter ist nicht das beste, aber ich würde dich mit Glühwein und Crêpe entschädigen. In spätestens einer Stunde sollen die Schauer vorbei sein.«

Er klang beiläufig, das tat er immer, wenn er mich fragte, ob ich mit ihm ins Kino gehen oder den neuen Italiener ausprobieren wollte. Ich konnte nicht einschätzen, ob er lediglich Anschluss suchte oder ob mehr dahintersteckte. Mochte er mich, obwohl wir uns kaum kannten? So oder so, ich gab ihm jedes Mal einen Korb, auch jetzt. Ich war noch nicht bereit, etwas Neues einzugehen, und auch wenn Erik gut aussah und mir sympathisch war, kam er schon dreimal nicht infrage. Außerdem war es Samstagabend, das erste Adventswochenende, und auf dem Heidelberger Weihnachtsmarkt würde die Hölle los sein. Dafür war ich genauso wenig bereit.

»Das ist nett von dir, aber ich bin nicht so der Weihnachtstyp.«

»Wie kann man denn …? Oh.« Er schien zu verstehen und unterbrach sich selbst. Sein Gesicht mit dem freundlichen Lächeln wurde ernst. »Tut mir leid, daran habe ich nicht gedacht.«

Dachte er überhaupt jemals an das, was passiert war? Wahrscheinlich war Tom für ihn lediglich ein Patient wie jeder andere. Immerhin arbeitete er auf der Intensivstation und sah regelmäßig Menschen sterben. Wenn er sich das jedes Mal zu Herzen nähme, hätte ihn sein Job längst zermürbt. Trotzdem machte mich der Gedanke wütend.

»Alles gut«, presste ich hervor. »Du, mir fällt gerade ein, dass ich was vergessen habe. Viel Spaß auf dem Weihnachtsmarkt.« Ich machte auf dem Absatz kehrt und stürmte die Treppe nach oben, zurück in den Schutz meiner Wohnung. Mir war der Appetit vergangen.

Ich warf einen Blick auf den Wecker: kurz nach sieben. Normalerweise stand ich nie vor halb acht auf, denn vor halb neun brauchte ich mich gar nicht an den Schreibtisch zu setzen. Frühmorgens war ich einfach nicht kreativ, und heute wartete auch noch ein Artikel über die schönste Frühlingsdekoration auf mich. Ich hatte keine Ahnung, was ich schreiben sollte.

Ich stieg aus dem Bett in meine Plüschpantoffeln und ging hinüber zum Fenster. Draußen war es noch dunkel, und die Weihnachtsbeleuchtung der Nachbarn schien zu mir herüber. Den ersten Advent hatte ich irgendwie hinter mich gebracht, morgen startete der Dezember. Noch etwa dreieinhalb Wochen, bis ich den ganzen Weihnachtstrubel für ein weiteres Jahr überstanden hatte.

Seufzend riss ich mich von dem zugegebenermaßen hübschen Anblick los und tappte unter die Dusche. Heute Morgen ließ ich mir besonders viel Zeit, probierte den Haarconditioner aus, den mir eine meiner Chefredakteurinnen zugeschickt hatte und über den ich einen Testbericht verfassen musste. Anschließend machte ich mir nicht wie sonst einen schnellen Filterkaffee, sondern bereitete mir einen Cappuccino mit extra viel Milchschaum zu. Mit der Tasse setzte ich mich schließlich ins Arbeitszimmer an den Computer und öffnete das Textverarbeitungsprogramm, um mich an den Artikel über die Frühlingsdeko zu machen. Doch ich brachte keinen Satz zustande. Bestimmt fünf Minuten lang starrte ich auf den leeren Bildschirm und hielt mich davon ab, immer wieder auf die Uhr zu blicken – vergebens. Inzwischen war es halb neun, und ich konnte Marie förmlich vor mir sehen, wie sie beim Bäcker saß, alle paar Augenblicke zur Tür blickte und darauf hoffte, dass ich wider Erwarten hereinkommen und sie zu ihrem Ultraschalltermin begleiten würde. In fünfzehn Minuten war es so weit. Mein Herz schlug schneller. Ich wollte sie nicht enttäuschen, aber ich wusste auch, dass ich diesen Termin nicht tränenlos überstehen würde.

Okay, zurück an die Arbeit. Wenn mir nichts einfiel, sollte ich vielleicht erst einmal recherchieren, welche Blumen derzeit angesagt waren. Blumen und Frühling waren ja quasi äquivalent. Ich öffnete den Browser und gab *Blumentrends* in die Suchmaske ein. Dieses Jahr waren anscheinend getrocknete Blumen in gewesen, was irgendwie an mir vorbeigegangen war, obwohl es mir gefiel, weil es so gut mit meinem wenig grünen Daumen harmonierte. Hinweise auf die Blumentrends für das kommende Jahr fand ich jedoch nicht. *Hm, ich wüsste ja, wen ich fragen könnte.* Mein Blick glitt erneut zur Uhr. Theoretisch blieb genug Zeit, um es rechtzeitig zur Arztpraxis zu schaffen, denn Marie wohnte ebenfalls in Wieblingen und ging zu derselben Gynäkologin wie ich. Ich müsste nur die Straße hinunterlaufen ...

Was sollte ich machen? Gehen oder bleiben? Gehen oder bleiben? Das war eine dieser Entscheidungen, von denen ich bereits im Voraus wusste, dass ich sie bereuen würde, wie auch immer sie am Ende ausfiel. Würde ich gehen, würde ich mich die ganze Zeit über fragen, warum ich mir das antat. Würde ich bleiben, hätte ich den ganzen Tag ein schlechtes Gewissen und würde zudem keine einzige Zeile zustande bringen.

Mist. In dem Fall konnte ich ebenso gut gehen. Zwanzig vor neun. Wenn ich mich beeilte, würde ich sogar noch rechtzeitig kommen. Ich klappte den Laptop zu, schlüpfte in Mantel und Stiefel und hastete die Treppe hinunter und die Straße entlang. Mein Handy klingelte, doch ich nahm mir nicht die Zeit, es aus der Tasche zu holen. Die

Kirchturmuhr verkündete Viertel vor neun. Hoffentlich saß Marie nicht bereits im Untersuchungs-, sondern noch im Wartezimmer, obwohl ich diesbezüglich wenig Hoffnung hatte. Unsere Frauenärztin war eine der wenigen Ärzte, die ihr Zeitmanagement im Griff hatte.

Drei Minuten später stieß ich die Tür zur Praxis auf. Auf dem Empfangstresen stand ein Teller Plätzchen, daneben ein Adventskranz. Die erste Kerze war angezündet und sollte vermutlich eine gemütliche Atmosphäre verbreiten. Nicht zu fassen, dass man nicht einmal hier von der überall herrschenden Weihnachtsstimmung verschont blieb. War offenes Feuer in Arztpraxen überhaupt erlaubt?

Außer Atem rang ich nach Luft, während mich die Arzthelferin – brünett, schlank, maximal zehn Jahre älter als ich – begrüßte. Sie kannte mich, schließlich kam ich seit fast zwanzig Jahren für meine jährlichen Vorsorgeuntersuchungen in die Praxis.

»Guten Morgen, Frau Kaiser. Kommen Sie, Ihre Schwester wurde gerade erst aufgerufen.« Sie stand auf und führte mich den Gang hinunter zum letzten Raum auf der rechten Seite, in dem ich bisher noch nie gewesen war. Sie klopfte an und öffnete gleichzeitig die Tür einen Spaltbreit. »Frau Kaiser würde gern dazukommen.« Sie schob mich in den Raum und schloss die Tür hinter mir.

Meine Schwester lag bereits auf der Liege, die Hose ein Stück herunter- und das Oberteil ein Stück nach oben gezogen. Emma war auch hier, doch ich konnte nur auf Maries riesigen Bauch starren. Hatten wir uns wirklich so lange nicht gesehen? Eine Welle des Schuldbewusstseins ergriff mich, und auch wenn ich wusste, dass mir schwere Minuten bevorstanden, war ich froh, hier zu sein.

»Leni, wie schön, dass du es noch geschafft hast.« Marie und Emma strahlten mich an, und spätestens jetzt spürte ich, dass es die richtige Entscheidung gewesen war.

»Hallo, Frau Kaiser«, begrüßte mich nun auch die Frauenärztin, Karla Groß. »Kommen Sie, Sie können sich ans Fußende der Liege stellen, um alles zu sehen.«

Ich trat neben Emma, die mir kurz über den Arm strich, und beobachtete, wie Frau Groß durchsichtiges Gel auf dem Bauch meiner Schwester verteilte und anschließend den Ultraschallkopf zur Hand nahm.

»Dann wollen wir mal schauen, wie es der Kleinen heute geht.« Sie lächelte meiner Schwester zu und begann zu schallen.

Auf dem Monitor erschien ein Schwarz-Weiß-Bild. Es dauerte einen Moment, bis ich den Kopf und das schlagende Herz meiner Nichte erkannte. Mein Blick glitt zu meiner Schwester, die verzückt auf den Bildschirm sah.

»Es sieht alles hervorragend aus«, sagte Frau Groß nach einer Weile und zeigte uns die verschiedenen Organe. Während ich fasziniert die Details betrachtete, strampelte die Kleine unaufhörlich. Entweder mochte sie den Ultraschall nicht, oder sie wollte sich von ihrer besten Seite präsentieren. Jedenfalls trat sie immer wieder zu, sodass sich kleine Hügel auf dem Bauch meiner Schwester bildeten und wieder verschwanden. Wie sich das wohl anfühlte?

Als ich die Nachricht von Toms Krankheit vor etwa

zweieinhalb Jahren halbwegs verdaut hatte, sofern man überhaupt davon sprechen konnte, war ich insgeheim wütend gewesen. Wütend, weil es bis dahin nicht mit einer Schwangerschaft geklappt hatte und weil ich meinen Kinderwunsch nun begraben musste. Kurz nach Toms Tod hatte ich mehr als einmal bedauert, dass mir nicht wenigstens ein Kind von ihm geblieben war, musste jetzt im Nachhinein jedoch – auch wenn es mir schwerfiel – zugeben, dass es so vielleicht besser war. Ich hatte genug mit meiner Trauer zu kämpfen. Wenn ich mir vorstellte, mich in der schlimmsten Zeit Tag und Nacht auch noch um ein Baby kümmern zu müssen, das rund um die Uhr nach Aufmerksamkeit verlangte … Trotzdem tat es weh, Marie so zu sehen. Ich gönnte ihr das Glück, keine Frage, dennoch erinnerte mich ihr Anblick immerzu daran, dass ich vermutlich niemals Kinder haben würde. Mit unseren fünfunddreißig Jahren galt Marie bereits als Risikoschwangere und Spätgebärende, und ich war weit davon entfernt, überhaupt schwanger zu werden. Sehr weit.

»Die Kleine wiegt 2,5 Kilo und misst 47 Zentimeter«, sagte Frau Groß, während sie meiner Schwester einige Papiertücher reichte und den Ultraschallkopf mit einem weiteren Tuch sauber wischte. »Und ihr Kopf ist bereits ziemlich weit ins Becken gerutscht. Sie haben zwar noch einige Wochen vor sich, aber sollten morgen die Wehen einsetzen, brauchen Sie sich keine Gedanken zu machen. Der Kleinen geht es prächtig.«

Frau Groß lächelte in die Runde, und ich wischte mir schnell eine Träne aus dem Augenwinkel.

»Lassen Sie sich Zeit, ich gehe schon mal voraus ins Untersuchungszimmer.« Die Ärztin nahm die Ultraschallbilder, die sie ausgedruckt hatte, legte sie in den Mutterpass und verschwand aus dem kleinen Raum.

Marie schob ihr Oberteil in die Hose, hievte sich hoch und nahm meine Hand in ihre, die sich vom Ultraschallgel klebrig anfühlte.

»Danke, dass du hier bist«, flüsterte sie mir zu. »Das bedeutet mir unendlich viel.«

Ich schluckte und ließ mich von meiner Schwester in die Arme nehmen. Zu gern hätte ich ihr gesagt, wie leid es mir tat, sie mit ihrer Schwangerschaft bisher allein gelassen zu haben, ließ es jedoch lieber bleiben. Wenn ich meinen Gefühlen jetzt freien Lauf ließe, würde vermutlich der ganze Damm brechen, und ich wollte mich weder blamieren noch mir einen neuen Frauenarzt suchen müssen.

»Ich muss noch mal kurz ins Untersuchungszimmer, das wird aber nur ein paar Minuten dauern. Wartet ihr so lange auf mich?«, fragte Marie.

Emma nickte. »Natürlich, wir setzen uns ins Wartezimmer.«

Gemeinsam verließen wir den Raum. Marie betrat das Zimmer gegenüber, wo Frau Groß hinter ihrem Schreibtisch saß, während Emma und ich den Flur entlanggingen und uns im Wartezimmer nebeneinandersetzten. Eine hochschwangere Frau saß uns gegenüber und nickte uns zu, bevor sie sich wieder in ihr Buch vertiefte. Ungern wollte ich vor ihr ein Gespräch mit Emma beginnen, und meiner Freundin schien es ähnlich zu gehen. Sie fing meinen Seitenblick auf und lächelte mir zu, sagte aber nichts. Zum Glück öffnete nur einen Moment später die Arzthelferin die Tür zum Wartezimmer.

»So, Frau Schneider, dann kommen Sie doch schon mal mit zum CTG.«

Die Schwangere klappte ihr Buch zu und verließ zusammen mit der Arzthelferin das Wartezimmer. Emma nutzte die Gelegenheit, bevor uns ein weiterer Patient stören konnte, und wandte sich mir zu. »Ich bin froh, dass du hier bist. Ehrlich gesagt haben wir nicht damit gerechnet.«

»Ist das der Grund, warum du ebenfalls gekommen bist?«

Emma nickte. »Marie wollte nicht allein sein für den Fall, dass du es nicht schaffst. Finn hat heute Vormittag leider einen wichtigen Termin, der sich nicht verschieben ließ, deshalb habe ich mir den Vormittag freigenommen. In der Kanzlei ist ohnehin gerade wenig los, wie du weißt.«

Ich schluckte und fühlte mich plötzlich ziemlich egoistisch. »Tut mir leid, das Ganze ist nicht leicht für mich.« Ich blickte hinab auf meine Hände und drehte meinen Ehering. »Du weißt, dass Tom und ich auch ein Kind wollten, und nun werde ich wahrscheinlich niemals Mutter werden.« Tränen schossen mir in die Augen, und ich versuchte, sie wegzublinzeln. Warum hatte ich nur davon angefangen?

Emma griff nach meiner Hand. »Warum das denn? Du bist doch noch jung.«

»Erzähl das mal der Biologie ...«

Emma zuckte mit den Schultern. »Meine Arbeitskollegin hat mit zweiundvierzig ihr erstes Kind bekommen. Heutzutage ist das alles überhaupt kein Problem mehr.«

Zweiundvierzig. Rasch überschlug ich das im Kopf. Bei der Einschulung meines Kindes wäre ich dann schon fast fünfzig und bei der Abiparty sechzig. Meine Mutter wurde mit nicht einmal sechzig Jahren zum ersten Mal Großmutter, und ich hätte in dem Alter nicht einmal das erste Kind aus dem Haus, geschweige denn das zweite. Denn eigentlich hatte ich immer zwei Kinder gewollt. Ich hatte mir einen Jungen gewünscht, der wie Tom aussehen sollte, Tom wiederum hatte von einem Mädchen geträumt, das nach mir kam.

»Wie geht es dir denn sonst?«, fragte Emma. »Die Sache mit vorletztem Sonntag tut mir leid.«

Weißt du jetzt, warum ich mich nicht mit dir treffen wollte und die Innenstadt und Cafés zur Adventszeit meide?, hätte ich sie am liebsten gefragt. Allerdings wusste ich, dass es nichts bringen würde; Emma verstand es einfach nicht, oder sie wollte es nicht verstehen. Das traf es wohl eher. Also sagte ich stattdessen: »Ich wollte dich nicht mit der Rechnung sitzen lassen. Wie viel bekommst du?«

»Nun mach dich nicht lächerlich.«

»Danke dir.« Ich seufzte. »Der Kellner hält mich bestimmt für verrückt. Solange der da angestellt ist, kann ich mich im *Kurpfalz* jedenfalls nicht mehr blicken lassen.«

Emma zuckte erneut mit den Schultern. »Was kümmert es dich? Schwamm drüber. Außerdem war Lars sehr bestürzt, dass du so jung schon deinen Mann verloren hast.«

»Du hast es ihm erzählt?«, fragte ich entgeistert.

»Ich habe ihm nur erklärt, dass dich *Last Christmas* an deinen verstorbenen Mann erinnert, das ist alles. Irgendetwas musste ich schließlich sagen.«

Das sah ich anders, doch ich schwieg, denn ich konnte ohnehin nichts mehr daran ändern und hatte keine Lust, mich mit Emma zu streiten. Im Gegensatz zu ihr und Marie waren wir beide nicht immer einer Meinung. Sie war zwar mitfühlend und verständnisvoll, doch sie war auch ehrlich, und ihre Ehrlichkeit konnte hin und wieder hart sein. Trotzdem hatte sie das Herz am richtigen Fleck, und ich hatte sie sehr lieb.

Die Tür des Wartezimmers ging auf, und Marie kam herein.

»Alles bestens«, strahlte sie, und kurz darauf verließen wir gemeinsam die Praxis.

Obwohl die Sonne mittlerweile aufgegangen war, herrschte draußen weiterhin trübes Dämmerlicht. Vereinzelt fielen Schneeflocken vom Himmel, die sich allerdings in ihre Bestandteile auflösten, ehe sie den Boden berührten. Es war einer dieser Tage, an denen man es sich am besten mit einer Tasse Tee und einem guten Buch auf dem Sofa gemütlich machte. Dazu ein paar Lebkuchenherzen und Weihnachtsmusik, die Beleuchtung einschalten … Ach ja, ein winziges bisschen fehlte mir die vorweihnachtliche Gemütlichkeit schon, aber ich wusste, dass es besser war, sich nicht auf den Adventszirkus einzulassen, wenn ich die restlichen Tage bis Weihnachten nicht weinend auf dem Sofa verbringen und am Ende der Feiertage ein psychisches Wrack sein wollte.

»Kann ich euch noch für ein Stündchen zu mir nach Hause einladen?«, fragte Marie. »Ich hab gestern extra Stollenkonfekt besorgt.« Erwartungsvoll blickte sie mich an in Erinnerung an vergangene Zeiten, in denen sie mich damit sofort herumbekommen hätte.

Ich zögerte. Zwar war es erst halb zehn, sodass ich mir gut noch etwas Zeit gönnen konnte, bevor ich mich endgültig an den Schreibtisch setzen musste, allerdings verspürte ich keine große Lust, mich von meiner Schwester und Emma bearbeiten zu lassen. Und das würden sie tun; sie konnten einfach nicht anders.

»Klar«, stimmte Emma unterdessen zu. »Ich muss erst nach der Mittagspause im Büro sein. Was ist mit dir?« Sie wandte sich zu mir.

»Ähm, also eigentlich wartet ein dringender Artikel auf mich, und ich habe noch keine Zeile geschrieben.«

»Ach, bitte«, bat Marie. »Wirklich nur für ein Stündchen. Wir haben uns so lange nicht gesehen. Außerdem ...« Marie sah zu Emma, die kaum merklich den Kopf schüttelte, doch meine Schwester fuhr bereits fort: »Außerdem wollen Emma und ich etwas mit dir besprechen.«

Hatte ich es doch gewusst. »Der Artikel ist wirklich dringend ...«

»Bitte, Leni«, wiederholte Marie. »In gewisser Weise ist es bei uns genauso dringend, auf jeden Fall kann es nicht länger warten. Wir werden dich auch nicht nerven oder bedrängen, versprochen.«

Ich seufzte. Es wäre mir bedeutend lieber gewesen, hätte Emma das versprochen. »Na schön.«

Wahrscheinlich war es besser, das Ganze schnell hinter mich zu bringen, denn die beiden würden mich ohnehin nicht in Ruhe lassen, sooft ich sie auch darum bitten würde. Und am Ende war es schön zu wissen, dass sie sich um mich sorgten, auch wenn es manchmal zugegebenermaßen ziemlich nerven konnte. So wie jetzt zum Beispiel.

Kapitel 3

Meine Schwester wohnte zusammen mit Finn in einem der Einfamilienhäuser unten am Neckar. Die große Tanne im Vorgarten war wie jedes Jahr über und über mit Lichterketten behängt und roten Kugeln geschmückt, auf den Treppenstufen standen Schneemänner und Rentiere aus Keramik, und an der Tür hing ein großer Kranz.

Marie schloss die Tür auf, und ich folgte ihr und Emma ins Haus. Im Eingangsbereich stand ein Kinderwagen, womit ich nicht gerechnet hatte, auch wenn das kaum überraschend war. In nur wenigen Wochen wurde meine Schwester Mutter; natürlich bereitete sie sich darauf vor. Ich hätte damals fast eine Krabbeldecke gekauft, obwohl ich noch nicht einmal schwanger gewesen war. Eine Patchworkdecke in verschiedenen Farben, von Gelb über Grün bis hin zu Blau, die sowohl zu einem Jungen als auch zu einem Mädchen gepasst hätte. Meine Mutter hatte mir den Kauf jedoch ausgeredet mit dem Argument, das würde nur Unglück bringen. Tja, Glück hatte es mir und Tom allerdings genauso wenig gebracht.

»Wow«, stammelte ich jetzt. »Wirklich hübsch.«

»Finn und ich haben ihn am Samstag abgeholt«, erklärte meine Schwester. »Ist ja jetzt nicht mehr allzu lange hin.«

Wir zogen Mäntel und Stiefel aus, und Marie scheuchte uns ins Wohnzimmer, während sie selbst in der Küche verschwand, um Tee und Gebäck zu holen.

In Maries Wohnzimmer sah es so aus, wie es früher auch bei mir zu Hause ausgesehen hätte: Lichterketten und künstlicher Schnee an den Fenstern, eine Tannengirlande um den Rundbogen, der vom Wohnzimmer ins Esszimmer führte, weihnachtlicher Nippes, wohin man schaute. In Anbetracht des Bergs an Säuglingsklamotten auf dem Sofa rückte die Weihnachtsdekoration jedoch in den Hintergrund. Obenauf lag ein rosa-weiß gestreifter Strampler mit Minnie Maus darauf. Ich hob ihn hoch und betrachtete ihn. Meine Güte, war der niedlich. Und so winzig. Ich spürte, wie erneute Wehmut nach mir griff, doch dieses Mal gab ich ihr nicht nach, sondern ärgerte mich darüber. Ich musste das in den Griff kriegen, wenn ich meiner Schwester fortan nicht dauernd aus dem Weg gehen wollte. Und das wollte ich nicht.

»Oh, entschuldigt bitte«, sagte Marie, als sie das Wohnzimmer mit einem Tablett in den Händen betrat. »Ich hab ganz vergessen, dass das Zeug hier herumliegt. Moment, ich räume das sofort weg.«

Kopfschüttelnd legte ich den Strampler zurück. So weit kam es noch, dass meine hochschwangere Schwester aufräumte, weil ich gefühlsduselig wurde. »Das kommt überhaupt nicht infrage, hier ist doch genug Platz.« Ich betrachtete den Kleiderstapel. »Allerdings habt ihr ganz schön zugeschlagen.«

»Tja, was soll ich sagen? Das ist der Nestbautrieb.« Marie zuckte mit den Schultern, stellte das Tablett auf dem Wohnzimmertisch ab und schenkte Tee ein. Kein Weihnachtsduft, wie ich feststellte. Früchtetee. Irgendwas mit Mango, wenn ich raten müsste. Dankbar lächelte ich meiner Schwester zu.

»Also, ihr wolltet mit mir reden«, eröffnete ich das Gespräch, kaum dass wir uns hingesetzt hatten. Zwar hatte ich keine Lust auf eine Standpauke, wollte es aber schnell hinter mich bringen. Ich war aufgeregt, nervös wie vor einer Prüfung, und ich hasste dieses Gefühl.

Marie seufzte. »Um ehrlich zu sein, haben wir etwas für dich.«

Ich runzelte die Stirn, während Marie aufstand und das Zimmer verließ. Was ging hier vor sich? Fragend sah ich zu Emma, doch die schwieg, was nicht gerade ihre Art war. Keine Minute später kehrte Marie zurück, einen Adventskalender in der Hand. Vierundzwanzig Socken aus rotem oder cremefarbenem Filz. Ich schluckte. Tom und ich hatten uns jedes Jahr gegenseitig Adventskalender befüllt. Eine Tradition, die mit ihm gestorben war.

»Was soll das?«, fragte ich mit dünner Stimme.

»Sei bitte nicht böse«, erwiderte meine Schwester. »Wie gesagt, wir wollen dich nicht unter Druck setzen.«

»Ach nein? Sieht aber ganz danach aus.«

»Bitte setz dich wieder hin«, bat Emma.

Ohne es zu merken, war ich aufgestanden, vermutlich

einem Fluchtimpuls folgend. Als ich nun in die traurigen Augen meiner Schwester blickte, unterdrückte ich das Verlangen davonzurennen und ließ mich zurück aufs Sofa sinken.

»Was soll das?«, wiederholte ich meine Frage. »Ihr wisst, dass ich die Adventszeit und Weihnachten nicht feiern möchte. Irgendwann vielleicht, aber noch bin ich nicht bereit dafür.«

»Du wirst es nie sein, wenn du dich nicht endlich darauf einlässt«, meinte Emma.

»Ich hätte nicht mitkommen sollen«, murmelte ich.

»Mensch, Leni.« Emma stand auf, um sich neben mich zu setzen. »Ich will nicht immer den Buhmann spielen, aber einer muss es dir sagen: Wir befürchten, dass du dich immer weiter abschottest und dich am Ende ganz und gar vor der Welt verschließen wirst.«

»Ich mache doch gar nichts«, protestierte ich.

»Das ist genau das Problem«, warf Marie sanft ein. »Du hast dich komplett zurückgezogen, und das nicht erst jetzt zum Jahresende. Wann haben wir uns zuletzt gesehen? Ich weiß, dass dir mein Anblick schwerfällt. Du wolltest selbst Mutter werden, und es ist unfair, dass es bisher nicht sein sollte, aber deshalb kannst du mich doch nicht aus deinem Leben ausradieren.«

Ihre Augen glänzten verdächtig, was es mir schwer machte, meine eigenen Tränen zurückzuhalten. »Ich radiere dich nicht aus meinem Leben aus, Marie. Du bist meine Schwester.«

Sie schniefte und setzte sich auf meine andere Seite.

»Doch, das tust du, und ich hoffe sehr, dass wir das wieder hinkriegen.«

»Und wie soll der Adventskalender dabei helfen?«, fragte ich mit Blick auf das Ungetüm.

»Du hast diese Zeit des Jahres immer geliebt, Leni. Weißt du nicht mehr, wie es früher war? Ab Anfang November haben wir Mama damit genervt, wann wir endlich das Haus schmücken und Plätzchen backen dürften. Es ist hart, dass du Tom überhaupt verlieren musstest und dann auch noch an einem Heiligabend. Emma und ich verstehen, dass du dich zurückziehst und all die Dinge zur Weihnachtszeit meidest, die dich an ihn erinnern.«

»Trotzdem wollen wir dir dabei helfen, diese Dinge wieder mit etwas Positivem zu verbinden«, fuhr Emma fort. »Sonst verlierst du das auch noch.«

»Das hab ich längst«, sagte ich leise. »Denkt ihr, ich merke nicht, dass ich manchmal überreagiere? Glaubt ihr, dass ich das mit Absicht mache oder weil es mir Spaß macht?« Beide schüttelten die Köpfe, und Emma hob zu einer Erwiderung an, doch ich unterbrach sie, bevor sie etwas sagen konnte. »Nach der Sache im Café habe ich mir eine halbe Stunde lang *Last Christmas* angehört – wie bei einer Konfrontationstherapie. Ich hatte gehofft, dass es mir besser geht, wenn ich mich nur darauf einlasse, aber so war es nicht.« Ich hielt inne, um tief einzuatmen. »Ganz im Gegenteil. Nehmt es mir nicht übel, euer Kalender ist lieb gemeint, aber er wird nicht funktionieren.«

»Ich glaube doch«, erwiderte Emma. »Du musst dich nur darauf einlassen.«

»Es ist ein gutes Zeichen, dass du versucht hast, dich deinem Problem zu stellen. Das zeigt, dass du es selbst willst.« Marie griff nach meiner Hand. »Wir helfen dir dabei, wir lassen dich damit nicht allein. Und wir fangen klein an, okay?«

Ich stieß ein zittriges Seufzen aus. »Ich weiß nicht.«

Emma hingegen nickte entschlossen. »Vertrau uns, gemeinsam schaffen wir das. Wenn es zu früh oder zu schmerzlich ist, hören wir auf, aber lass es uns wenigstens versuchen. Bitte, Leni. Niemand erwartet, dass du am Ende *Last Christmas* trällernd durch die Gegend hüpfst, versprochen.«

»Ich bin mir sicher, dass Tom ebenfalls dafür gewesen wäre«, sagte Marie leise. »Um ehrlich zu sein, haben wir uns sogar einmal kurz darüber unterhalten. Das war im November, bevor ...« Sie hielt inne.

Ich schluckte. »Habt ihr?«

Marie nickte, den Blick auf unsere Hände gesenkt, als wäre es ihr unangenehm, mit Tom über mich gesprochen zu haben. »Du warst in der Cafeteria, um etwas zu essen zu holen. Tom befürchtete, dass die bevorstehenden Feiertage schwer für dich werden würden, und da kam mir die Idee mit dem Adventskalender. Er fand sie gut, doch dann ging es ihm plötzlich immer schlechter und ... es ging alles so schnell. Letztes Jahr dachte ich zwar daran, allerdings hast du noch so sehr gelitten, dass ich mich nicht getraut habe. Aber dieses Jahr ... Ich glaube, es ist an der Zeit, dass wir es zumindest probieren.«

Ich nickte ebenfalls, die Tränen ließen sich nun nicht

länger aufhalten. Marie und Emma umarmten mich von beiden Seiten. Eine Weile saßen wir so da, dann fragte ich: »Was erwartet mich denn in den Socken?«

»Vierunzwanzig Aufgaben«, erklärte Marie. »Wenn du möchtest, komme ich jeden Tag bei dir vorbei, und wir öffnen die Socken zusammen. Morgens, bevor ich den Blumenladen aufschließe, in der Mittagspause oder abends, nach Feierabend. Und wenn Lisa den Laden demnächst für ein paar Monate übernimmt, bin ich ohnehin flexibel.«

Lisa war Maries Angestellte, dank deren Hilfe Marie es sich trotz Selbstständigkeit erlauben konnte, eine Zeit lang Mutterschutz beziehungsweise Elternzeit zu nehmen. Bei meinem Job könnte ich nicht so einfach pausieren, ohne Angst haben zu müssen, dass mir in der Zwischenzeit die Aufträge an andere Freie verloren gingen, denn Schreiberlinge gab es wie Sand am Meer. Eine Weile auszusteigen, konnte leicht bedeuten, nach der Pause nicht wieder angefragt zu werden. Allerdings war das ein Problem, dem ich mich vorerst nicht – vielleicht auch niemals – stellen musste.

»Ich kann ebenfalls zu dir kommen«, bot Emma an. »Nach der Arbeit oder an den Wochenenden, und dann erfüllen wir die Aufgaben gemeinsam. Du kannst die Söckchen natürlich auch allein aufmachen und dich bei uns melden, wenn du Unterstützung brauchst. Ganz, wie du möchtest.«

»Und was sind das für Aufgaben?«, wollte ich wissen. Es war keine Angst, die ich verspürte, jedoch ein gewisses Unbehagen. Wer wusste schon, was die beiden sich ausgedacht hatten? Schon zu Schulzeiten hatten sie sich gern gegen mich verbündet, um mich dazu zu überreden, irgendetwas zu tun, was ich eigentlich gar nicht wollte.

Marie und Emma lächelten sich zu. »Das verraten wir nicht«, antwortete Emma. »Aber du brauchst dir keine Sorgen zu machen. Du kennst uns doch.«

»Eben«, murmelte ich.

»Hey, was soll das denn?« Marie stieß mich in die Seite, im Gegensatz zu mir war sie wieder bester Laune. Das mussten die Hormone sein. »Wir haben uns sehr viel Mühe gegeben und uns wirklich nur schöne Sachen ausgedacht.«

»Und wenn es mir nicht gelingt, eine Aufgabe zu erfüllen …?«

»Jetzt sei doch nicht so pessimistisch«, unterbrach mich Emma. »Du wirst das schaffen, wir haben schließlich nicht vor, dir wehzutun. Lass dich einfach darauf ein.«

Das sagte sie so leicht, doch was blieb mir anderes übrig?

Kapitel 4

*W*as sich wohl im ersten Säckchen verbarg? Mit einer Tasse Kaffee saß ich an meinem Schreibtisch und versuchte, den Artikel über die Frühlingsdekoration zu beenden. Obwohl ich nach meinem Versprechen, es mit dem Adventskalender zu versuchen, meine Schwester über die kommenden Blumentrends ausgefragt hatte, fiel es mir auch heute schwer, mich auf den Bildschirm zu konzentrieren. Anstatt zur Uhr wanderten meine Augen an diesem Morgen immer wieder hinüber zu dem Adventskalender, den ich an der Wand im Arbeitszimmer angebracht hatte. Um das zweifelhafte Geschenk nicht permanent vor Augen haben zu müssen, war meine Wahl auf diesen Raum gefallen, da ich hier am wenigsten Zeit verbrachte und außerdem notfalls mit dem Laptop in ein anderes Zimmer umziehen und dort arbeiten konnte. Überdies war in den Redaktionen über die Feiertage nicht viel los, und die kommenden Ausgaben standen bereits, sodass meine nächste Abgabefrist erst Mitte Januar auf mich wartete und damit vier freie Wochen vor mir lagen. Früher hatte ich mir, sofern möglich, den ganzen Dezember freigehalten, und das hatte sich so in das Gedächtnis meiner Chefredakteure eingebrannt, dass ich über die Weihnachtszeit weniger eingeplant wurde als sonst. Wenn ich wollte, konnte ich natürlich trotzdem arbeiten – Artikel vorziehen, neue Themen überlegen und schon mal recherchieren, das Arbeitszimmer aufräumen, die Steuer machen … Irgendwas würde sich schon finden. Ob und wie viel Urlaub ich machte oder nicht, entschied ich spontan.

Wieder glitt mein Blick hinüber zum Adventskalender. Mit Marie hatte ich ausgemacht, dass sie in ihrer Mittagspause vorbeikommen würde, um mit mir das erste Säckchen zu öffnen, da ich es selbst nicht eilig hatte nachzusehen, was sich darin verbarg. Zumindest hatte ich das gestern gedacht. Heute Morgen jedoch machte mir meine eigene Neugier einen Strich durch die Rechnung.

Seufzend stellte ich die Kaffeetasse beiseite und ging hinüber zum Kalender, um in die rote Socke mit der Eins drauf zu spähen. Es befand sich ein Zettel darin, zweimal gefaltet. Ich zögerte, mein Herz klopfte schneller. *Okay, es gibt absolut keinen Grund, Angst vor einem Stück Papier in einer Socke zu haben*, sprach ich mir selbst Mut zu und zog das Blatt heraus, ehe ich es mir anders überlegen konnte. Vorsichtig, als würde es sich um eine Bombe handeln, die jeden Moment hochgehen konnte, faltete ich es auseinander. In der geschwungenen Handschrift meiner Schwester stand darauf:

1. Dezember:
Mach dir eine heiße Schokolade mit Sahne und genieße sie.

Hm, das klang zugegebenermaßen gar nicht so schwer. Das würde ich ohne Probleme hinbekommen. Trotzdem beschloss ich, mit der heißen Schokolade auf Marie zu warten, denn so wie ich sie kannte, freute sie sich bereits auf das süße Getränk in der Mittagspause.

Es war schon dunkel, aber zum Glück nicht so kalt wie am Totensonntag, als ich den Friedhof betrat und an unzähligen Gräbern vorbeiging, auf denen Adventsgestecke lagen. Dieses Mal knirschte der Kies unter meinen Schuhen. Es hatte schon eine Weile nicht mehr geschneit, trotzdem schimmerte an vereinzelten Stellen noch gefrorener Schnee zwischen den Wegen.

Ich blieb stehen, als ich in der Ferne die Umrisse eines Besuchers bemerkte, der etwas auf einem Grab niederlegte. War das nicht Toms Grab? Aus der Entfernung und bei den Lichtverhältnissen konnte ich nicht erkennen, um wen es sich handelte. Vielleicht Marie? Es war nach achtzehn Uhr, der Blumenladen hatte also bereits geschlossen. Allerdings hätte sie mir sicher gesagt, wenn sie vorgehabt hätte, später auf den Friedhof zu gehen, als sie mich heute Mittag wie besprochen besucht und dabei köstliche Schokolade aus Belgien mitgebracht hatte. Meine Mutter? Emma?

Ich ging weiter und stellte beim Näherkommen fest, dass der Besucher keine Frau war. An Toms Grab stand ein großer, gut gebauter Mann – also weder mein Vater noch mein Schwiegervater; beide waren deutlich kleiner, der eine außerdem schmaler, der andere geradezu schlaksig. Ich beschleunigte meine Schritte, und dann erkannte ich den Mann. Es war Erik, der an Toms Grab kniete und ein Gesteck niederlegte.

»Oh.« Erik stand abrupt auf, als er mich erblickte. Er sah aus, als fühlte er sich ertappt. »Hallo, Leni. Schön, dich zu sehen.«

»Ich … Ähm, gleichfalls.« Mir lag die Frage auf der Zunge, was er hier wollte, aber ich schluckte sie hinunter, weil ich nicht unhöflich sein wollte.

Verlegen kratzte er sich am Kopf. »Ist es okay, dass ich hier bin?«

Ich zuckte mit den Schultern. »Klar. Warum nicht?« Es konnte schließlich jeder herkommen und etwas niederlegen, wenn er das wollte. Der Friedhof war ein öffentlicher Ort.

»Meine Großmutter liegt nur ein paar Gräberreihen weiter«, erklärte Erik. »Wenn ich sie besuche, schaue ich hin und wieder auch nach deinem Mann und bringe ihm Blumen. Ich erinnere mich gut an ihn, er war ein sehr netter Mensch, der es nicht verdient hat, auf diese Weise zu sterben – noch dazu so jung. Ehrlich gesagt habe ich nie daran gedacht, dass es dich vielleicht stören könnte. Tut mir leid, ich sollte wahrscheinlich nicht hier sein.« Er blickte mich fragend an, doch ich brachte kein Wort über die Lippen. »Bitte entschuldige, Leni. Ich wollte nicht ... Also ...« Er räusperte sich. »Ich glaube, ich gehe lieber.« Er zeigte hinter sich, drehte mir den Rücken zu und marschierte davon.

»Warte!«, rief ich ihm hinterher, ehe ihn die Dunkelheit verschlingen konnte. Er wandte sich zu mir um, kam aber nicht wieder näher. »Danke«, sagte ich nach einer Weile. Den Ausdruck in seinen Augen konnte ich kaum sehen, aber ich sah, wie sich sein Mund zu einem leichten Lächeln verzog.

»Gern. Bis dann.« Er hob die Hand zum Gruß und verschwand.

Ich blickte ihm hinterher, bis nichts mehr von ihm zu sehen war, bevor ich vor Toms Grab in die Hocke ging. Erik hatte ein kleines Adventsgesteck aus Tanne mit einem Engel und zwei roten Kugeln niedergelegt. Wirklich sehr hübsch.

Ich zog die Augenbrauen zusammen. Auf Toms Grab lagen oft Blumen oder Gestecke, die nicht von mir stammten, und ich war immer davon ausgegangen, dass Toms oder meine Eltern sie dort platziert hatten. Jetzt wusste ich es besser. Genauso wusste ich nun auch, dass Erik Tom nicht vergessen hatte, dass er nicht nur irgendeinen Patienten in ihm sah. Bei dem Gedanken wurde mir warm ums Herz.

4. Dezember:
Schmück deine Wohnung
weihnachtlich.

Eine gefühlte Ewigkeit starrte ich auf den Zettel in meiner Hand. Damit war die Schonfrist wohl vorbei. Am Mittwoch hatte ich im Adventskalender eine Postkarte gefunden, die ich verschicken sollte, mit einem altmodischen Weihnachtsmotiv und einem Spruch darauf: *Weihnachten wäre noch viel besser, wären nicht überall Rosinen drin.* Gestern hatte ich die Aufgabe bekommen, mich für mindestens eine Viertelstunde ans Fenster zu stellen und bei Dunkelheit die Weihnachtsbeleuchtung der Nachbarn zu bewundern – beides hatte ich gemeistert, auch wenn ich froh gewesen war, auf meinem Beleuchtungsbeobachtungsposten Marie an meiner Seite zu haben. Die Postkarte hatte ich an eine Freundin aus Schulzeiten geschickt, mit der ich seit Jahren losen Kontakt pflegte und der ich schon lange mal wieder hatte schreiben wollen.

Beide Adventskalenderaufgaben hatten mich weder große Überwindung gekostet noch mich in Verzweiflung getrieben, aber es war klar gewesen, dass die Aufgaben schwerer würden und ich aktiver werden musste. Ich hatte nur nicht so schnell damit gerechnet.

Schmück deine Wohnung weihnachtlich.

Gedankenverloren drehte ich an meinem Ehering. Würde ich das allein hinbekommen? Ich dachte an die Kisten mit dem Weihnachtskram, die irgendwo im Keller lagerten, vier große Kartons voller Kugeln, Nippes und Winterweihnachtszauber. Und ich dachte an Toms warmes Lachen, wenn ich Mitte November mit den Kisten in die Wohnung gestolpert war, ein breites Lächeln der Vorfreude im Gesicht, und verkündete: »Es geht los! Die wichtigste Jahreszeit beginnt.« Auch wenn er selbst keinen großen Wert auf Weihnachtsdeko gelegt hatte, so hatte mir Tom jedes Jahr dabei geholfen, unsere Wohnung angemessen herzurichten, und sich von meiner Freude anstecken lassen, bis wir uns gegenseitig mit Lametta behängten oder Tannengirlanden um die Schultern legten …

Ich griff nach meinem Handy und schrieb meiner Schwester eine Nachricht: *SOS.*

Keine fünf Minuten später kam die Antwort: *Ich hab heute Nachmittag frei und bin um die Mittagszeit bei dir. PS: Setz schon mal den Tee auf.*

»Pass bitte auf«, bat ich meine Schwester nicht zum ersten Mal.

Wir hatten die Kisten mit der Weihnachtsdekoration aus dem Keller geholt und schleppten sie nun die Treppen hoch zu meiner Wohnung. Marie trug die leichte Kiste, in der sich Tannengirlanden, Strohsterne und ähnlich zarter Schmuck befanden. Trotzdem war der Karton sperrig, und mir war nicht wohl bei der Sache. Sollte Marie stürzen, würde ich mir das nie verzeihen.

»Jetzt lass doch die Kiste stehen, ich hole sie gleich.« Auch das sagte ich nicht zum ersten Mal, doch meine Schwester blieb stur.

»Quatsch, die ist wirklich nicht schwer. Ich schaffe das schon, zu Hause habe ich unsere Deko schließlich auch vom Dachboden geholt.«

»Sturkopf«, murmelte ich kopfschüttelnd. Wir hatten noch eine ganze Etage vor uns.

Als wir den nächsten Treppenabsatz erreichten, wurde die Tür aufgerissen, und Erik trat heraus, eingemummelt in Mantel, Mütze und einen dicken Wollschal in verschiedenen Blau- und Grautönen, der selbst gestrickt aussah.

»Hoppla.« Er zuckte zurück, nachdem er fast in uns hineingelaufen wäre. »Was macht ihr denn da?«

»Weihnachtsdeko«, antwortete ich etwas außer Atem und stellte die Kiste ab. Meine Schwester tat es mir nach und musterte Erik. Ich hatte ihr mal erzählt, dass er in die Wohnung unter mir gezogen war, aber offenbar waren sich die beiden hier bisher nicht begegnet. »Das ist meine Schwester Marie. Marie, das ist Erik. Ihr kennt euch aus … aus der Uniklinik.«

»Richtig.« Marie reichte Erik die Hand. »Du hast auf der Intensivstation gearbeitet.«

Erik nickte. »Tue ich noch. Und ihr wollt kurz vor dem zweiten Advent noch die Wohnung schmücken?« Er wirkte neugierig. Dieses Mal hatte er ganz sicher nicht vergessen, dass ich nach eigener Aussage kein Weihnachtstyp mehr war.

»Genau«, sagte ich nur. Eine schwache Antwort, das war mir klar, aber ich wusste nicht, wie ich ihm das Ganze auf die Schnelle hätte erklären sollen.

»Ein bisschen Weihnachtsdeko hat noch nie geschadet«,

fügte meine Schwester hinzu und wollte ihre Kiste wieder anheben.

»Warte, die nehme ich«, meinte Erik mit Blick auf Maries Bauch. »Du solltest wirklich nicht mehr so schwer tragen.«

Marie winkte ab. »Die Kiste ist leicht.«

»Mag sein, unhandlich ist sie trotzdem.«

»Danke, das sage ich auch schon die ganze Zeit, aber auf mich hört sie nicht.«

»Das haben Geschwister so an sich«, behauptete Erik schmunzelnd. »Du solltest mal meinen jüngeren Bruder kennenlernen.« Wir trugen die Kisten nach oben. Meine Wohnungstür war lediglich angelehnt, sodass Erik sie mit dem Arm aufstoßen konnte. Er stellte die Kiste zu den beiden anderen in den Flur und nahm mir meine ab, um sie ebenfalls abzuladen. Ungläubig betrachtete er den Stapel. »Und das ist alles Weihnachtsdeko?«

Ich zuckte mit den Schultern. »Das hat sich über die Jahre so angesammelt.«

»Und ich dachte schon, meine Mutter hätte viel Weihnachtskram.« Erik schüttelte amüsiert den Kopf, dann blieb sein Blick einen Moment am Bauch meiner Schwester hängen, bevor er zu mir sah. »Ich muss dann leider, Mittagsschicht. Kommt ihr klar?«

Ich nickte. »Sicher, danke.«

»Versprichst du mir, dass deine Schwester nicht auf Stühle oder irgendetwas anderes klettert?«

Er machte sich Sorgen um meine Schwester? Das war irgendwie niedlich. »Versprochen.«

Marie schnaubte. »Es geht mir gut. Ich bin schwanger und nicht krank.«

»Stimmt«, gab Erik zu, »aber man sollte kein Risiko eingehen. Du glaubst ja gar nicht, was ich in meinem Beruf schon alles gesehen habe.«

»Ich bin vorsichtig«, versprach Marie. »Wir wünschen dir einen schönen Arbeitstag.«

Erik lächelte. »Danke. Heute und das Wochenende noch, dann habe ich ganze drei Wochen frei.«

»Wirklich? Hast du nicht auch frei?« Marie sah zu mir.

Ich zögerte. »Im Prinzip schon.«

Erik lachte. »Im Prinzip?«

»Ich bin selbstständig«, erklärte ich.

»Verstehe. Ich würde gern mehr hören, aber jetzt muss ich leider los. Mein Bus fährt gleich.«

»Klar. Also dann …«

Seinen Worten zum Trotz blieb Erik unschlüssig stehen.

»Sie kann dir ja ein anderes Mal von ihrer Arbeit erzählen«, bot meine Schwester dreisterweise an.

»Gern. Viel Spaß beim Schmücken.« Endlich erwachte Erik aus seiner Starre und setzte sich in Bewegung.

»Den werden wir haben.« Marie schloss die Tür hinter ihm, und wir hörten ihn die Treppe nach unten hasten.

»Der ist nett«, sagte meine Schwester. »Und verdammt niedlich.«

»Ach ja?« Ich bückte mich, um in die oberste Kiste zu spähen, in der sich meine Sammlung Keksdosen befand. Früher hatte ich jedes Jahr ein wahres Sortiment an Plätzchen gebacken und sie im ganzen Freundes- und Familienkreis verteilt, weil es viel zu viele waren, um sie allein zu essen. Jetzt waren die Dosen zwei Jahre lang leer geblieben, und überrascht stellte ich fest, dass mich das plötzlich traurig machte.

Ich hob die Kiste vom Stapel und öffnete die nächste, aus der mir Zeitungspapier entgegenquoll. Das war der Karton mit der zerbrechlichen Weihnachtsdeko. Ich trug ihn ins Wohnzimmer, Marie folgte mir.

»Ach ja?«, äffte sie mich nach. »Nun tu nicht so, als sei dir das nie aufgefallen.«

Seufzend drehte ich mich zu ihr um. »Was willst du von mir hören?«, fragte ich. Zugegeben, Erik sah wirklich nicht schlecht aus. Er hatte freundliche blaue Augen, braune Haare, die stets aussahen, als wäre er gerade erst aufgestanden. Wenn er lächelte, zeigte sich in seiner rechten Wange ein Grübchen, und seine Stimme war so angenehm, dass einer Karriere als Radiosprecher nichts im Weg gestanden hätte. Zudem war er groß und gut gebaut, und er kleidete sich gut. Es gab absolut nichts an ihm auszusetzen. Trotzdem war sein Aussehen kein Thema, das ich vertiefen wollte.

Nun seufzte auch Marie. »Sehr bedauerlich.«

Ich zog die Stirn kraus. »Was ist bedauerlich?«

»Dass du Erik mit Tom und seiner Krankheit in Verbindung bringst. Er ist verdammt nett, und ich glaube, er mag dich. Ihr würdet richtig gut zusammenpassen.«

»Meinst du, ja?« Ich befreite das erste Päckchen vom Zeitungspapier. Zum Vorschein kam ein Keramikmädchen im Wintermantel vor einem verschneiten Vogelhaus. Mit einem Mal erschien mir die bevorstehende Weihnachtsdekoration als das kleinere Übel.

Bisher hatte mich meine Familie in Ruhe gelassen, was das Thema Männer anging. Sie hatte akzeptiert, dass ich mit Toms Tod den Glauben an eine neue Liebe verloren hatte. Zumindest bisher, denn meine Schwester erweckte ganz den Anschein, als wolle sie mich verkuppeln. Ich wollte nicht abstreiten, dass ich mich manchmal einsam fühlte und mir eine Umarmung beziehungsweise etwas Nähe wünschte, aber ich vermisste nicht die Liebe an sich. Ich vermisste Tom. Wenn ich nur daran dachte, einen neuen Mann in mein Leben zu lassen ...

»Hast du mir eigentlich erzählt, dass Erik in die Wohnung unter dir gezogen ist?«

»Im Sommer«, antwortete ich, während ich das nächste Päckchen auswickelte, einen ziemlich großen Schneemann, in den man ein Teelicht stellen konnte. »Wahrscheinlich hast du es vergessen.«

Marie setzte sich etwas umständlich zu mir auf den Boden, um mir beim Auswickeln zu helfen. »Wahrscheinlich. Mir war zu Beginn der Schwangerschaft ständig so übel, dass ich wenig von dem mitbekommen habe, was um mich herum passiert ist.«

»Wie geht es dir jetzt?«, fragte ich und warf ihr einen kurzen Blick zu.

Sie lächelte. »Super. Ich könnte Bäume ausreißen, wenn ihr mich lassen würdet, aber Finn ist genauso übervorsichtig wie du.«

»Wir sind nicht übervorsichtig. Du bist leichtsinnig.«

»Leichtsinnig?«

»Ja, entschuldige, das ist wohl nicht das richtige Wort. Es ist gut, dass du dir keine Sorgen machst und alles positiv siehst, trotzdem solltest du nicht mehr auf Stühle klettern oder mit sperrigen Kisten Treppen hochsteigen, ganz egal, was die wiegen – du kannst ja kaum noch deine Füße sehen.«

»Das ist allerdings wahr.« Marie blickte mich an, und plötzlich lächelte sie liebevoll. »Danke, dass ich hier sein darf. Und danke, dass du dem Adventskalender eine Chance gibst.«

»Ach, Marie.« Ich drückte ihr einen Kuss auf die Wange und zog sie in die Arme. »Du hast mir gefehlt.«

»Du mir auch, Schwesterchen. Du mir auch.«

Kapitel 5

6. Dezember:
Genieß einen Schokoladenweihnachtsmann
und verschenk einen.
(PS: Nicht an Emma oder mich.)

Am Nikolaustag befand sich in der cremefarbenen Socke nicht nur ein Zettel, sondern auch zwei Schokoladenweihnachtsmänner. Ich stellte beide auf den Tisch in der Küche und betrachtete sie. Meinen letzten Schokoladenweihnachtsmann hatte ich vor drei Jahren gegessen; ich hatte sie immer gern gemocht. Am liebsten zum Frühstück auf einem Butterbrötchen.

Zum Glück war diese Aufgabe wieder etwas leichter, denn nachdem ich vor zwei Tagen meine komplette Wohnung hatte weihnachtlich schmücken müssen, erwartete mich am Tag danach die Herausforderung, mir *Last Christmas* anzuhören und unter Umständen sogar mitzusingen.

Den ganzen Tag hatte ich mich für diese Aufgabe gewappnet, über die andere nur gelacht hätten, und mir fest vorgenommen, nicht zu weinen. Am Ende waren natürlich doch die Tränen gelaufen, ich konnte einfach nichts dagegen machen. Ob sich das jemals ändern würde?

Heute also Weihnachtsmänner. Ich nahm einen von ihnen in die Hand und überlegte, wem ich ihn schenken sollte. Tatsächlich hatte ich sofort beim Lesen der Aufgabe eine Idee gehabt, sie jedoch wieder verworfen. Da Marie und Emma ausfielen, sollte ich vielleicht meine Eltern beglücken. Allerdings mochte meine Mutter keine Vollmilchschokolade, und mein Vater würde die Schokolade zwar sofort essen, aber das konnte ich wegen seiner Diabeteserkrankung nicht verantworten. Als Nächstes fiel mir meine Vermieterin ein, die jedoch in Sandhausen wohnte, und ich hatte keine große Lust, den Weg auf mich zu nehmen. Meine Freunde lebten auch nicht gerade um die Ecke; zudem wäre es komisch gewesen, nach all den Jahren plötzlich mit einem Schokoladenweihnachtsmann vor der Tür zu stehen ...

Hm, also doch meine erste Idee. Warum auch nicht? Es war schließlich nichts dabei. Ich zog mir Mantel und Schuhe an, schnappte mir mein Portemonnaie und den Weihnachtsmann und stieg die Treppe hinunter. Einen Moment lauschte ich an der Wohnungstür unter meiner, doch von drinnen war nichts zu hören. Ob Erik noch schlief? Es war erst halb neun, noch dazu Sonntag, und eventuell hatte er eine Nachtschicht hinter sich. Kurzerhand stellte ich den Schokoladenweihnachtsmann auf seine

Fußmatte und machte mich auf den Weg zum Bäcker. Als ich zurückkam, war der Schokoladenweihnachtsmann verschwunden.

7. Dezember:
Mach einen Abendspaziergang und lass die weihnachtliche Atmosphäre auf dich wirken.

Es war später Nachmittag oder früher Abend, je nachdem, wie man es betrachtete. Jedenfalls war die Sonne längst untergegangen und die blaue Stunde so gut wie vorbei. Ich zog mir die Stiefel und die dicke Winterjacke an, wickelte den Schal mehrfach um meinen Hals, setzte die Mütze auf und streifte die Handschuhe über, bevor ich die Wohnung für meine nächste Aufgabe verließ. Wehmut wollte mich erfassen, als ich automatisch daran dachte, wie gern ich mit Tom Abendspaziergänge unternommen hatte, ob nun im Sommer oder Winter, aber ich schob den Gedanken schnell beiseite. Ich wollte jetzt nicht an Tom denken, denn das würde mich nur traurig stimmen, und von Traurigkeit hatte ich allmählich genug.

Als ich an Eriks Wohnungstür vorbeikam, zögerte ich. Einen Moment wünschte ich mir, er würde wie so oft in letzter Zeit plötzlich herausstürzen, doch im Inneren seiner Wohnung war alles ruhig. Ob ich klopfen und ihn fragen sollte, wie ihm der Weihnachtsmann geschmeckt hatte?

Ich schüttelte den Kopf – offenbar hatte Maries Bemerkung über Erik und mich etwas in mir ausgelöst, das mich dazu brachte, mich mehr mit meinem Nachbarn zu beschäftigen, als ich wollte – und stieg die Treppe hinunter. Als ich die Haustür öffnete, lief ich beinahe in jemanden hinein, der sie gerade von außen aufschließen wollte. Erik. Ich musste lächeln, und er lächelte zurück.

»Guten Abend«, begrüßte ich ihn.

»Hallo, Leni. Geht's dir gut?«

»Das tut es«, antwortete ich, und zum ersten Mal seit Langem war es nicht gelogen.

»Das freut mich. Sag mal, ich will dich nicht in Verlegenheit bringen, aber ich hab gestern Morgen etwas vor meiner Tür gefunden und weiß nicht so recht, bei wem ich mich dafür bedanken darf.«

Mein Lächeln wuchs in die Breite, ein ungewohntes Gefühl. »Jep, der war von mir. Hat er dir geschmeckt?«

»Und ob. Eigentlich hatte ich mir selbst einen kaufen wollen, hab es dann aber nicht mehr geschafft. Insofern kam er gerade recht – er hat mir den Sonntag versüßt.«

»Mir auch. Wenn nur die Kalorien nicht wären.«

»Na ja, Weihnachten ist einmal im Jahr, und du kannst es dir erlauben. Auf jeden Fall vielen lieben Dank, dass du an mich gedacht hast.«

»Gern. Und du hast deinen ersten Urlaubstag mit Einkaufen verbracht?«, fragte ich mit Blick auf die Tüten in seiner Hand und wunderte mich selbst ein wenig, dass ich mir Zeit für Small Talk nahm und mich nicht wie sonst so schnell wie möglich losriss.

Erik nickte. »Der Kühlschrank war leer. Und was hast du heute Abend noch vor? Auch den Wocheneinkauf?«

Ich schüttelte den Kopf. »Ich möchte ein wenig am Neckar entlanggehen und mir die geschmückten Häuser anschauen.«

»Wirklich?« Erik versuchte, seine Überraschung zu verbergen. »Das Wetter ist perfekt dafür. Viel Spaß!«

»Magst du mich begleiten?« Die Frage war mir herausgerutscht, ehe ich darüber nachdenken konnte, und Erik sah mich mindestens genauso erstaunt an, wie ich selbst war. Verdammt, was war nur in mich gefahren? *Sag Nein. Sag Nein.*

»Gern«, antwortete er. »Wenn du zwei Minuten hast, bringe ich schnell die Taschen hoch und stelle die Milch in den Kühlschrank.«

»Klar, lass dir Zeit.«

Erik hastete die Treppe nach oben, indem er zwei Stufen auf einmal nahm. Einen Augenblick lang überlegte ich, einfach abzuhauen, verwarf den Gedanken jedoch wieder. Stattdessen konnte ich Übelkeit, einen Notfall in der Familie oder etwas in der Art vortäuschen, aber auch das wäre lächerlich gewesen. Und was war schon dabei, einen Spaziergang zusammen mit einem Nachbarn zu machen? Vielleicht würde Erik mich von meinen Gedanken an Tom ablenken, die sicher in mir aufstiegen, sobald ich die Lichterketten, Weihnachtspyramiden und Kerzenbögen in den Fenstern ringsum sah.

Fast hätte ich gelacht. Ausgerechnet Erik sollte mich von Tom ablenken. Der war gut.

Okay, ich nahm meine Einschätzung zurück. Entgegen meiner Annahme musste ich tatsächlich nicht permanent an Tom denken, während Erik und ich nebeneinander die Straße hinunter Richtung Neckar schlenderten. Die Luft war kalt, aber herrlich frisch. Es roch nach Schnee, obwohl keine einzige Flocke vom Himmel fiel. Schade, bei Schnee wäre solch ein Spaziergang noch viel schöner gewesen.

»Mal sehen, wenn wir Glück haben, schneit es vielleicht«, meinte Erik und atmete tief ein. »Es riecht nach Schnee.«

»Findest du?«, fragte ich und warf ihm einen verblüfften Blick zu, den er falsch deutete.

»Ja, ich finde, man kann Schnee durchaus riechen.« Er zuckte mit den Schultern. »Du nicht?«

»Doch, klar«, sagte ich schnell und schnupperte demonstrativ. Ich brachte es nicht über mich, ihm zu sagen, dass ich im selben Moment wie er genau das Gleiche gedacht hatte. Marie hätte es natürlich als Zeichen gesehen, aber während sie tatsächlich ein wenig esoterisch angehaucht war, kam ich mir bei solchen Zufällen eher blöd vor. Zum Glück ging Erik nicht weiter darauf ein.

»Wie war dein Arbeitstag?«, fragte er stattdessen.

Wir bogen auf den Neckarhamm ab, und ich schob meine Hände tiefer in die Manteltaschen, weil der Wind auffrischte. »Ehrlich gesagt habe ich mir ab heute spontan freigenommen.«

»Dann hast du jetzt auch Urlaub?«

Ich nickte. »In letzter Zeit fällt es mir schwer, mich zu konzentrieren, da kann ich genauso gut freimachen.«

»Verstehe«, antwortete Erik nur. Einen Moment lang musste ich doch an Tom denken, und ich war sicher, dass Erik ebenfalls an ihn dachte und an das, was vor zwei Jahren passiert war. »Was genau arbeitest du eigentlich? Du sagtest, du bist selbstständig?«

»Genau. Ich bin freie Journalistin und schreibe als feste Freie für einige Frauenmagazine.«

»Ehrlich? Das klingt spannend. Welche Ressorts bedienst du?«

Ich warf ihm einen fragenden Seitenblick zu. »Du kennst dich mit den verschiedenen Ressorts in Frauenmagazinen aus?«

Erik lachte. »Ich hab eine Schwester mit Vorliebe für solche Zeitschriften. Reicht das als Erklärung?«

Ich nickte schmunzelnd. »Also eine Schwester und einen Bruder. Hast du noch mehr Geschwister?«

Er schüttelte den Kopf. »Nur die beiden. Ich bin der Älteste, allerdings sind wir nicht weit auseinander. Was ist mit dir?«

»Ich habe eine Schwester und eine beste Freundin, die sich manchmal wie eine große Schwester aufführt. Wir kennen uns schon ewig. Aber um deine Frage zu beantworten: Ich schreibe für verschiedene Ressorts, wo halt gerade Not am Mann ist, bin aber eigentlich auf Lifestyle spezialisiert.«

»Es ist bestimmt nicht einfach, sich Jahr für Jahr neue Themen auszudenken.«

»Hin und wieder ist es wirklich nicht so leicht, deshalb ist mir Lifestyle am liebsten. Das lässt sich weit fassen, und es gibt ständig neue Trends.«

Wir kamen am Haus meiner Schwester vorbei, dessen Weihnachtsbeleuchtung in jedem Fenster und im Vorgarten hell erstrahlte und Gemütlichkeit verströmte.

Obwohl es seit mittlerweile drei Tagen in meiner Wohnung ähnlich aussah, fühlte es sich immer noch ungewohnt an. Anfangs hatte ich die Beleuchtung nicht eingeschaltet, gestern jedoch, am Nikolaustag, hatte es mich dann doch überkommen. Und ich musste zugeben, dass es hübsch aussah und behaglich war. Inzwischen schossen mir zum Glück auch nicht mehr sofort die Tränen in die Augen, wenn ich die Lichterkette im Fenster oder die Engel auf der Kommode im Eingang sah. Ob Emma und Marie recht hatten? Konnte ich es schaffen, all meine Weihnachtstraditionen wieder mit etwas Positivem zu verbinden? Auf jeden Fall fühlte ich mich nicht mehr ganz so schuldig, wenn ich Gefallen an etwas Weihnachtlichem fand. *Ich kann ja nichts dafür*, sagte ich mir. *Marie und Emma haben mich quasi dazu genötigt.*

Manchmal quälte mich tatsächlich ein schlechtes Gewissen, wenn ich auch nur den Anflug von guter Laune verspürte oder mir etwas gefiel, das ich mit Tom in Verbindung brachte. Es fühlte sich an, als würde ich ihn verraten, obwohl ich natürlich wusste, dass es dämlich war. Tom hätte das nicht gewollt. Trotzdem konnte ich nicht anders. Es war so unfair. Ich durfte mein Leben weiterleben, während er diese Welt viel zu früh hatte verlassen müssen.

»Und wie lange hast du frei?«, fragte Erik und riss mich aus meinen Grübeleien.

»Vier Wochen, wenn ich will.«

»Vier Wochen? Nicht schlecht. Und das geht so einfach?«

Ich zuckte mit den Schultern. »Im November habe ich ziemlich viel gearbeitet, sodass ich fast alle Abgabefristen für Dezember vorziehen konnte. Der nächste Artikel ist erst Mitte Januar fällig.«

»Klingt gut, dann kannst du die Feiertage so richtig genießen. Also, ich meine …« Er räusperte sich.

»Schon gut«, meinte ich mit einem traurigen Lächeln.

»Ich hätte gern über Silvester frei und dafür lieber erst eine Woche später Urlaub gehabt, aber ich kann froh sein, dass ich überhaupt über Weihnachten freibekommen habe.«

»Weil du keine Familie hast? Also keine Kinder?«, fragte ich, und Erik nickte. »Sag mal«, fügte ich nach einer Weile des Schweigens hinzu, »wie kamst du eigentlich auf die Idee, auf der Intensivstation zu arbeiten? Das stelle ich mir alles andere als leicht vor.«

Erik seufzte. »Ist es auch nicht, aber einer muss den Job machen. Ich bin eher durch Zufall in die Abteilung gerutscht und schließlich geblieben. Die Angehörigen meiner Patienten haben mir des Öfteren gesagt, dass sie meine ruhige Art schätzen, und da habe ich mir gedacht, dass ich wohl nicht alles falsch mache.«

»Gewiss nicht«, sagte ich leise. »Ich war immer froh, wenn du Dienst hattest. Also, froh ist nicht das richtige Wort, aber … Es war einfacher mit dir.«

Er lächelte mir zu. »Danke, das ist lieb, auch wenn ich

wünschte, wir hätten uns unter anderen Umständen kennengelernt.«

Ich nickte nur, denn das Brennen in meinem Hals machte es mir unmöglich, etwas zu sagen. Tränen stiegen mir in die Augen, und es kostete mich große Mühe, sie hinunterzuschlucken. Ich wollte nicht weinen. Nicht schon wieder und nicht vor Erik. In den letzten Wochen hatte ich oft genug die Fassung verloren.

»Darf ich dich auch etwas fragen?«

Vorsichtig nickte ich. »Sicher.«

»Wie kommt es, dass du dich plötzlich wieder für Weihnachten interessierst? Ich hatte den Eindruck, du möchtest diesem Familienfest aus verständlichen Gründen lieber aus dem Weg gehen.« Ich antwortete nicht sofort, und Erik fügte hinzu: »Tut mir leid, ich wollte dir nicht zu nahetreten. Im Grunde geht es mich nichts an.«

»Schon okay.« Ich holte tief Luft. »Du hast recht, am liebsten würde ich Weihnachten ausfallen lassen, aber meine Schwester und unsere gemeinsame Freundin haben mir einen Adventskalender gebastelt. Hinter jeder Tür oder besser gesagt in jeder Socke versteckt sich eine weihnachtliche Aufgabe, die ich erledigen muss.«

»Und heute hast du die Aufgabe bekommen, einen Spaziergang zu machen.«

Wieder nickte ich. »Genau. Und vor drei Tagen, als wir uns im Hausflur über den Weg gelaufen sind, musste ich meine Wohnung dekorieren.«

»Ich finde es gut, dass du dich darauf einlässt. Das ist bestimmt nicht einfach.«

»Na ja, für jeden Normalsterblichen wären die Aufgaben nicht schwer.«

Erik stieß mich leicht mit der Schulter an. »Hey, du bist auch normalsterblich, und es ist absolut verständlich, dass dich die eine oder andere Aufgabe unter diesen Umständen Überwindung kostet. Ich bin gespannt, was sich deine Schwester und Freundin noch so für dich ausgedacht haben.«

»O ja, ich auch. Ich kann dich ja auf dem Laufenden halten, wenn du magst.« Kaum zu glauben, dass dieser Vorschlag von mir kam.

Erik lächelte. »Gern, das würde mich freuen.«

Kapitel 6

»Es tut mir unendlich leid, Leni, aber ich kann heute leider nicht. Ich wollte eigentlich nichts sagen, weil ich nicht möchte, dass ihr euch Sorgen macht ...«

Ich umklammerte den Telefonhörer. »Was ist passiert, Marie?«

»Halb so wild, wirklich. Ich hatte leichte Schmerzen im Bauch und bin deshalb heute Morgen bei Frau Dr. Groß gewesen. Ich hab mich wohl ein bisschen überanstrengt und soll die nächsten Tage ruhiger angehen lassen. Demnach wäre ein Einkaufsbummel wohl keine so gute Idee.«

»Natürlich nicht«, sagte ich sofort. »Soll ich vorbeikommen? Ich könnte dir eine Suppe kochen.«

»Das ist superlieb«, antwortete Marie, »aber Finn arbeitet den Rest der Woche von zu Hause aus und kümmert sich um mich. Frag doch Emma, sie begleitet dich bestimmt gern in die Stadt. Mit Sicherheit hat sie längst noch nicht alle Weihnachtsgeschenke zusammen – du kennst sie doch.«

Ich musste grinsen. Emma gehörte zu der Sorte Mensch,

die zwei Tage vor Weihnachten die Geschenke im Internet bestellte und sich für ein Heidengeld per Expressversand zuschicken ließ. »Vermutlich. Ich frag sie einfach mal. Und du sag bitte Bescheid, wenn ich irgendwas für dich tun kann.«

Marie schniefte. »Das ist so lieb von dir, wirklich.«

Ich runzelte die Stirn. »Alles okay bei dir?«

»Ja, ja, das sind nur die Hormone. Finn macht sich schon die ganze Zeit lustig über mich. Ach, und Leni? Ich habe noch nichts für unsere Eltern, also wenn du etwas findest, das dir zu teuer ist, plan uns gern mit ein.«

Ich nickte. »In Ordnung, ich werde daran denken. Bis dann.« Ich legte auf und griff nach dem Handy, um Emma anzurufen. Offensichtlich war in ihrem Büro tatsächlich wenig los, denn bereits nach dem zweiten Klingeln nahm sie ab.

»Hallo, Leni. Geht es um die heutige Aufgabe aus dem Adventskalender?«, kam sie sofort zur Sache.

»Genau. Ich weiß, du musst arbeiten, aber ich möchte ungern allein ...«

»Klar, lass uns das zusammen machen. Das wird bestimmt spaßig. Ich mache früher Feierabend, okay? Wir können uns um kurz nach fünf in der Stadt treffen.«

Ich zögerte. Fünf Uhr? Das bezeichnete sie als früh? Es würde voll sein und die Leute hektisch und gestresst durch die Geschäfte eilen, um zwischen Feierabend und Freizeit schnell noch die nötigen Besorgungen zu erledigen. Und auch die, die nicht arbeiteten, zogen gern erst bei Einbruch der Dunkelheit los. Schließlich befand sich auch der Weihnachtsmarkt in der Innenstadt, und über den Weihnachtsmarkt zu bummeln machte nun einmal viel mehr Spaß, wenn die Lichter an den Buden leuchteten. Es würde die Hölle los sein, auch in den Geschäften.

Ich verspürte wenig Lust auf ein Bad in der Menge, allerdings konnte ich Emma nicht darum bitten, ihr Büro noch zeitiger zu verlassen. Normalerweise arbeitete sie bis weit nach achtzehn Uhr dreißig, und siebzehn Uhr war ein echtes Entgegenkommen. Daher stimmte ich zu, auch wenn mir nicht wohl bei der Sache war.

Nachdem ich aufgelegt hatte, las ich mir noch einmal meine heutige Aufgabe durch.

9. Dezember:
Besorg Weihnachtsgeschenke in der Stadt (nicht übers Internet).

Ich schnaubte. Emma besorgte ihre Geschenke immer Last Minute übers Internet. Warum zwang sie mich dazu, mich ins Getümmel zu stürzen?

Mein Blick wanderte hinüber zur Uhr – es war gerade zwölf. Jetzt wäre genau die richtige Zeit für einen Stadtbummel, dann wäre ich wieder zu Hause, sobald es trubelig wurde. Zu dumm, dass Marie ausgerechnet heute … Nein! Ich verbot mir den Gedanken, denn es war egoistisch von mir.

Ein Schrecken war mir in die Glieder gefahren, als sie

das Telefongespräch damit eröffnete, sie habe erst nichts sagen wollen, und ich spürte jetzt noch die Erleichterung, nachdem sie verkündet hatte, dass es ihr und meiner Nichte so weit gut ging und sie sich »nur« ein wenig schonen musste. Leicht fiel ihr das bestimmt nicht, vor allem wenn sie wusste, dass ich heute die Weihnachtsgeschenke besorgen würde. Das hatten wir früher gern zusammen erledigt und im Anschluss Unmengen an heißer Schokolade in uns hineingeschüttet, während wir mit vollen Tüten in der obersten Etage eines Kaufhauses gesessen und durch die Fensterfront das Treiben auf dem Bismarckplatz beobachtet hatten.

Aber so, wie ich Marie kannte, würde sie es sich dennoch gut gehen lassen. Vermutlich würde sie sich einen Weihnachtsfilm nach dem anderen anschauen und von Finn mit Plätzchen und Tee versorgen lassen. *Vielleicht kaufe ich ihr einen Weihnachtsroman, damit sie etwas Abwechslung hat,* dachte ich und stand vom Küchentisch auf, um meine leere Kaffeetasse in die Spüle zu stellen. Marie liebte es, im Dezember Romane zu lesen, deren Handlung selbst im Dezember spielt. Früher ... Ach ja, früher. Da war vieles anders gewesen.

Ich drehte an meinem Ehering. Der Gedanke daran, mich später zwischen den Buden des Weihnachtsmarktes hindurchzuquetschen und Bratwürsten, Grünkohltellern und Glühwein ausweichen zu müssen, während von allen Seiten verschiedene Weihnachtslieder auf mich eindröhnten, ließ mich einfach nicht los, und ich befürchtete, einen Rückzieher zu machen, wenn ich tatsächlich erst um siebzehn Uhr loszog. Emma hin, Emma her. Aber wen konnte ich stattdessen fragen, ob er oder sie Lust hatte, mich auf einen Einkaufsbummel in die Stadt zu begleiten? Vielleicht meine Mutter? Mittwochs war ihr kurzer Tag, das würde also passen.

Ich griff bereits erneut nach dem Handy, als ich mich umentschied. Lieber nicht, dann müsste ich ihr auch vom Adventskalender erzählen, sofern sie nicht ohnehin davon wusste. Ich liebte meine Mutter, und ich hätte sie gern mal wiedergesehen, aber ich hatte keine Lust, mir während des Trips durch die Stadt die ganze Zeit über anzuhören, wie froh sie war, dass ich endlich aus meinem Schneckenhaus kam. Das wäre nicht hilfreich, um mich von Tom abzulenken.

Freunde? Die arbeiteten alle und würden kaum früher als Emma Zeit haben. Oder ich ging allein. Zwar hatte ich Emma gerade erst gebeten, mich zu begleiten, doch sie wäre bestimmt nicht enttäuscht, wenn ich ihr wieder absagte und die Gründe dafür nannte. Ob ich das machen sollte? Ich schüttelte den Kopf. Die letzten Weihnachtsgeschenke hatte ich zusammen mit Tom gekauft, das war also keine gute Idee. Ohne moralische Unterstützung würde ich aufgeben, ehe ich die Hälfte der Geschenke beisammen hatte.

Hm, theoretisch gab es noch eine Alternative, die mir Emma nicht übel nehmen würde: Wenn ich statt ihrer einen Mann mitnähme ... *Nein, dann gehe ich doch lieber allein.* Wobei ... Nein, ich konnte Erik nicht schon wieder fragen, ob er mich begleitete. Wie würde das denn aussehen? Allerdings … Er hatte mich schon öfter gefragt, ob ich was mit ihm unternehmen wollte, und er hatte großes Interesse am Adventskalender gezeigt. Er wusste, dass ich Unterstützung brauchte, und würde meine Bitte dementsprechend nicht falsch verstehen. Unter Umständen konnte ich sie ihm sogar als Wiedergutmachung für meine vielen Absagen präsentieren, und außerdem wäre er tatsächlich eine Hilfe, weil er im Gegensatz zu allen anderen meine Gefühle weder hinterfragte noch mich wie ein kleines Kind lobte, wenn ich etwas schaffte, das mich Überwindung gekostet hatte. Erik akzeptierte mein Verhalten kommentarlos.

Es war seltsam. Monatelang hatte ich meinen Nachbarn gemieden in der Befürchtung, dass er mich immerzu an Tom erinnern würde – so wie es jedes Mal geschah, wenn ich ihm kurz im Hausflur begegnete. Beim Spaziergang jedoch, als wir mehr Zeit miteinander verbracht hatten, war es Erik irgendwie gelungen, mich abzulenken. Eine Tatsache, die Gold wert war, weil ich tatsächlich nicht immerzu an Tom denken wollte. Trotzdem …

Soll ich Erik fragen oder nicht?

»Und, was sagst du?«, erkundigte ich mich, als ich den Vorhang der Umkleidekabine beiseitezog.

»Was sagst *du*?«, fragte Erik zurück und drückte seine Brust heraus.

Während ich in der Umkleide gewesen war, hatte er sich ebenfalls einen Pullover übergezogen, den er mir nun, sich um sich selbst drehend, präsentierte.

Mit großen Augen schaute ich ihn an, dann musste ich lachen. »Das ist der hässlichste Weihnachtspullover, den ich je gesehen habe.« Das gute Stück war hautfarben und zeigte als Motiv den nackten, behaarten Oberkörper eines Mannes. Im Dekolletébereich wand sich eine Lichterkette, über den restlichen Körper verteilten sich Weihnachtstattoos und an den Brustwarzen hingen zwei Christbaumkugeln.

Erik sah an sich hinab und schmunzelte. »Eigentlich wollte ich den Heiligabend anziehen.«

»Fünf Euro, wenn du das durchziehst.«

Er tat, als würde er überlegen. »Hm, ich weiß nicht. Der Pullover kostet fünfundzwanzig Euro. Das scheint mir kein gutes Geschäft zu sein.«

»Zehn Euro, das ist mein letztes Angebot.«

Erik lachte und zog den Pullover wieder aus. Dabei rutschte sein weißes T-Shirt ein kleines Stückchen nach oben und entblößte einen Streifen nackter Haut. Schnell sah ich weg, denn es fühlte sich nicht richtig an, die Muskeln eines anderen Mannes zu bewundern.

»Ich lasse es mir noch mal durch den Kopf gehen«, meinte Erik und legte den Weihnachtspullover zurück auf den Stapel. »Der Kaschmirpullover steht dir übrigens ausgezeichnet. Den solltest du nicht nur für Marie kaufen.«

»Ja, ich denke tatsächlich darüber nach«, gestand ich und verschwand wieder in der Umkleidekabine, um noch einmal einen Blick in den Spiegel zu werfen. Das war der Vorteil, wenn man eine Zwillingsschwester hatte, die genauso aussah wie man selbst. Man konnte Sachen, die man ihr schenken wollte, einfach selbst anprobieren und musste nicht lange überlegen, ob sie dem anderen stehen würden.

Der Pullover war aus roséfarbenem Kaschmir. Er war nicht billig, aber weich und anschmiegsam und jeden Cent wert. Ich wollte Marie eine besondere Freude machen, weil ich mich während der letzten zwei Jahre und vor allem während ihrer gesamten Schwangerschaft dermaßen zurückgezogen hatte. Er traf genau ihren Geschmack und würde ihr ausgezeichnet stehen, und bald würde sie auch wieder hineinpassen. Kaum zu glauben, dass wir demnächst das erste Kind innerhalb der engeren Familie haben würden. Ich konnte mir gar nicht recht vorstellen, wie das sein würde.

Da fiel mir ein, dass ich für meine Nichte auch noch etwas besorgen musste. Nur was? Da ich in letzter Zeit so sehr mit mir selbst beschäftigt gewesen war und damit, mich von allem abzuschotten, hatte ich nicht mitbekommen, was für die Kleine noch fehlte. Normalerweise hätten wir die ganzen Besorgungen für das Kind zusammen unternommen. Was hatte ich mir nur dabei gedacht, Marie allein zu lassen? *Du hast überhaupt nicht gedacht*, schalt ich mich selbst, *beziehungsweise nur an dich selbst und damit vielen Leuten vor den Kopf gestoßen.* Es war an der Zeit, einiges wiedergutzumachen.

Ich tauschte den Kaschmirpullover gegen meinen eigenen und verließ mit dem Wintermantel über dem Arm die Kabine, um einen zweiten Pullover in der gleichen Größe und Farbe zu holen.

»Nimmst du den Pullover auch für dich mit?«, fragte Erik, der mir gefolgt war.

Ich nickte. »Warme Kleidungsstücke kann man im Winter nie genug haben.« Außerdem hatte ich mir schon ewig nichts mehr gegönnt, schon gar keine Kleidung. Nach Toms Tod hatte ich zunächst haushalten müssen, bis ich sicher war, allein über die Runden zu kommen, und dann hatte mir der Elan zum Shoppen gefehlt.

»So, für deine Schwester hätten wir schon mal was«, meinte Erik, nachdem ich bezahlt hatte. »Für wen brauchen wir außerdem Geschenke?«

»Die Frage ist, für wen wir keine brauchen«, erwiderte ich lachend. »Meine Eltern fehlen und meine beste Freundin. Außerdem brauche ich etwas für meinen Schwager, und dann möchte ich eine Kleinigkeit für meine Nichte kaufen.«

»Das trifft sich gut, ich habe nämlich auch eine Nichte, für die ich etwas brauche.«

»Ach, wirklich?«

Erik nickte. »Meine Schwester hat vor ziemlich genau einem Jahr ein Kind bekommen.«

»Du hast nicht zufällig eine Idee, was ich meiner Schwester für ihre Tochter schenken kann? Spielzeug und Klamotten besorgt jeder, deshalb hätte ich gern etwas anderes.«

»Lass uns doch in die Kinderabteilung gehen«, schlug Erik vor.

Wir fuhren mit der Rolltreppe in die oberste Etage und liefen durch die Gänge, um uns inspirieren zu lassen. Erik kaufte ein Bällebad für seine Nichte, wollte die dazugehörigen Bälle allerdings erst später besorgen, um sie nicht die ganze Zeit durch die Gegend schleppen zu müssen.

Ich wanderte derweil zwischen den Regalen hindurch, nahm dies und jenes in die Hand und stellte es wieder zurück. Schließlich entschied ich mich für einen Bilderrahmen, in dem nicht nur Platz für ein Foto war, sondern auch für einen Hand- und Fußabdruck aus Gips.

Inzwischen war es voll geworden, Mittwochmittag hin oder her, und wir standen ewig an der Kasse. Nicht auszudenken, wie es gegen Abend sein würde. Nach dem Bezahlen ertappte ich mich dabei, wie ich einen sehnsüchtigen Blick zum Café hinüberwarf, das sich ebenfalls auf dieser Etage befand.

»Heiße Schokolade?«, fragte Erik.

Ich nickte. »Liebend gern.«

»Dann such uns doch schon mal einen Tisch. Ich besorg die Schoki. Sahne?«

»Extra viel«, erwiderte ich lächelnd und griff nach seinen Einkäufen. »Komm, gib mir deine Tüte, dann kannst du das Tablett tragen.«

Während Erik die Getränke organisierte, suchte ich nach einem freien Tisch, vorzugsweise am Fenster. Die Plätze waren natürlich besonders beliebt, sodass alles belegt war, aber ich hatte Glück. Ein älteres Ehepaar stand auf, als es mich voll beladen mit den Taschen erblickte. Ich bedankte mich und ließ mich auf den freien Stuhl direkt am Fenster fallen. Ein bisschen wehmütig sah ich dem Ehepaar hinterher, das händchenhaltend das Café verließ. Für mich war immer klar gewesen, dass Tom und ich eines

Tages in weiter Ferne auch eines dieser Paare sein würden, das sich bis ins hohe Alter liebte, und jetzt wusste ich nicht einmal, ob ich das überhaupt jemals wieder erleben würde – Händchenhalten, Verbundenheit, Liebe. Eine Zukunft mit einem anderen Mann als Tom konnte ich mir einfach nicht vorstellen.

Ich sah aus dem Fenster, hinab auf die pulsierende Stadt. Es war einer dieser Wintertage, an denen es nicht richtig hell wurde, sodass man die Weihnachtsbeleuchtung an den Weihnachtsmarktbuden deutlich sehen konnte, obwohl es noch lange nicht dämmerte. Einheimische, Studenten und Touristen strömten aus den ankommenden Bussen und Bahnen am Bismarckplatz in Richtung Altstadt.

Hoffentlich finde ich alle Geschenke in diesem Kaufhaus, dachte ich, denn ich hatte nicht vor, mich weiter in die Innenstadt vorzuwagen. Bisher war ich dem Marktplatz erfolgreich aus dem Weg gegangen, und es lag mir fern, das in naher Zukunft zu ändern. So weit war ich noch nicht.

Aus den Lautsprechern des Cafés drang *Do they know it's Christmas*, und ich spürte einen Moment lang in mich hinein. Zu meiner Erleichterung stellte ich fest, dass mich der Song nicht mehr so schnell aus der Fassung brachte wie noch vor Kurzem. Gestern erst hatte ich die Aufgabe bekommen, es mir mit Tee und Weihnachtsmusik auf dem Sofa gemütlich zu machen. Eine gute Übung für heute und für den Weihnachtsmarktbesuch, der mich im Adventskalender garantiert noch erwartete. Aber daran wollte ich jetzt lieber nicht denken.

»Wird langsam voll, was?«, fragte Erik, als er mit zwei

Tassen in der Hand zu mir an den Tisch trat. Er stellte sie ab, legte seine Jacke über die Stuhllehne und setzte sich mir gegenüber.

»So langsam«, antwortete ich und nahm eine der Tassen. »Danke für den Kakao. Was bekommst du?«

»Gar nichts. Betrachte es als Dankeschön für den Nikolaus oder als Wiedergutmachung für den scheußlichen Kaffee auf der Intensivstation.«

»Ich trinke ohnehin viel lieber Kakao als Kaffee«, sagte ich und nahm vorsichtig einen Schluck.

Erik nippte ebenfalls an seiner Schokolade und sah eine Weile aus dem Fenster. »Wenn es dir zu viel wird, können wir nach Hause fahren. Niemand schreibt dir vor, dass du sämtliche Geschenke heute besorgen musst.«

Ich erwiderte seinen Blick. »Das ist nett, aber ich schaffe das schon. Wenn wir nur vielleicht in diesem Kaufhaus ...«

Er nickte, noch ehe ich zu Ende gesprochen hatte. »Natürlich, kein Problem. Hast du denn eine Idee, was du deinen Eltern oder deinem Schwager schenken willst?«

Ich schüttelte den Kopf. »Nicht so richtig, aber mir wird schon was einfallen. Die Inspiration kommt meistens beim Shoppen, zumindest früher immer. Sag Bescheid, falls dir das zu anstrengend ist ...«

»Blödsinn, ich bin bei allem dabei. Zu Hause würde ich mich bloß langweilen, insofern bin ich echt froh, dass du mich gefragt hast, ob ich mitkommen will. Zumal mir ebenfalls noch einige Geschenke fehlen.«

»Ist ja auch noch etwas Zeit«, meinte ich.

»Ziemlich genau zwei Wochen«, erwiderte Erik. »So viel ist das gar nicht.«

Ich grinste. »Gehörst du sonst etwa zu den Kandidaten, die ihre Geschenke Last Minute im Internet kaufen?«

»Auf den letzten Drücker ja, aber nicht übers Internet. Für gewöhnlich haste ich einen Tag vor Weihnachten in die Stadt und kaufe irgendwas, weil ich in der Adventszeit beruflich meistens zu eingespannt bin.«

Ich trank einen Schluck Kakao. »Wie kommt's, dass du jetzt so lange frei hast?«

Erik zuckte mit den Schultern. »Hat sich so ergeben.« Als ich ihn fragend betrachtete, fuhr er zögerlich fort: »Na ja, meine Urlaubstage haben sich angesammelt. Für gewöhnlich fliege ich im Oktober irgendwohin in die Sonne, aber das ist dieses Jahr ausgefallen. Wir hatten einen Patienten, den ich nicht allein lassen wollte. Es war absehbar, dass ...« Er brach ab.

»Dass er es nicht schaffen würde?«, hakte ich leise nach.

Erik nickte. »Genau. In den letzten Jahren war er leider so was wie ein Stammgast auf der Intensiv, und es erschien mir nicht richtig, in den Urlaub zu fahren und mich in die Sonne zu legen, während er ...« Er hielt inne, wickelte den beigelegten Keks auf seiner Untertasse aus dem Papier und schob ihn sich nachdenklich in den Mund. Nach einer Weile murmelte er: »Tut mir leid, ich bin manchmal verunsichert, weil ich nicht weiß, was ich dir erzählen kann beziehungsweise soll.«

Ich zwang mich zu einem Lächeln. »Um ehrlich zu sein, geht es mir ähnlich.« Er lächelte zurück, und nach ein paar

Sekunden war ich diejenige, die den Blickkontakt abbrach. Ich trank meinen Kakao aus und warf einen letzten Blick aus dem Fenster. »Was hältst du davon, wenn wir erst einmal zu den Büchern gehen? Meine Schwester muss sich schonen, und ich …«

»Alles okay mit ihr und dem Kind?«

Diesmal kam das Lächeln von allein. Es war wirklich erstaunlich, wie aufmerksam er war und wie viele Gedanken er sich um andere machte. »Sie hat es wohl ein wenig übertrieben, aber so weit ist alles in Ordnung.«

»Dann ist es ja gut.« Erik erhob sich von seinem Stuhl. »Also, dann lass uns zu den Büchern gehen, und anschließend streifen wir durch die anderen Abteilungen auf der Suche nach Inspiration.«

»Klingt nach einem Plan.«

Kapitel 7

Hm, vielleicht sollte ich auch mal wieder was lesen, überlegte ich und sah mich nach Erik um, der ein paar Tische entfernt von mir stand und in ein Buch vertieft schien. Ich hatte ewig gebraucht, um einen Weihnachtsroman für Marie zu finden. Die meisten waren mir zu kitschig, weil überall eine Liebesgeschichte im Vordergrund stand. Mangels Alternativen hatte ich schlussendlich dann aber doch so einen Roman ausgewählt. Ich musste ihn ja nicht selbst lesen, und Marie stand darauf.

Mit meiner Wahl für meine Schwester in der Hand streifte ich am Regal entlang. Es war eine Weile her, seit ich selbst zum letzten Mal einen Roman gelesen hatte, und ich überlegte, mal wieder einen zu probieren. Allerdings verspürte ich keine große Lust, ausgerechnet mit einem Liebesroman zu starten, und hielt Ausschau nach einem Thriller oder Krimi. Ich fand einen Weihnachtskrimi, legte ihn jedoch wieder beiseite, obwohl der Klappentext ganz spannend klang. In letzter Zeit passierte so viel Weihnachtliches um mich herum, dass ich befürchtete, mich selbst zu überfordern. Wenn man lange gehungert hat, soll man schließlich auch nicht gleich mit einem Fünf-Gänge-Menü starten. Am Ende hielt ich den aktuellen Thriller von Guillaume Musso in den Händen, der alles andere als romantisch oder weihnachtlich klang. Perfekt. Ich sah mich erneut nach Erik um, der auf einmal neben mir stand.

»Fündig geworden?«, fragte er.

Ich präsentierte ihm meine Errungenschaften, und er lachte.

»Was ist so lustig?«, wollte ich wissen.

»Na ja, ich dachte mir, ich könnte den Urlaub nutzen, um mal wieder was zu lesen, und habe mich hierfür entschieden.« Er hielt mir ein Buch hin: den aktuellen Musso.

Ich schluckte und brachte ein gemurmeltes »Wie witzig« zustande. Keine Ahnung, warum es mich so aus der Fassung brachte, dass wir das gleiche Buch ausgewählt hatten. Immerhin ist Guillaume Musso ein bekannter Thrillerautor, dessen Bücher Hunderttausende lesen. Warum nicht also auch Erik?

»Das hat Spaß gemacht«, meinte Erik, als wir am späten Nachmittag mit prallen Tüten im Hausflur vor seiner verschlossenen Tür standen. »Und das will was heißen. Normalerweise artet das Geschenkeshoppen bei mir in Stress aus, und das, obwohl ich Weihnachten liebe. Danke also, dass du mich mitgenommen hast.«

»Gern. Danke, dass du mitgekommen bist. Also dann ...«

Vor ein paar Tagen noch hätte ich alles gegeben, um so schnell wie möglich von Erik wegzukommen, wäre die

Treppe nach oben gehastet und hätte mich in meiner Wohnung verkrochen. Stattdessen blieb ich unschlüssig stehen und beobachtete, wie Erik seine Wohnungstür aufschloss und die Taschen hineinstellte. Ich spähte an ihm vorbei, konnte außer dem Flur jedoch nicht viel erkennen.

Erik runzelte die Stirn. »Ist alles okay?«

»Wie? Ja, klar. Alles bestens.«

»Ich hoffe, ich habe dich nicht irgendwie vor den Kopf gestoßen.«

»Gar nicht«, antwortete ich lächelnd. »Ich war bloß in Gedanken.«

Erik hatte vorhin alles stehen und liegen lassen, um mich in die Stadt zu begleiten, und es war ein schöner Tag gewesen. Es gab überhaupt keinen Grund, seltsam zu reagieren, nur weil er und ich uns das gleiche Buch ausgesucht hatten – eines, das überdies den Massengeschmack traf. Dann hatten wir eben eine Gemeinsamkeit. Na und? Es war absolut nichts dabei. Kein Grund zur Panik.

Das Licht im Treppenhaus ging aus, und Erik drückte auf den Schalter. »Solltest du bei einer weiteren Aufgabe aus deinem Adventskalender Hilfe benötigen, weißt du, wo du mich findest.«

»Danke, das ist nett.« Ich nahm meine Taschen und stieg die Stufen nach oben zu meiner Wohnung, ohne mich noch einmal umzudrehen. Dabei war ich sicher, dass Erik mir hinterhersah.

Ich schloss meine Tür auf und flüchtete nun doch regelrecht in meine Wohnung. Als die Tür hinter mir zufiel, lehnte ich mich einen Moment mit geschlossenen Augen dagegen. Was war nur los mit mir? Kopfschüttelnd ging ich in die Küche, um mir einen Tee zu kochen. Die Einkaufstüten ließ ich im Flur liegen.

Zu meiner eigenen Überraschung hatte ich wirklich für jeden ein Geschenk gefunden. Meine Mutter sollte ein Buch bekommen: *Kleidung für Babys und Kleinkinder stricken*. Sie liebte es, abends vor dem Fernseher zu sitzen und die Stricknadeln klappern zu lassen, und sie würde es noch mehr lieben, wenn sie endlich Babykleidung stricken durfte. Dazu hatte ich Wolle besorgt und losen Tee in einer hübschen Dose. Mein Vater bekam einen Modellbausatz für ein Schiff. Das war zwar nicht ganz billig gewesen, aber Marie hatte ja angeboten, sich zu beteiligen. Für sie hatte ich neben dem Pullover und dem Buch Pralinen mit weißer Schokolade besorgt, die sie besonders gern mochte. Finn wollte ich ein Zeitschriftenabonnement schenken und hatte drei verschiedene Magazine gekauft, aus denen er auswählen konnte. Sobald seine und Maries Tochter auf die Welt kam, hatte er drei Monate Elternzeit und hoffentlich ein wenig Zeit und Lust zum Lesen. Auch meine beste Freundin hatte ich in letzter Zeit vernachlässigt, sodass ich Emma ein Parfum besorgt hatte, von dem ich wusste, dass sie den Duft liebte, ihn sich jedoch nie gönnte, weil der kleine Flakon absurd teuer war. Zwar waren luxuriöse Geschenke nicht das, was sich Marie und Emma von mir wünschten, aber es war immerhin ein Anfang.

Keine Viertelstunde später saß ich mit meiner Tasse Tee auf dem Sofa und betrachtete die Lichterkette an meinen Fenstern, die ich sogar eingeschaltet hatte, fühlte mich jedoch ruhelos. Mein neues Buch lag unberührt neben mir; zum Lesen fehlte mir die Lust. Ich dachte an Erik, und von Erik wanderten meine Gedanken weiter zu Tom. Allerdings wollte ich an keinen von beiden denken, schaltete stattdessen den Fernseher ein und zappte durch die Sender. Nirgends lief etwas Vernünftiges. Ich wechselte zu Netflix, seufzte und schaltete den Fernseher wieder aus. In den letzten Monaten hatte ich zu viele Stunden vor der Glotze verbracht. Vielleicht war es wirklich an der Zeit, das Leben wieder selbst zu leben.

»Hi. Na, das ist mal eine Überraschung.« Marie knipste den Fernseher aus – wie erwartet sah sie sich gerade einen Weihnachtsfilm an – und wollte sich aufrichten, um mich zu begrüßen.

»Bleib liegen«, sagte ich, bückte mich zu ihr hinunter und küsste sie auf die Wange. »Wie geht es dir? Hast du noch Schmerzen?«

Sie schüttelte den Kopf. »Ich merke gar nichts mehr, aber ich bin vernünftig und bleibe trotzdem liegen. Außerdem würde Finn mir was husten, wenn ich herumrennen würde.«

»So ist es richtig«, meinte ich. »Was hat die Ärztin gesagt?«

»Nur, dass ich es ein paar Tage lang ruhiger angehen lassen soll. Am Freitag will sie mich noch mal sehen, aber bloß weil dann das Wochenende vor der Tür steht.«

»Da habe ich genau das Richtige für dich.« Ich holte den Roman aus meiner Tasche und reichte ihn Marie.

Sie grinste. »Hast du gespickt?«

Ich zog die Augenbrauen hoch. »Wovon redest du?«

Sie winkte ab. »Ach, nicht so wichtig. Danke dir, das ist echt lieb. Tatsächlich wollte ich mir selbst einen Weihnachtsroman kaufen, hab es aber noch nicht geschafft.«

»Stattdessen hat sie sämtliche Onlineshops nach den besten Spucktüchern abgesucht«, bemerkte Finn, der mit zwei Tassen Tee aus der Küche ins Wohnzimmer kam. »Ich meine, das Baby wird da draufkotzen, mehr nicht. Was kann man da falsch machen?«

Marie verdrehte die Augen. »Entschuldige bitte, aber das Baby wird nicht nur da draufkotzen. Hast du dir mal die Rezensionen durchgelesen? Manche Tücher sind nicht weich genug für die empfindliche Babyhaut, andere wiederum sind zu schmal, sodass die Hälfte danebengeht.«

»Hast du denn welche gefunden?«, fragte ich.

Marie nickte. »Habe ich, noch dazu mit süßem Elefantendesign.«

»Auf Elefanten kotzt es sich viel besser als auf Frösche«, frotzelte Finn.

Ich unterdrückte ein Lachen. Mein Schwager wirkte manchmal etwas hart, aber er war der beste Ehemann, den sich meine Schwester wünschen konnte. Er trug sie auf Händen und erfüllte ihr jeden Wunsch, selbst wenn er nicht seinem Geschmack entsprach.

»Danke«, sagte ich, als er mir eine der beiden Tassen reichte. Die zweite stellte er zu meiner Schwester auf das Tischchen, auf dem die Lampe stand.

»Braucht ihr sonst noch was?«, fragte er.

»Im Moment nicht«, antwortete Marie und wandte sich an mich. »Willst du dich nicht endlich setzen?«

Ich hob ihre Beine an, setzte mich hin und platzierte sie auf meinem Schoß. »Besser?«

Sie nickte. »Wie war dein Einkaufsbummel? Hast du Weihnachtsgeschenke gefunden?«

»Hab ich, und zwar alle«, antwortete ich ein wenig stolz und zählte ihr meine Errungenschaften auf.

»Und was bekomme *ich*?«, wollte sie wissen.

Ich lächelte. »Netter Versuch. Ich sag nur so viel: Du wirst dein Geschenk mögen.«

»Jetzt machst du mich neugierig.«

»Ist ja nicht mehr lange hin, und von Mamas Geschenk wirst du sicher auch was haben. Sie wird über die Feiertage bestimmt direkt loslegen, um etwas für die Kleine zu stricken.«

»Das hoffe ich doch.«

»Habt ihr eigentlich schon einen Namen ausgesucht?«

»Wir schwanken zwischen zwei, wollen aber nichts verraten.«

»Wegen Mama?«

Als Marie und Finn zu Beginn der Schwangerschaft bei einem Familienessen das erste Mal über mögliche Namen gesprochen hatten, kommentierte unsere Mutter jeden Vorschlag mit einer Geschichte oder Anekdote oder erzählte von jemandem, der ebenso hieß – auf eine Art und Weise, dass am Ende keiner der Namen noch infrage kam.

»Wegen Mama.« Marie grinste und trank einen Schluck

Tee. Viel zu beiläufig fragte sie dann: »Sag mal, wie war es denn mit Erik?«

Ich spannte mich an, denn ich wusste genau, in welche Richtung die Frage zielte. Dass Marie von meinem Shoppingtrip mit Erik wusste, wunderte mich nicht. Vermutlich hatte Emma sie sofort angerufen, nachdem ich ihr abgesagt hatte. »Wie soll es schon gewesen sein? Wir haben Weihnachtsgeschenke für unsere Familien gekauft und dabei versucht, uns nicht umrennen zu lassen.«

Marie seufzte leise. »War es so voll, ja?«

Dankbar nahm ich zur Kenntnis, dass sie das Thema wechselte. Ich ließ mich vielleicht von ihr und Emma dazu überreden, der Weihnachtszeit mehr Aufmerksamkeit zu schenken, als ich das selbst wollte, aber ich würde mich nicht von den beiden verkuppeln lassen. Auf gar keinen Fall! Weihnachtsmusik zu hören und Weihnachtsbeleuchtung zu bewundern, war eines, aber einen neuen Mann in mein Leben lassen? Das konnten sie sich abschminken. Dazu war ich noch nicht bereit und würde es vielleicht nie sein.

Und warum dachte ich in letzter Zeit überhaupt immer wieder darüber nach?

Nein, bitte nicht! Bitte nicht! Da war sie: Die Aufgabe, die ich am meisten gefürchtet und von der ich gehofft hatte, dass sie erst viel später kam. Natürlich hatte ich geahnt, dass ich nicht drumherum kommen würde; dennoch war es ein Schock. Wir hatten gerade mal den 11. Dezember ... Ich fing doch eben erst an, mich damit auseinanderzusetzen, dass es auch ein Leben ohne Tom geben musste.

11. Dezember:
Bummle über den Weihnachtsmarkt.

Die Hand, in der ich den Zettel hielt, zitterte. Emma und Marie waren verrückt. Mich zum Geschenkefinden an einem Mittwoch in die Stadt zu schicken, ließ ich mir noch gefallen, aber ich hatte nicht vor, über den Weihnachtsmarkt zu »bummeln«, noch dazu an einem Freitagabend. Der Markt öffnete zwar bereits vormittags, aber Emma war im Büro und hatte erst nach Feierabend Zeit, und Marie durfte zwar aufstehen, jedoch nicht zu lange auf den Beinen sein. Der Weihnachtsmarkt fiel demnach flach für sie. Einen Moment überlegte ich, die Aufgabe auf einen anderen Tag zu verschieben, schließlich blieb der Markt bis zum 22. Dezember geöffnet, und vielleicht würde sich Maries Zustand innerhalb der nächsten eineinhalb Wochen bessern. Und meiner eventuell auch.

Während ich den Zettel mit der Aufgabe anstarrte, schüttelte ich den Kopf. Das Gegenteil würde der Fall sein, zumindest bei Marie. Das Baby würde an Gewicht zulegen und die Beschwerden zum Ende der Schwangerschaft wohl eher zu- als abnehmen. Diesbezüglich brauchte ich mir also keinerlei Hoffnung zu machen. Und überhaupt – dass Marie gar keine und Emma erst heute Abend Zeit haben würde, war ja gar nicht das Problem. Ich *musste* diese Aufgabe nicht erledigen, wenn ich nicht wollte. Es war nur ein Adventskalender, etwas, das sich zwei Menschen ausgedacht hatten, die keine Ahnung von meinem Schmerz hatten, die nicht wussten, wie es war, mit jedem noch so kleinen Detail an den größten Verlust meines Lebens erinnert zu werden, sodass ich manchmal dastand und nach Luft schnappte, weil ich das Gefühl hatte, ersticken zu müssen. Was wussten sie schon? Marie war glücklich verheiratet und erwartete eine Tochter, und Emmas höchstes Gut war seit jeher ihre Unabhängigkeit – sie führte eine harmonische Ehe mit einem ebenso freiheitsliebenden Mann. Ja, beide wollten mir helfen. Aber sie hatten keine Ahnung.

In einem plötzlichen Wutanfall zerknüllte ich den Zettel und warf ihn in den Müll. Ich war nicht bereit für diese Aufgabe und Schluss. Wie stellten sich Emma und Marie das überhaupt vor? Sollte ich mich auf den Marktplatz stellen und Glühwein trinken, oder was? Das konnten sie vergessen, denn es würde mich keinen Schritt weiterbringen. Stattdessen würde ich mich einfach wieder meiner gestrigen Aufgabe widmen: *Lies über die Feiertage einen Weihnachtsroman und fang am besten gleich damit an.*

Ein bisschen geärgert hatte ich mich ja schon, als ich den Zettel gestern aus der Socke fischte, denn da ich kein passendes Buch besaß, hatte ich noch mal losziehen müssen, um eines zu besorgen. Wieso war diese Aufgabe nicht vor der Aufforderung zum Geschenkekaufen gekommen?

Immerhin gab es in meinem Viertel eine kleine Buchhandlung, sodass ich mir wenigstens den Trubel in der Innenstadt sparte. Auf einem Weihnachtsthementisch hatte ich den Weihnachtskrimi entdeckt, der mir schon im Kaufhaus aufgefallen war, und entschied mich kurzerhand dafür. Inzwischen hatte ich sogar ein paar Seiten gelesen.

Ich kochte mir einen Tee und verkrümelte mich mit dem Buch aufs Sofa. Ich hatte kaum zwei Seiten gelesen, als es an der Tür klingelte. Emma oder Marie? Sicher wussten sie, was sie mir mit der heutigen Aufgabe antaten, und nun plagte sie das schlechte Gewissen. *Geschieht ihnen recht*, dachte ich und überlegte einen Moment, die Türklingel zu ignorieren. Was allerdings kindisch gewesen wäre, also stand ich auf.

Zu meiner Überraschung war es Erik, der vor meiner Tür stand und ein bisschen verlegen wirkte. »Hi.«

»Hi«, sagte ich zurück und konnte nicht verhindern, ihn fragend zu betrachten.

»Ich ... also ...« Lachend strich er sich die Haare aus der Stirn. »Ich glaube, ich fange noch mal von vorne an. Ich habe mich gefragt, ob ich dir wirklich nicht auf die Füße getreten bin. Du hast gestern nichts von dir hören lassen und ... Wobei du dich natürlich nicht jeden Tag bei mir melden musst. Ich hatte bloß befürchtet ... Gott, entschuldige. Vergiss einfach, was ich gesagt habe.«

Nun musste ich lachen. »Es ist alles okay, ehrlich. Du bist mir nicht zu nahegetreten.«

»Dann ist es ja gut.« Eriks besorgte Miene wich einem erleichterten Lächeln. »Ich habe wirklich keinerlei Absichten verfolgt, ich wollte dir nur meine Hilfe anbieten. Sozusagen als Freund. Du hast sicher genug Freunde, und im Prinzip kennen wir uns kaum. Na ja, aus dem Krankenhaus, aber das ist nun wirklich keine schöne ...«

»Freunde kann man nie genug haben«, unterbrach ich ihn.

Er lächelte und wurde tatsächlich ein bisschen rot. »Gut. Prima.« Er wollte sich gegen den Türrahmen lehnen, verfehlte ihn allerdings um ein paar Millimeter und geriet ins Wanken. Nur mit Mühe konnte ich ein Kichern unterdrücken. »Ähm, welche Aufgabe versteckt sich denn heute in deinem Adventskalender? Hast du schon nachgesehen?«

Ich nickte und wurde wieder ernst. »Ein Besuch auf dem Weihnachtsmarkt.«

»Ich liebe den Heidelberger Weihnachtsmarkt.« Erik strahlte wie ein kleiner Junge vor einer Carrerabahn. »Vor allem vormittags unter der Woche, wenn man in aller Ruhe seinen Crêpe essen kann, ohne dass man angerempelt wird und sich mit geschmolzener Schokolade bekleckert.«

»Hm, ja«, machte ich, während ich meinen Ehering drehte.

Erik runzelte die Stirn. »Du willst nicht gehen?«

»Ich meide den Weihnachtsmarkt, speziell den Marktplatz.«

»Darf ich fragen, warum?« Ich atmete tief ein, doch er winkte sofort mit beiden Händen ab. »Nee, schon gut. Vergiss, dass ich was gesagt habe.«

Hörbar stieß ich die Luft wieder aus. Vielleicht sollte ich es ihm einfach sagen. »Tom und ich haben uns zur Weihnachtszeit auf dem Marktplatz kennengelernt.«

Erik nickte und fuhr sich mit einer Hand durch die Haare. »Verstehe. Jetzt wird mir so einiges klar.«

Ich schwieg.

»Mensch, und dann hast du deinen Mann ausgerechnet

an Heiligabend verloren. Einen geeigneten Zeitpunkt gibt es nicht, versteh mich nicht falsch, aber das ist schon hart.«

»Eben«, platzte es aus mir heraus. »Warum verstehst *du* das, aber Marie und Emma nicht?«

»Ganz ruhig«, sagte Erik und klang dabei unglaublich sanft. »Ich kenne deine Schwester und Freundin zwar nicht direkt, aber ich bin sicher, dass sie dich nicht ärgern wollen.«

»Ach nein? Und warum geben sie mir dann diese Aufgabe? Noch dazu an einem Freitag?« Ich schnaubte.

Erik deutete ein Schulterzucken an. »Na ja, manche Dinge lassen sich halt am Wochenende besser erledigen als unter der Woche.«

»Das Geschenkeshoppen fiel doch auch auf einen Mittwoch«, antwortete ich und hörte mich an wie ein quengeliges Kind. »Das hätten sie mit dem Weihnachtsmarkt genauso machen können.«

»Schon, aber vermutlich haben sie den Freitag deshalb ausgewählt, weil sie da generell mehr Zeit haben, um dich begleiten zu können.«

»Hm.« Mehr brachte ich nicht heraus, denn so ganz unrecht hatte er wohl nicht mit seiner Vermutung. Trotzdem hatte ich nicht vor, die Aufgabe zu erfüllen. Bislang war ich zehn von elf Herausforderungen entgegengetreten, was ich eine verdammt gute Quote fand, wenn man bedachte, dass ich zu Beginn erst gar nicht mitmachen wollte.

Erik dachte einen Moment nach, was deutlich an seinem zusammengezogenen Mund zu sehen war. »Wir könnten auf einen der Weihnachtsmärkte in den Stadtteilen gehen.

Da ist sicher weniger los, und vielleicht wecken sie weniger Erinnerungen. Sofern es gerade irgendwo in Heidelberg einen Stadtteilweihnachtsmarkt gibt, aber das lässt sich ja schnell übers Internet herausfinden.«

Die Wut wich aus mir, und ich musste lächeln. Es war nett, dass er sich Gedanken darüber machte, wie ich die Aufgabe doch noch erfüllen konnte. Obwohl er mich kaum kannte, schien er zu ahnen, dass es an mir nagen würde, wenn ich jetzt einfach aufgab. Auch wenn ich diese Tatsache zu gern hinter meinem Trotz versteckt hätte.

Erik warf einen Blick auf seine Armbanduhr. »Noch ist es bestimmt nicht so voll, und ich hätte Zeit. Was meinst du?«

Kapitel 8

Erik und ich waren schlussendlich doch ins Stadtzentrum gefahren und gingen langsam an den Buden am Bismarckplatz vorbei. Der Heidelberger Weihnachtsmarkt war einer der schönsten Deutschlands und verteilte sich – aus meiner Sicht – glücklicherweise über die gesamte Innenstadt, sodass sich auch die Besucher verteilten. Die Fußgängerzone an sich war einfach zu schmal, um sämtliche Buden dort aufzubauen, und so fanden sie sich am Bismarckplatz, vor dem Anatomiegarten, auf dem Uniplatz, dem Marktplatz, dem Kornmarkt und dem Karlsplatz, wo die Eislaufbahn aufgebaut war. Mir persönlich gefiel der Teil auf dem Marktplatz am besten, denn die anderen Bereiche waren relativ klein. Lediglich der Uniplatz bot ein ähnlich großes Angebot, versprühte jedoch nicht den gleichen romantischen Charme wie der Markt mit seiner altmodischen Architektur und dem Blick aufs Schloss.

»Kann ich dir Zuckerwatte spendieren?«, fragte Erik.

»Danke, das ist nett, aber für mich nicht. Ich mag lieber Schokobananen oder Crêpe mit Kinderschokolade.«

»Gute Wahl. Mein Bruder hat mich letztes Jahr zum Zuckerwatte-Wettessen herausgefordert. Keine gute Idee. Gar keine gute Idee.«

Ich schüttelte den Kopf, musste aber schmunzeln. »Wie alt ist dein Bruder noch gleich?«

»Definitiv zu alt für so einen Käse.«

Die Fußgängerampel schaltete auf Grün, und wir überquerten die Sofienstraße, um durch die Hauptstraße zu den anderen Stationen des Weihnachtsmarkts zu gehen.

»Ich bin der Älteste von uns«, fuhr Erik fort. »Andreas ist vierunddreißig, Clarissa fünfunddreißig.«

»Wow, die beiden kamen schnell hintereinander. Wie alt bist du, wenn ich fragen darf?«

»Siebenunddreißig. Und du bist …?«

»Hey, so was fragt man eine Dame nicht.« Ich stieß ihn in die Seite. »Na gut, da ich mich nicht als Dame bezeichnen würde … Fünfunddreißig.«

»Wie Clarissa. Vielleicht kennt ihr euch sogar.«

Ich runzelte die Stirn und wollte gerade einwerfen, wieso ich seine Schwester kennen sollte, bloß weil wir gleich alt waren, als mir etwas einfiel. »In der Grundschule kannte ich tatsächlich ein Mädchen, das Clarissa hieß.«

»Du bist in Wieblingen auf die Grundschule gegangen?«, fragte Erik, und ich nickte.

»Meine Familie hat schon immer in Wieblingen gewohnt«, erklärte ich.

»Meine nicht. Wir kommen aus Ziegelhausen, also war es vermutlich eine andere Clarissa.«

Schade, irgendwie wäre es ein lustiger Zufall gewesen.

Eine andere Frage beschäftigte mich: »Wie kommt es, dass deine Oma in Wieblingen auf dem Friedhof liegt?«

»Sie ist dort aufgewachsen und nie weggezogen, aber meine Eltern haben immer in Ziegelhausen gewohnt.«

»Nicht schlecht«, meinte ich. Ziegelhausen war ein schöner Stadtteil, der sich mehr oder weniger gegenüber der Altstadt auf der anderen Seite des Neckars befand und abseits von allem anderen lag.

»O ja. Meine Eltern haben ein großes Haus mit Garten und Blick auf den Neckar. Eigentlich sollte der Erstgeborene es eines Tages übernehmen, da meine Schwester im Gegensatz zu mir allerdings bereits Familie hat ...« Erik zuckte mit den Schultern.

Ich wusste nicht, was ich sagen sollte. Es erschien mir zu privat, ihn nach seinem Beziehungsstatus zu fragen. Offensichtlich war er Single, aber es stand mir nicht zu, ihn zu fragen, woran es lag. »Was nicht ist, kann ja noch werden«, sagte ich also.

Erik ließ sich seine Gefühle nicht anmerken und lächelte nur. »Wir werden sehen. Der Ball ist rund, und das Spiel dauert neunzig Minuten.«

»Fußballfan?«

»Nicht wirklich, aber den Satz kennt ja jeder. Und du, bist du Fußballfan?«

»Mein Vater«, antwortete ich. »KSC.«

Erik sog die Luft ein. »Oh, Karlsruhe. Deren Fans haben es nicht leicht. Soweit ich weiß, ist es bei denen immer ein Zittern und Bangen.«

»Bayern-Fan kann jeder, sagt mein Papa immer.«

Erik lachte. »Deinen Vater würde ich gern mal kennenlernen.«

»Er würde dich mögen«, sagte ich, ohne darüber nachzudenken, und fand meine Bemerkung sofort unangebracht. Ich überlegte, was ich hinzufügen konnte, um dem Satz weniger Bedeutung aufzuladen, doch Erik tat netterweise so, als hätte er meinen Kommentar gar nicht gehört.

»Du sagst Bescheid, wenn du in ein Geschäft willst, okay?«

»Du bitte auch. Nimm keine Rücksicht auf mich.«

»Natürlich tue ich das«, erwiderte Erik wie selbstverständlich.

Ich schüttelte den Kopf. »Nein, wirklich. Wenn du noch etwas brauchst, sag einfach Bescheid. Jetzt sind wir schon in der Stadt, da können wir auch Weihnachtsgeschenke besorgen, wenn dir eines fehlt.«

Er zögerte. »Tatsächlich wollte ich bei Knösel eine Packung Studentenküsse für meine Eltern besorgen. Sie haben sich beim Studium kennengelernt, und es ist eine Art Running Gag in der Familie. Aber das muss wirklich nicht heute sein.«

Ich schluckte. Die Haspelgasse, in der sich das Schokoladengeschäft befand, war nicht weit vom Marktplatz entfernt. Eine kleine Seitenstraße, nur ein paar Meter weiter. Viel schlimmer war jedoch, dass direkt gegenüber das *Café Glücklich* lag, in das ich nie wieder einen Fuß setzen wollte. Ich holte tief Luft und versuchte, meine aufkeimende Beklemmung beiseitezuschieben. Wir wollten in die Chocolaterie; niemand verlangte von mir, dass ich das Café betrat, schon gar nicht Erik. Also setzte ich ein Lächeln auf. »Kein Problem.«

»Nein, ich komme einfach wieder. Ich hab doch Urlaub und noch knapp zwei Wochen Zeit.«

»Sei nicht albern«, erwiderte ich, obwohl es mir schwerfiel.

Erik zögerte trotzdem, doch schließlich nickte er. »Na gut, aber lass mich bitte wissen, falls du es dir anders überlegst.«

Ich nickte und konzentrierte mich auf die Buden am Anatomiegarten, den wir inzwischen erreicht hatten. Schweigend betrachteten wir die Auslagen der wenigen Stände und gingen dann weiter die Hauptstraße hinunter, während wir Small Talk betrieben. So weit war ich schon ewig nicht mehr in die Altstadt vorgedrungen, dabei wurde sie Richtung Karlstor immer schöner.

Ohne uns abzusprechen, bogen wir am Uniplatz in den Heumarkt ein, um über die Untere Straße zur Haspelgasse zu gelangen. An der Heiliggeistkirche vorbei erhaschte ich einen winzigen Blick auf das Treiben auf dem Marktplatz, aber zum Glück versperrte die Kirche den Großteil des Platzes.

»Wir können immer noch umdrehen«, sagte Erik, doch ich schüttelte den Kopf.

Wir betraten also die Haspelgasse und erreichten ein paar Schritte weiter das Schokoladengeschäft, das weit über die Grenzen Heidelbergs hinaus bekannt war. Um bloß nicht Richtung *Café Glücklich* zu blicken, konzentrierte ich mich auf ein Schild im Fenster: ein liegendes Oval mit goldenem Rand, rotem Hintergrund und dem Emblem des legendären Studentenkusses, ein sich beinahe küssendes Paar im Scherenschnitt. Schnell folgte ich Erik ins Geschäft und bat ihn, sich Zeit zu lassen, ehe ich mich selbst umsah. Auch hier war ich aus gewissen Gründen schon ewig nicht gewesen – Tom und ich waren regelmäßig hergekommen nach unserem Besuch im Café gegenüber.

Ich nahm eine Dreierpackung Studentenküsse in die Hand und überlegte, ob ich sie mitnehmen sollte, als mein Blick durch das Fenster aufs *Glücklich* fiel. Und natürlich trat in diesem Moment ein verliebt aussehendes Pärchen aus der Tür. Ich drehte mich weg und hastete zur Kasse, wo Erik gerade bezahlte.

»Auch was gefunden?«, fragte er mit Blick auf die Studentenküsse in meiner Hand, sodass sich seine Frage eigentlich erübrigte. Ich war mir jedoch sicher, dass er meinen inneren Aufruhr spürte und mich ablenken wollte. Es funktionierte.

»Wer kann zu Schokolade schon Nein sagen?«, antwortete ich dankbar.

Ich bezahlte ebenfalls, und wir verließen das Geschäft. Erik ging zügig, um mich so schnell wie möglich zurück Richtung Uniplatz zu bringen, doch ich wurde immer langsamer. In meinem Kopf drehte sich alles. Eine Frage spukte durch meine Gedanken, die ich zu unterdrücken versuchte, weil ich die Antwort fürchtete. Trotzdem kam ich nicht umhin, sie mir zu stellen: War es nicht affig, Angst vor einem Café und einem Platz zu haben?

Irgendwie schon. Ja, die Orte erinnerten mich an Tom,

aber was erinnerte mich nicht an ihn? War es nicht langsam an der Zeit, einen Schritt vorwärtszugehen? Vielleicht hatten Marie und Emma gar nicht so unrecht mit dem Adventskalender. Immerhin hatte ich in den letzten Tagen entdeckt, dass ich stärker war, als ich glaubte. Ich hatte nicht nur Marie zu ihrem Ultraschalltermin begleitet, sondern darüber hinaus bisher jede Aufgabe gemeistert, sogar die heutige, obwohl ich das vor ein paar Stunden nie für möglich gehalten hätte. Also würde ich es doch wohl genauso schaffen, eine kurze Runde über den Marktplatz zu drehen.

Erik blieb stehen und wandte sich zu mir um. »Alles okay?«

»Ich will auf den Marktplatz«, sagte ich, zumindest aus Eriks Sicht, völlig unvermittelt.

Er kam näher und legte den Kopf schief. »Wenn du das willst, dann machen wir das, aber niemand verlangt das von dir, am wenigsten ich. Und wir müssen niemandem sagen, dass wir nicht auf dem Marktplatz waren.«

Ich schüttelte den Kopf. »Ich will nicht lügen, und ich schaffe das.«

»Okay, dann los.«

Kurz und schmerzlos. Je länger ich darüber nachdachte, desto schwieriger würde es werden. Ich straffte die Schultern und bog zielstrebig auf den Fischmarkt ein, der nur ein paar Schritte weiter nahtlos in den Marktplatz überging. Wir näherten uns dem eigentlichen Platz, der sich hinter der Heiliggeistkirche öffnete. Ich erspähte die bunten Buden und die beleuchtete Weihnachtspyramide. Und plötzlich verließ mich der Mut. Ich blieb stehen. Meine Kehle schnürte sich zu und meine Schultern begannen zu zittern, als ich die aufsteigenden Tränen zu unterdrücken versuchte. Abrupt drehte ich mich zu Erik um, der hinter mir stehen geblieben war.

»Ich kann das nicht«, sagte ich leise, damit man die Tränen nicht in meiner Stimme hören konnte.

Erik nickte. »Das macht nichts, dann lass uns gehen.«

»Aber es ist doch nur ein Platz«, sagte ich frustriert. »Warum ist das so schwer für mich?«

»Hey, mach dir keinen Kopf.« Erik strich mir über den Arm. »Wir versuchen es einfach ein anderes Mal, okay?«

Doch ich konnte mich nicht vom Fleck rühren. Es kostete mich die größte Mühe, nicht an Ort und Stelle in Tränen auszubrechen.

Erik nahm mich am Arm und bugsierte mich sanft an der Heiliggeistkirche vorbei. »Es ist alles gut, also red dir bitte nichts anderes ein. Du hast es versucht, das ist alles, was zählt. Wie gesagt, wir kommen ein anderes Mal wieder. Vielleicht klappt es dann, und wenn nicht, ist das auch kein Beinbruch.«

»Ich fürchte, ich werde es auch beim nächsten Mal nicht schaffen.« Ich hatte es wirklich gewollt, aber meine Gefühle waren stärker als mein Wille. Warum sollte sich das ändern?

»Hey, das will ich nicht hören. Man kann alles schaffen, wenn man es nur will. Und damit möchte ich nicht sagen, dass du es eben nicht wolltest. Du bist einfach noch nicht so weit, und das ist in Ordnung. Das musst du akzeptieren und trotzdem nach vorne sehen.« Ich brachte keine Antwort über die Lippen. »Es klingt vielleicht seltsam, aber auch ein Rückschritt kann ein Fortschritt sein«, fuhr Erik fort. »Wer einen Schritt zurück, aber zwei Schritte vorwärtsgeht, kommt auch voran, nur eben etwas langsamer als andere. Und das ist okay. Es geht hier um dich, du allein bestimmst das Tempo.«

»Okay«, antwortete ich.

»Na komm«, sagte Erik und legte einen Arm um meine Schulter. »Ich spendiere dir einen Schokoladencrêpe und einen Glühwein oder Kinderpunsch, und dann geht es dir sicher gleich viel besser.«

Da war ich mir nicht so sicher, aber ich rechnete es Erik hoch an, dass er alles tat, damit ich mich besser fühlte.

Kapitel 9

12. Dezember:
»A Plätzchen a day keeps the Weihnachtsstress away.«
Back Plätzchen und probier sofort eins.

Ich schmunzelte, als ich den Spruch auf dem Zettel las, den ich soeben aus der Socke gezogen hatte. Der stammte gewiss von Emma. Tatsächlich freute ich mich sogar ein bisschen auf die Aufgabe. Wann hatte ich das letzte Mal Weihnachtsplätzchen gebacken? Das war ewig her, vermutlich drei Jahre. Irgendwie war alles drei Jahre her.

Praktischerweise hatte ich meinen Wocheneinkauf noch nicht erledigt. Ich holte Stift und Papier und mein Rezeptbuch und beschloss, Lebkuchen und Vanillekipferl zu machen. Zum einen musste der Lebkuchenteig erst durchziehen, bevor man ihn weiterverarbeiten konnte, weshalb ich die Vanillekipferl brauchte, um den zweiten Teil der

Aufgabe zu erfüllen, und zum anderen eigneten sich Weihnachtsplätzchen in einem hübschen Tütchen verpackt hervorragend zum Verschenken.

Nachdem ich den Einkaufszettel geschrieben hatte, zog ich mich an und machte mich auf den Weg. Draußen war es ungemütlich. Kalt, windig und obendrein regnerisch. Das perfekte Wetter, um es sich drinnen gemütlich zu machen und zu backen.

Weil mir der Bus vor der Nase wegfuhr, ging ich zu Fuß die Mannheimer Straße hinunter Richtung Supermarkt. Während ich die frische Luft genoss, die zwischen Mütze und Schal über den unbedeckten Teil meines Gesichts strich, dachte ich darüber nach, dass es mir inzwischen viel besser ging. Nach meiner Rückkehr nach Hause hatte ich mich gestern anfangs schlecht gefühlt, weil ich es nicht geschafft hatte, einmal über den Marktplatz zu gehen. Wie war ich überhaupt auf diese dämliche Idee gekommen? Doch waren mir Eriks Worte im Gedächtnis geblieben und hatten schließlich ihre Wirkung nicht verfehlt. Es war nicht falsch gewesen, es zu probieren; nur der Zeitpunkt war offensichtlich unglücklich gewählt. Ich würde es einfach wieder probieren, und wenn es dann nicht klappte, noch einmal. Irgendwann würde es schon hinhauen. Ich konnte das schaffen. Wenn ich es wirklich wollte, konnte ich es schaffen, wie Erik gesagt hatte. Und ich wollte es – oder nicht?

Ich schnappte mir einen Einkaufswagen, betrat den Supermarkt und lief die Gänge mit dem Einkaufszettel in der Hand ab. Neben den Zutaten für die Weihnachtsbäckerei landeten ein Tee mit Gebrannte-Mandel-Aroma und Dominosteine im Wagen, denn wer wusste schon, welche Aufgaben sich meine Schwester und Freundin für die kommenden zwölf Tage noch hatten einfallen lassen? Irgendwann blieb ich stehen und kontrollierte, ob ich alles hatte. Ich war so vertieft in meine Liste, dass ich Erik erst bemerkte, als er direkt vor mir stoppte und mich angrinste.

»Hallo, Frau Nachbarin. Verfolgen Sie mich etwa?«

Ich grinste zurück. »Das Gleiche könnte ich dich fragen.« Nachdem wir uns vorher teilweise wochenlang gar nicht getroffen hatten, liefen wir uns in letzter Zeit dauernd über den Weg, was vermutlich daran lag, dass wir beide Urlaub hatten und die freien Tage zu Hause verbrachten. Darüber hinaus traute ich mich viel häufiger aus dem Haus als noch vor ein paar Wochen. So oder so – ich freute mich, Erik zu sehen. Bereits als ich ihn im Krankenhaus kennengelernt hatte, fand ich, dass er ein netter Mann war, und in den letzten Tagen hatte er sich obendrein als einer der nettesten Männer überhaupt entpuppt.

»Weihnachtsplätzchen?«, fragte Erik mit Blick auf meinen Einkaufswagen, in dem Vanilleschoten, Nelkenpulver, Orangeat und Kardamom obenauf lagen.

»Vanillekipferl und Lebkuchen. Meine heutige Aufgabe.«

»Lebkuchen? Da hast du dir aber ganz schön was vorgenommen.«

Ich zuckte mit den Schultern. »Na ja, ich mache die nicht zum ersten Mal. Du scheinst auch gern zu backen.« Ich deutete in Eriks Einkaufskorb, in dem ich zwei Packungen Puderzucker, Zimt und Mandeln entdeckt hatte. »Zimtsterne?«

Erik nickte beeindruckt. »Richtig, eine spontane Entscheidung. Ich dachte mir, Plätzchen zu backen ist genau das Richtige für das dritte Adventswochenende. Auf den Weihnachtsmarkt zieht es mich bei dem Wetter jedenfalls nicht.«

»Mich auch nicht«, stimmte ich zu. »Hast du alles?«

»Milch fehlt noch, ansonsten bin ich fertig.« Wir gingen zum Kühlregal und stellten uns anschließend hintereinander an der Kasse an. »Schön, dass es dir besser geht.«

»Daran bist du nicht ganz unschuldig.« Ich lächelte ihm zu. »Deine Worte haben zwar nicht sofort geholfen, aber im Nachhinein kann ich nicht leugnen, dass etwas Wahres dran ist.«

»Endlich mal konnte ich jemandem helfen.«

Ich schüttelte den Kopf. »Blödsinn, bei deinem Job …« Wir wussten beide, dass er tagtäglich Menschen half, doch keiner von uns beiden ging weiter darauf ein. Das tat mir leid, denn Erik leistete tolle Arbeit; eine, die psychisch extrem anstrengend war. Er verdiente viel mehr Anerkennung dafür, aber es fiel mir immer noch verdammt schwer, darüber zu reden. Auch wenn Erik selbst mich nicht wie erwartet permanent an Tom und seine Krankheit erinnerte – sein Beruf tat es. Er hatte Tom über Wochen gepflegt und ihn sozusagen beim Sterben begleitet. Und er war der einzige Mensch, der in jenem Moment bei mir im Zimmer gewesen war. Nicht weil wir damals bereits Freunde gewesen wären, sondern weil es zu seinem Job gehörte.

Hin und wieder Blumen auf das Grab eines verstorbenen Patienten zu legen oder der Witwe dabei zu helfen, wieder Gefallen an der Adventszeit zu finden, zählte allerdings nicht zu Eriks Aufgaben, und er tat es trotzdem.

Spontan beschloss ich, ihm ein Weihnachtsgeschenk zu kaufen, um mich halbwegs angemessen bei ihm zu bedanken. Ich hatte zwar keine Ahnung, was ich besorgen sollte, aber mir würde schon etwas einfallen, immerhin blieben mir noch ein paar Tage Zeit.

Die Schlange an der Kasse war endlich vorgerückt, und ich war an der Reihe. Ich legte meine Artikel auf das Einkaufsband und wartete nach dem Bezahlen auf Erik. Aus dem Nieselregen war inzwischen ein ordentlicher Schauer geworden, und als wir schwer beladen aus dem Supermarkt traten, beschlossen wir, auf den Bus zu warten. Zehn Minuten später trennten sich unsere Wege im Hausflur, was ich zugegebenermaßen schade fand. Erik hatte mir zwar mehrfach angeboten, mir zu helfen, doch wollte ich seine Gutmütigkeit nicht ausnutzen, und er machte keine Anstalten, mich zu fragen, ob wir nicht gemeinsam backen sollten. Vielleicht brauchte er einfach mal ein wenig Ruhe, oder er hatte die Nase voll von mir und meinen erzwungenen Weihnachtsaktionen.

»Dann viel Spaß beim Backen«, sagte ich, den Fuß auf der ersten Stufe nach oben.

»Den wünsche ich dir auch, Leni«, erwiderte Erik, während er seine Tür aufschloss.

Ich stieg die Stufen langsamer als sonst nach oben. Hm, war es nicht auch möglich, dass Erik mich nicht fragte, weil er mir nicht auf den Keks gehen wollte? Aber das würde er nicht. Und wenn ich doch ihn fragte? Mehr als Nein sagen konnte er nicht. Ich drehte mich vorsichtig zu ihm um, um zu schauen, ob er schon in der Wohnung verschwunden war. Im selben Moment sagte er meinen Namen, und wir lächelten uns zu.

»Du zuerst«, bat ich.

Er stellte seine Tüte ab. »Ich habe mich gerade gefragt, ob es nicht blöd ist, wenn sich unsere Wege hier trennen. Ich meine, du backst Plätzchen, ich backe Plätzchen. Es reicht doch, wenn eine Küche dreckig wird.«

Mein Herz klopfte ein kleines bisschen schneller. Er hatte die Nase also doch noch nicht voll von mir und meiner Traurigkeit. »Stimmt, außerdem könnten wir dann auch Plätzchen tauschen.«

Sein Lächeln wuchs in die Breite. »Zu dir oder zu mir?«

Eine Viertelstunde später stand ich bei Erik vor der Tür und klopfte. Ich hatte nicht lange gezögert, seine Einladung anzunehmen. Schließlich wollte ich ihm noch ein Geschenk kaufen und hoffte, in seiner Wohnung einen Anhaltspunkt für eine Idee zu finden. Ansonsten war das gemeinsame Backen perfekt, um mehr über ihn zu erfahren. In den letzten Tagen hatte er mir zwar einiges von sich erzählt, doch hatte ich keine Ahnung, was er in seiner Freizeit tat, wenn nicht gerade Weihnachten anstand.

Es dauerte einen Moment, bis Erik zur Tür kam. Ich hörte ein Rumsen und einen unterdrückten Fluch, bevor er öffnete. Er wirkte ein wenig erhitzt, als hätte er die fünfzehn Minuten genutzt, um schnell ein wenig aufzuräumen oder sauber zu machen.

»Immer hereinspaziert.« Er nahm mir die Tasche mit meinen Backutensilien ab und machte eine ausladende Geste.

Ich ging an ihm vorbei und blieb im Flur stehen, wo es eine Garderobe und eine Kommode gab. Auf der Kommode standen eine Pflanze – wohlgemerkt keine künstliche – und ein Bild von ihm, einer Frau und einem Mann im Silberrahmen. Vermutlich seine Geschwister, zumindest hatten alle drei die gleiche Nase. Das verriet mir noch nicht allzu viel über Erik, außer dass er im Gegensatz zu mir einen grünen Daumen zu haben schien und ein Familienmensch war. Was mir mehr über ihn offenbarte, war das große gerahmte Bild auf der anderen Seite der Kommode: ein Schwarz-Weiß-Foto von Bud Spencer und Terence Hill.

»Cooles Bild«, sagte ich, und das war nicht einmal gelogen. Ich selbst hätte es mir vielleicht nicht unbedingt in die Wohnung gehängt, aber ich hätte auf jeden Fall gut damit leben können, es tagtäglich zu sehen. »Du stehst auf die Filme?«

Erik nickte. »Nach Feierabend brauche ich hin und wieder was Lustiges zum Ausgleich.«

»Das kann ich sehr gut verstehen.« Ich fragte mich ohnehin, wie er es schaffte, bei seiner deprimierenden Arbeit so ein fröhlicher, ausgeglichener Mensch zu sein.

Ich folgte Erik in die Küche und versuchte, nicht allzu neugierig in die anderen Zimmer zu spähen. Eventuell würde ich später noch die Gelegenheit dazu bekommen, und falls nicht, hatte ich jetzt zumindest eine grobe Idee. Ich musste nur herausfinden, welchen lustigen Film er noch nicht kannte beziehungsweise welcher in seiner Sammlung fehlte.

Die Küche war groß und sehr aufgeräumt wie auch der Rest der Wohnung, den ich bisher gesehen hatte. Das bedeutete, dass Erik generell kein Schmutzfink war, denn eine Viertelstunde hätte niemals zum Saubermachen gereicht, wenn alles verdreckt gewesen wäre. Und er hatte tatsächlich eine Kücheninsel, wo bereits die Zutaten für die Zimtsterne bereitlagen.

»Hey, warum hast du eine Kücheninsel und ich nicht?«, fragte ich. »Meine Küche ist viel kleiner als deine.«

»Dafür ist mein Wohnzimmer nicht so groß«, erwiderte Erik und räumte die Sachen aus meiner Tasche ebenfalls auf die Insel.

»Das musst du mir beweisen. Na, jedenfalls haben wir hier eine größere Arbeitsfläche als bei mir.«

»Wie viele Zimmer hast du?«, fragte Erik, während er sich die Hände an der Spüle wusch.

»Drei auf ... Oh, warte mal.« Mein Handy klingelte, und ich holte es aus meiner Tasche im Flur. Es war Marie. »Alles in Ordnung?«

»Das wollte ich dich gerade fragen«, sagte sie. »Du hast dich nicht mehr gemeldet.«

Ich schloss die Augen und hob den Kopf Richtung Decke. Daran hatte ich gar nicht mehr gedacht. Sie hatte mich gestern zweimal angeschrieben und nachgefragt, wie es mit der Aufgabe gelaufen war. »Entschuldige, das war keine Absicht. Ich hab es einfach vergessen.«

»Warst du denn auf dem Weihnachtsmarkt?«, fragte sie vorsichtig.

»Mit Erik. Wir backen auch gerade die Plätzchen zusammen, deshalb habe ich nicht so viel Zeit.«

»Oh, verstehe.« Die Stimme meiner Schwester wurde fröhlicher, und ich verdrehte die Augen. »Dann will ich euch gar nicht länger stören. Magst du später auf eine Tasse Tee vorbeikommen? Emma kommt auch. Wir wollen doch wissen, wie es gestern war und wie es generell mit den Aufgaben läuft.«

Ich sah auf die Uhr, noch keine zwölf durch. »Okay, ich komme heute Nachmittag irgendwann zu dir.«

Meine Schwester stieß einen Freudenschrei aus. »Super. Und bring ein paar deiner selbst gebackenen Plätzchen mit.«

Kopfschüttelnd legte ich auf, steckte das Handy wieder weg und kehrte in die Küche zurück. »Meine Schwester«, erklärte ich.

»Alles okay bei ihr?«

Ich nickte. »Sie wollte nur wissen, wie es auf dem Weihnachtsmarkt war, aber das erzähle ich ihr später. Also, wo waren wir? Ach, richtig. Ich habe drei Zimmer auf achtzig Quadratmeter verteilt.«

»Ähnlich wie bei mir, wobei das dritte Zimmer relativ klein ist. Ich brauche es aber auch nicht wirklich, deshalb stört es mich nicht.«

»Dann scheinen unsere Wohnungen nicht gleich geschnitten zu sein, mein Arbeitszimmer ist nämlich riesig. Interessant.« Ich wusch mir ebenfalls die Hände und schlug das Rezeptbuch auf. »Womit wollen wir anfangen?«

»Kommt drauf an. Vielleicht mit den Vanillekipferln? Dann kann der Teig schon mal in den Kühlschrank, während wir an die Zimtsterne gehen. Den Lebkuchenteig würde ich zum Schluss machen, weil der ja mindestens acht Stunden ruhen muss, bevor wir ihn weiterverarbeiten können. Es sei denn, du willst die Lebkuchen heute Abend noch fertig backen, dann müssten wir damit anfangen.«

»Woher weißt du so viel über Plätzchen?«, fragte ich. Tom hatte jedes Mal aufs Neue der Schlag getroffen, wenn ich ihm erklärt hatte, dass wir den Lebkuchenteig nicht gleich zu Plätzchen verarbeiten konnten. Und dass die fertigen Lebkuchen mindestens zwei Tage, besser eine Woche liegen mussten, bevor man von ihnen naschen durfte, hatte dem Ganzen aus seiner Sicht die Krone aufgesetzt. Ich musste schmunzeln, als ich daran zurückdachte, wie er bei unserer ersten gemeinsamen Backaktion tags darauf aus Frust in den Supermarkt gegangen war, um fertige Lebkuchen zu kaufen.

Verwirrt hielt ich in meinen Gedanken inne. Es war das erste Mal, dass ich mich nicht voller Schmerz an Tom erinnerte, sondern mit Freude, und ich wusste nicht so recht, was ich davon halten sollte.

Erik bekam von alledem nichts mit, da er gerade eine Rührmaschine aus der Schublade wuchtete. »Meine Oma war passionierte Plätzchenbäckerin – in meinen Kindertagen das Highlight an den Adventswochenenden. Nicht, dass ich selbst gern gebacken hätte, aber die noch warmen Plätzchen futtern und dazu eine heiße Tasse Kakao trinken war toll.«

»Und du backst jetzt, weil …?«

»… es schöne Erinnerungen weckt.«

»Verstehe. So ähnlich war es bei uns zu Hause auch, nur dass ich gern geholfen habe«, sagte ich. »Lass uns die Lebkuchen morgen fertig machen, okay?« Es gefiel mir, einen Grund zu haben, Erik am nächsten Tag wiederzusehen. Er nickte, und einen Moment fragte ich mich, ob er das Gleiche dachte wie ich.

»In Ordnung, dann … Oh, Moment. Das Wichtigste fehlt noch.« Er ging hinüber zum CD-Player, der auf einem Regal stand, und schaltete ihn ein. Eine Sekunde später erfüllte Weihnachtsmusik die Küche: *Let it snow* in einer Version von Frank Sinatra. »Ich finde, Weihnachtsmusik gehört zum Plätzchenbacken einfach dazu.« Er hielt inne und betrachtete mich forschend. »Ach so, ist das in Ordnung? Ansonsten mache ich sie wieder aus, gar kein Problem.«

Er hatte die Hand bereits am CD-Player, doch ich hielt ihn zurück. »Nein, lass sie bitte an. Tatsächlich finde ich so langsam wieder Gefallen an Weihnachtsmusik. Und du hast recht – beim Plätzchenbacken darf sie auf keinen Fall fehlen.«

Erik strahlte, als hätte ihn mein Boykott der vergangenen zwei Jahre persönlich betroffen. »Wirklich? Das klingt gut.«

»Tja, Maries und Emmas Aufgaben tragen allmählich

Früchte. Dann lass uns mal mit den Vanillekipferln anfangen, damit der Teig die nächste Stunde in den Kühlschrank kann.«

»Eine Stunde?«

Ich kicherte. »Jetzt klingst du wie Scott Calvin aus *Santa Clause*, als er den Truthahn zubereiten will.«

»Hast du den Film dieses Jahr schon gesehen?«, fragte Erik, während er das Mehl abmaß.

»Noch nicht.«

Er nickte. »Stimmt. Einen Moment ist mir glatt entfallen, dass du nicht so der Weihnachtstyp bist. Wir haben in den letzten Tagen so viel Weihnachtliches zusammen gemacht …« Er sah dabei zu, wie ich die Butter in Stücke schnitt. »Dein Rezept ist anders als das meiner Oma. Die hat immer alles zusammen in eine Schüssel gehauen und den Teig nur eine halbe Stunde kaltgestellt.«

»Was soll ich sagen? Die Vanillekipferl *meiner* Oma sind die besten auf der Welt.«

»Oho, du nimmst den Mund ganz schön voll. Die Kipferl meiner Oma sind der Wahnsinn, und auf meine Oma lasse ich nichts kommen.«

»Du wirst schon sehen«, erwiderte ich nur.

Kapitel 10

Erik schloss die Augen, während er ein noch warmes Vanillekipferl kostete. Schmunzelnd beobachtete ich ihn dabei, mein Blick blieb an seinen Lippen hängen. Er hatte einen schönen Mund, was mir vorher nie aufgefallen war. Nun öffnete er die Augen und sah mich an.

»Und?«, fragte ich erwartungsvoll.

»Ich gebe es nicht gern zu, aber du hast recht. Die Kipferl sind die besten, die ich je gegessen habe. Sorry, Oma.« Er sah einen Moment an die Decke, als befände sich seine Oma irgendwo dort oben, dann blickte er erneut zu mir. »Heiße Schokolade?«

»Gern.«

Zehn Minuten später betraten wir jeder mit einer Tasse und einem Teller Weihnachtsplätzchen in der Hand Eriks Wohnzimmer. Inzwischen dämmerte es draußen, und Erik hatte die Weihnachtsbeleuchtung eingeschaltet. Ich war beeindruckt, dass er als Mann einen Sinn für solche Dinge hatte. Ansonsten war das Wohnzimmer eher männlich eingerichtet, wenn man das so sagen wollte. Zumindest stand nicht überall unnötiger Nippes herum, der mich zugegebenermaßen eher verwirrt hätte. Es gab ein Bücherregal, ein Sofa, einen mittelgroßen Fernseher – kein überdimensioniertes Ding, das die halbe Wand einnahm – und eine Essecke mit riesigem Esstisch.

»Das nennst du klein?«, fragte ich. »Das Wohnzimmer ist genauso groß wie meins.«

»Ja? Vielleicht kommt es mir so vor, weil das Wohnzimmer im Haus meiner Eltern riesig ist. Die haben sogar Platz für ein Klavier.«

»Wer spielt bei euch?« Wir setzten uns nebeneinander aufs Sofa.

»Die Damen; meine Mutter und meine Schwester. Mein Bruder kann ein wenig auf der Gitarre klimpern. Zu Weihnachten ist das ganz schön, auch wenn sie mich immer nötigen mitzusingen.«

Überrascht sah ich ihn an. »Du singst nicht gern Weihnachtslieder?« Ich hätte schwören können, dass er den ganzen Dezember über nichts anderes tat.

Er grinste. »Doch, allein unter der Dusche.«

Fast hätte ich mir Erik unter der Dusche vorgestellt, verdrängte den Gedanken jedoch schnell wieder, nahm stattdessen einen Schluck Kakao und verbrannte mir beinahe die Zunge. »Du selbst spielst kein Instrument?«

Er schüttelte den Kopf. »Leider nicht. Meine Mutter wollte mir früher immer eins antragen, aber irgendwie fehlte mir die Lust. Ich hab lieber Basketball gespielt. Im Nachhinein bereue ich es, aber jetzt noch anzufangen, ist auch irgendwie blöd.«

»Warum?«

Er überlegte einen Moment. »Eigentlich hast du recht. Es ist nie zu spät, das Leben zu genießen, und an Weihnachten hat man immer die Gelegenheit, seine Fähigkeiten zu präsentieren. Zumindest in meiner Familie. Wie ist das bei euch?«

Ich beugte mich vor, um mir ein Vanillekipferl vom Teller zu nehmen. »Marie und ich besaßen als Kinder die obligatorische Blockflöte und haben meine Mutter damit regelmäßig in den Wahnsinn getrieben.«

»Was sie allerdings nie zugeben würde«, bemerkte Erik.

»O doch, *meine* Mutter schon. Sie war heilfroh, als wir endlich aus dem Alter raus waren.« Als Erik mir einen entgeisterten Blick zuwarf, zuckte ich mit den Schultern und fügte hinzu: »Tja, meine Mutter ist wenig empathisch.«

Erik lachte. »Meine Mutter ist da ganz anders. Sie fand grundsätzlich alles toll, was wir während unserer Kindergarten- und Schulzeit produziert haben. Noch heute hängen in der Küche Bilder aus der Grundschule.«

»Die hat meine Mutter auf den Dachboden geräumt, als wir ausgezogen sind, zusammen mit dem ganzen selbst gebastelten Zeug, das überall herumstand.«

»Warum hat sie die Sachen überhaupt aufgehängt beziehungsweise aufgestellt?«, fragte Erik und nahm sich noch ein Vanillekipferl.

»Das gehört sich eben so, außerdem hat mein Vater darauf bestanden. Wenn ich genauer darüber nachdenke, war er ziemlich traurig, als Marie und ich die Blockflöten für immer und ewig eingemottet haben. Hm, ich glaube, ich habe sie sogar noch. Vielleicht sollte ich sie dieses Jahr reaktivieren und Heiligabend mit nach Hause nehmen.«

Ich blickte in meine Tasse, um meine Gedanken zu sortieren. *Have yourself a merry little Christmas.* Was war aus meinem Wunsch geworden, mich komplett einzuigeln und Heiligabend allein zu verbringen? Einen Moment stellte ich mir dieses Szenario vor, und seltsamerweise gefiel es mir nicht mehr. Nicht nur, weil ich meine Schwester enttäuschen würde, was mir letztes Jahr ziemlich egal gewesen war. Der 24. Dezember würde nicht leicht für mich werden, das war mir klar, denn auch wenn ich inzwischen allmählich wieder Gefallen an der einen oder anderen weihnachtlichen Sache fand, war es schließlich immer noch der Tag, an dem Tom aufgehört hatte zu atmen. Es würde schmerzlich werden, doch plötzlich wollte ich diesen Schmerz nicht allein ertragen müssen. Nicht mehr. Ein wenig Ablenkung würde also sicher nicht schaden.

»Das würde ich zu gern sehen«, sagte Erik. »Du musst das Gesicht deiner Mutter unbedingt auf Video festhalten.«

»Versprochen«, sagte ich, und wir grinsten uns an – vielleicht einen Tick zu lang. Ich sah weg und trank einen Schluck Kakao.

»Wie wär's mit einem Weihnachtsfilm?«, meinte Erik nach einer Weile. »Ich hab *Santa Clause – Eine schöne Bescherung* auf DVD. Meine Schwester hat ihn mir mal geschenkt.«

Ich sah auf die Uhr, dabei wusste ich, dass es zu spät dafür war. »Ich habe Marie versprochen, heute noch mit frisch gebackenen Plätzchen bei ihr vorbeizukommen.«

»Ach so, na dann. Aber solltest du die Tage Lust auf den Film haben beziehungsweise sich eine entsprechende Aufgabe im Adventskalender verstecken, weißt du, wo du mich findest.«

»Ich werde es mir merken«, antwortete ich und hoffte, aus einem der nächsten Söckchen eine passende Anweisung zu ziehen.

»Da bist du ja«, begrüßte mich Emma, die mir die Tür geöffnet hatte und voran ins Wohnzimmer ging, wo Marie gemütlich auf dem ausgezogenen Sofa lag. »Wir dachten schon, du hast Besseres zu tun.«

Sie krabbelte ebenfalls aufs Sofa und ließ ein wenig Platz, sodass ich mich zwischen sie und Marie setzen konnte. Im Hintergrund lief Weihnachtsmusik, und auf dem Tischchen vor uns standen drei Tassen und eine Teekanne auf einem Stövchen. Natürlich war auch die Weihnachtsbeleuchtung eingeschaltet, und an dem Adventskranz, der den Esstisch schmückte, brannten zwei Kerzen.

Ich stellte eine Keksdose aufs Sofa. »Der Beweis, dass die heutige Aufgabe erfüllt ist.«

Marie griff sofort danach und öffnete den Deckel, um sich ein Vanillekipferl zu nehmen und hineinzubeißen. »Mmh, lecker, Omas Rezept. Die habe ich schon ewig nicht mehr gegessen.«

»Warum nicht?«, wollte Emma wissen.

»Ich bin die Bäckerin in der Familie, schon vergessen?«,

fragte ich zurück. »Marie schafft es, das einfachste Rezept zu verhunzen, und unsere Mutter hat meistens keine Lust zum Backen.«

»Dafür habe ich den grünen Daumen.« Marie leckte sich den Zucker von den Fingern und nahm sich einen Zimtstern. »Die sind auch ziemlich gut geworden.«

»Ein Rezept von Eriks Oma«, antwortete ich, ehe ich mir der Konsequenz bewusst wurde. Sogleich warfen sich Marie und Emma einen Blick zu, und ich verdrehte die Augen. »Was?«

Emma hob abwehrend die Hände. »Nichts. Gar nichts.«

»Dann ist es ja gut.«

»Wie war es denn auf dem Weihnachtsmarkt?«, wechselte Marie das Thema.

»Ganz okay.« Ich bediente mich ebenfalls an den Keksen, ließ meinen Finger erst über der Dose kreisen und entschied mich dann für einen Zimtstern. Ich biss hinein und fuhr fort: »Ich will ehrlich sein, ich wollte zuerst nicht gehen. Zusätzlich zu allem anderen wäre es mir einfach zu trubelig gewesen für … na ja, für das erste Mal. Bis Erik vorbeikam und anbot, mich zu begleiten. Wir haben beide Urlaub, sodass wir uns gleich vormittags auf den Weg machen konnten, als es noch nicht allzu voll war.«

»Und wie war's?«, erkundigte sich Emma. Sie und Marie machten sich wirklich Sorgen um mich, das sah ich an ihren Mienen. Zumindest für den Moment war die Neugier, was Erik anging, verschwunden.

»Es ging«, gab ich zu. »Ich hatte es mir schlimmer vorgestellt. Allerdings sind Tom und ich auch nur selten bei

Tageslicht auf den Weihnachtsmarkt gegangen.« Ich sah auf meine Hände hinab und drehte meinen Ehering. »Den Marktplatz hatten wir zunächst ausgeklammert, aber nachdem Erik noch bei Knösel eingekauft hatte, wollte ich es zumindest versuchen.«

»Und?«, fragte Marie sanft.

Ich schüttelte den Kopf. »Es ging nicht.«

»Ach, Leni.« Marie nahm meine Hand und lehnte ihren Kopf gegen meine Schulter. »Es tut mir so leid, dass ich dir gerade keine große Hilfe bin, was das Erfüllen der Aufgaben angeht. Das hatte ich mir ganz anders vorgestellt, als wir den Adventskalender gemacht haben.«

»Schon okay«, sagte ich. »Du lässt mich ja nicht absichtlich hängen, abgesehen davon, dass es sich auch nicht so anfühlt, als würdest du mich im Stich lassen.« *Und zum Glück habe ich Erik an meiner Seite.* Die Worte lagen mir auf der Zunge, ich konnte sie jedoch daran hindern, einfach so herauszuprudeln. Marie und Emma hätten das nur falsch verstanden, und ich hatte keine große Lust auf lange Erklärungen.

»Wie geht es dir denn generell mit den Aufgaben?«, wollte Emma wissen, während sie uns Tee nachschenkte. »Kommst du allmählich in Weihnachtsstimmung, oder erfüllst du die Aufgaben nur uns zuliebe?«

Ich holte tief Luft und beschloss, ganz und gar ehrlich zu sein. »Anfangs habe ich es tatsächlich nur euch zuliebe gemacht. Bei einigen Aufgaben geht es mir immer noch so, so wie gestern zum Beispiel, aber das Plätzchenbacken heute hat mir wirklich Spaß gemacht. Allerdings …« Ich hielt inne, weil ich mir nicht sicher war, wie ich es ausdrücken sollte.

»Was?«, fragte Marie.

»Ich bin mir einfach nicht sicher, ob es richtig ist.«

Emma zog die Augenbrauen nach oben. »Wie meinst du das?«

»Tom.« Ich deutete ein Schulterzucken an. »In letzter Zeit denke ich nicht mehr rund um die Uhr an ihn.« Es gab sogar Momente, in denen er vollkommen aus meinem Bewusstsein verschwand.

Marie setzte sich umständlich auf. »Das ist doch gut.«

»Findest du?« Ich runzelte die Stirn. »Ich weiß nicht, es fühlt sich einfach nicht richtig an.«

»Ist es aber«, sagte Emma. »So ist der Lauf der Dinge. Du sollst ihn nicht vergessen, und das wirst du auch nie, aber du kannst nicht dein ganzes Leben nach deiner Trauer ausrichten. Genau das wollen wir dir mit dem Adventskalender klarmachen.«

Ich sagte nichts dazu, weil ich nicht wusste, was ich antworten sollte. Vielleicht hatte sie recht, trotzdem fühlte es sich ganz und gar falsch an. Als würde ich Tom hintergehen.

»Ich glaube, ich weiß, wie du dich fühlst«, meinte Marie, nachdem sie einige Augenblicke lang nachdenklich in ihren Tee gestarrt hatte. »Wenn ich mir auch nur ansatzweise vorstelle, Finn wäre nicht mehr da ...« Sie schüttelte den Kopf, plötzlich Tränen in ihren Augen. »Es ist unfair, dass du mit gerade einmal fünfunddreißig Jahren Witwe bist, aber du darfst dich dafür nicht selbst bestrafen.« Sie wischte sich übers Gesicht. »Tu das bitte nicht, Leni. Tom hätte das nicht gewollt. Ich hab dir erzählt, dass er sich Sorgen machte, weil er fürchtete, du könntest die Weihnachtszeit nie wieder unbeschwert genießen.«

»Könntest du es an meiner Stelle?« Ich blickte meine Schwester an. »Ich möchte eigentlich nicht, dass du es dir vorstellst, aber wenn du Finn Heiligabend verloren hättest …«

Marie lehnte sich mit dem Kopf erneut gegen meine Schulter. »Mir würde es nicht viel anders ergehen als dir«, gab sie zu. »Ich würde nicht mehr leben wollen, wochenlang nur weinen. Vermutlich würde ich mich nicht verkriechen, sondern meiner Familie die ganze Zeit auf die Nerven gehen, weil ich nicht gern allein bin, wenn ich traurig bin, aber da ist eben jeder anders. Dafür verurteile ich dich auch nicht, Leni. Für gar nichts. Und vielleicht ist es nach zwei Jahren tatsächlich zu früh, dich aufzufordern, nach und nach wieder die Alte zu werden. Wir dachten nur …«

»Ich werde nie wieder die Alte sein«, unterbrach ich sie. Dafür war zu viel passiert. Selbst wenn ich lernen würde, mit dem Verlust umzugehen – er hatte mich zu einem anderen Menschen gemacht.

»Das verlangt niemand«, warf Emma ein, »aber es wäre schön, wenn du dir zumindest Mühe geben würdest.«

»Weißt du, niemand erwartet, dass du die ganze Zeit unbeschwert durch die Gegend hüpfst, aber wir hatten das Gefühl, dass dich deine Trauer von innen verschlingt. Ich weiß nicht, wie ich es erklären soll. Du warst immerzu traurig, hast dich komplett zurückgezogen. Dass wir hier zusammensitzen, Tee trinken und miteinander reden – vor wenigen Wochen war das undenkbar.«

»Da hast du recht«, musste ich eingestehen.

»Du hast nicht einmal versuchen wollen, aus dem Loch zu entkommen. Zumindest hat es sich für uns so angefühlt. Wir hatten wirklich Angst, dass du dich in deiner Trauer verlieren und nicht wieder herausfinden würdest.« Emma lehnte sich an meine andere Seite. »Wir hatten Angst, *dich* zu verlieren.«

»Aber du machst das hervorragend«, sagte Marie. »Du hast bisher jede Aufgabe gemeistert, und du wolltest sogar freiwillig auf den Marktplatz. Das ist ein sehr gutes Zeichen. Ich bin stolz auf dich.«

Emma lächelte. »Wenn ich daran denke, wie du vor nur drei Wochen aus dem *Kurpfalz Café* geflüchtet bist, und jetzt bemerkst du nicht einmal, welches Lied im Hintergrund läuft.«

»O doch«, flüsterte ich und schluckte. Mir war die Melodie von *Last Christmas* sehr wohl aufgefallen, doch ich versuchte hartnäckig, sie zu ignorieren, was mir jetzt natürlich nicht mehr gelang. Meine Augen füllten sich mit Tränen, und ich schloss sie.

Emmas und Maries Worte waren hart, aber ich wusste, dass sie nicht unrecht hatten. Ich hatte mich verpuppt wie eine Raupe, allerdings nicht mit dem Ziel, ein Schmetterling zu werden und ein neues Leben zu beginnen. Ich war auf dem besten Weg gewesen, jedes Gefühl abzutöten, jede Beziehung, die mir irgendetwas bedeutete, zu boykottieren. Irgendwann wäre ich allein dagestanden und hätte dann vielleicht zu spät bemerkt, dass ich gar nicht allein sein wollte.

»Danke«, flüsterte ich kaum hörbar, doch Emma und Marie hörten es und umarmten mich von beiden Seiten.

»Wenn du Hilfe brauchst, wir sind da«, sagte Emma.

Ich schnaubte und wischte mir die Tränen aus den Augenwinkeln. »Das sagst ausgerechnet du, du untreue Tomate. Marie hat immerhin eine offizielle Ausrede von der Ärztin, warum sie mich nicht auf den Weihnachtsmarkt begleiten darf.«

»Hey, ich wäre mitgekommen!«, widersprach Emma.

»Ja, abends nach der Arbeit, wenn es auf dem Markt proppenvoll ist und mich alles nur noch mehr an Tom erinnert.«

Emma verzog den Mund. »Zugegeben, das war so nicht geplant, aber es kommen ja noch ein paar Aufgaben, bei denen ich dir zur Seite stehen kann, wenn du möchtest.« Sie zögerte. »Okay, bei jeder bis auf einer.«

Marie beugte sich ein Stück vor, um Emma auf den Arm zu schlagen, was sich angesichts ihres beträchtlichen Bauchumfangs als gar nicht so leicht erwies. Ich zog die Augenbrauen hoch. »Was habt ihr euch jetzt schon wieder ausgedacht?«

»Nicht ich, das will ich an dieser Stelle gleich mal klarstellen«, protestierte Emma, woraufhin ich zu Marie blickte.

»Hey, das wird lustig. Ganz bestimmt.« Sie strahlte mich an wie jemand, der einem etwas verkaufen will, von dem er ganz genau weiß, dass man es nicht braucht.

Ich erwiderte nichts darauf, war mir jedoch sicher, dass

Maries und mein Verständnis von *lustig* an dieser Stelle auseinanderging. Was sie sich wohl ausgedacht hatte? Gedankenverloren drehte ich meinen Ehering.

»Darf ich eine Anregung bringen?«, fragte Emma.

»Was?« Ich ließ die Hände sinken.

»Dein Ehering, die Bilder von Tom ... Ich weiß, dass du im Augenblick schon viel tust, um über deinen eigenen Schatten zu springen. Es ist nur eine Idee.«

»Ich soll meinen Ehering abnehmen?« Ungläubig starrte ich erst sie, dann Marie an. »Siehst du das ebenso?«

»Nun ja ... Ich hätte jetzt noch nicht damit angefangen, aber ja. Denk einfach mal darüber nach.«

Emma nickte zustimmend. »Der Ring erinnert dich immerzu an Tom, ob nun bewusst oder unbewusst. Und dann die Fotos, die überall in deiner Wohnung stehen ... Wie willst du Tom vergessen, wenn er dir in jedem Raum entgegenblickt?«

»Ich will ihn ja gar nicht vergessen!«, erwiderte ich eine Spur zu hart.

Emma hob die Hände. »Das will auch keiner, ich habe mich nur unglücklich ausgedrückt. Es ist an der Zeit loszulassen, und dazu gehört es nun einmal, früher oder später den Ehering abzunehmen.«

»Ja, früher oder später«, grummelte ich. Machte ich im Moment nicht bereits genug? »Ich denke darüber nach«, fügte ich trotzdem hinzu und fragte dann, um das Thema zu wechseln: »Wo steckt Finn eigentlich?«

»Als er hörte, dass ihr kommt, hat er sich spontan mit Freunden verabredet«, antwortete Marie. Sie lächelte.

»Sonst lässt er mich gar nicht mehr allein und kümmert sich um alles.«

»Verstehe.« Ich nahm mir ein Vanillekipferl, biss aber nicht hinein. »Sag mal«, wandte ich mich an meine Schwester und versuchte den Gedanken in Worte zu fassen, der mir vorhin beim Plätzchenbacken gekommen war. »Ich weiß, dass ich ein bisschen spät dran bin, immerhin ist morgen schon der dritte Advent, aber so ganz ohne ist es auch blöd. Irgendwie fehlt was …«

»Du willst einen Adventskranz?«, kreischte Marie aufgeregt.

Ich zuckte mit den Schultern. »Na ja, ich habe mich gefragt, ob du im Laden nicht vielleicht einen hast, der bisher weder verkauft noch entsorgt wurde.«

Marie drückte mir einen Kuss auf die Wange. »Ich organisiere dir einen, versprochen. Und mach dir keinen Kopf wegen des Eherings. Es war nur eine von Emmas Ideen.«

Kapitel 11

*I*ch stand vor der Kommode im Flur und betrachtete das Bild von Tom, das darauf stand, während ich an meinem Ehering drehte. Das war so eine Angewohnheit von mir; das tat ich immer, wenn ich nachdachte, und ein Gedanke ließ sich in diesem Moment leider nicht dabei verhindern: Hatte Emma recht? Hinderten der Ring und Toms Bilder mich daran, über ihn hinwegzukommen? Wie sie sagte, war er durch diese Dinge immerzu präsent, ob nun bewusst oder unbewusst. Er hatte mir den Ehering aufgesteckt als Symbol unserer ewigen Liebe und als Zeichen, dass wir zusammengehörten. Es gab einen Grund, warum ich ihn trug – er gab mir das Gefühl, trotz allem ein Stück von Tom bei mir zu haben.

Ich verzog den Mund. Vielleicht hatte Emma tatsächlich recht, und vielleicht sollte ich es zumindest versuchen. Testweise zog ich den Ring vom Finger, wobei es mich einige Mühe kostete, ihn über den Knöchel zu bekommen. Als er in meiner Hand lag, betrachtete ich ihn von allen Seiten. Er war aus Weißgold und bestand aus zwei Hälften.

Eine war matt, die andere glänzend, und dort, wo sich die unterschiedlichen Oberflächen trafen, schmückten Brillanten den Ring. Ich liebte ihn, ich liebte die Vorstellung dessen, was er symbolisierte. Möglicherweise war jedoch genau das das Problem.

Ohne weiter darüber nachzudenken, legte ich den Ring auf die Kommode und drehte den Bilderrahmen von Tom um, sodass einem das Foto nicht sofort ins Auge sprang. Dann ging ich in die Küche, um mir einen Tee zu kochen. Während sich das Wasser langsam erhitzte, sah ich auf meine Hand. Wie nach sechs Jahren nicht anders zu erwarten, fühlte sie sich nackt an. Da musste ich wohl oder übel durch.

Musste ich?

Nein. Musste ich nicht. Ich wollte es nicht, und es fühlte sich nicht richtig an. Kurzerhand ging ich zurück in den Flur, steckte mir den Ring wieder an und stellte das Bild von Tom mit der richtigen Seite nach vorn.

13. Dezember:
Geh in den Wald und schlag einen Weihnachtsbaum.

Ach, du meine Güte, was hatten sich Marie und Emma denn dabei gedacht? Ich und einen Tannenbaum schlagen? Ich war schon froh, wenn ich einen Nagel gerade in die Wand bekam. Von einer Säge oder dergleichen hielt man mich lieber fern, wenn ich Heiligabend nicht im Krankenhaus verbringen wollte.

Aber gut, ich musste diese Aufgabe ja nicht allein erfüllen. Wen konnte ich um Hilfe bitten, der eine Säge zu handhaben wusste? Marie war raus, was ausnahmsweise nicht an ihrem Babybauch lag, und Emma brauchte ich damit auch nicht zu kommen – sie war eine mindestens genauso schlechte Heimwerkerin wie ich. Mein Vater oder Finn vielleicht? Oder Erik. Ich setzte mich mit meiner Kaffeetasse an den Tisch in der Küche und drehte in der anderen Hand den Zettel. Konnte ich Erik schon wieder belästigen? Nein. Nein, das ging nicht. Am Ende würde er meine dauernden Anfragen doch noch falsch verstehen, und das wollte ich nicht.

Ich holte mein Handy und tippte eine Nachricht an Finn, ohne sie abzuschicken. Einige Sekunden lang schwebte mein Daumen über der Taste, die die Nachricht senden würde, doch dann legte ich das Handy unverrichteter Dinge auf den Tisch, griff nach der Kaffeetasse und hielt sie mit beiden Händen fest.

Jetzt mal ehrlich: Was wäre so schlimm, wenn ich tatsächlich Erik fragte? Könnte er wirklich denken, ich hätte Hintergedanken? So wahrscheinlich war das nicht, immerhin kannte er die Situation und wusste sie besser einzuschätzen als jeder andere. Er wusste, dass ich nichts von ihm wollte, und ich wusste inzwischen, dass ich ihm nicht auf die Nerven ging. Er hatte mir mehrfach seine Hilfe angeboten, und wir hatten schon einige Aufgaben erfolgreich zusammen gemeistert und Spaß dabei gehabt. Irgendwie waren wir in den vergangenen Tagen zu Freunden geworden, ohne dass einer von uns es forciert hätte.

Bei diesem Gedanken zuckte ich zusammen. Genau das machte mir Angst. Wann war Erik zu so einem wichtigen Teil meines Lebens geworden? Warum dachte ich bei jeder Aufgabe sofort an ihn? Paradoxerweise half er mir, mich von meinen Gedanken an Tom und meiner Traurigkeit abzulenken, aber ich musste das auch allein schaffen. Ich wollte mich nicht von Erik abhängig machen. Er konnte nicht immer für mich da sein, schließlich waren wir kein Paar und würden auch keins werden. Möglicherweise betrachtete er mich nicht einmal als Freundin, sondern nur als Nachbarin.

Seufzend trank ich meinen Kaffee aus, nahm das Handy und schickte die Nachricht an meinen Schwager ab, bevor ich es mir anders überlegen konnte.

Es klingelte an der Tür, und ich sah überrascht auf die Uhr an der Küchenwand. War das etwa schon Finn? Wir hatten zwar keine genaue Uhrzeit ausgemacht, uns jedoch erst für den frühen Nachmittag verabredet. Jetzt war es gerade mal ein Uhr. Das galt doch nicht als früher Nachmittag, oder? Darunter verstand ich eher fünfzehn Uhr. Argh, ich war gerade dabei, Kartoffeln für das Mittagessen zu schälen. Schnell wischte ich mir die Hände an einem Handtuch sauber und lief zur Tür.

»Komm hoch«, sagte ich in den Hörer der Gegensprechanlage, während ich auf den Summer drückte und gleichzeitig die Wohnungstür öffnete.

»Ich bin schnell, oder?«, meinte Erik, der mir gegenüberstand und mich angrinste.

Ich hielt meine Hand aufs Herz, das ein bisschen zu schnell schlug, weil Erik mich erschreckt hatte. »Hallo, Erik. Mit dir habe ich gar nicht gerechnet.«

Das Grinsen verschwand aus seinem Gesicht, auch wenn er sich Mühe gab, weiterhin zu lächeln. »Tut mir leid, ich komme wohl ungelegen. Ich dachte eigentlich, wir wollten heute die Lebkuchen fertig machen, aber wenn du keine Zeit hast …«

Er wollte sich abwenden, doch ich hielt ihn zurück. »Ja, natürlich. Komm rein.« Ich ging voraus Richtung Küche und fragte mich, wie ich die Lebkuchen hatte vergessen können. Dabei hatte ich mich gestern noch so darauf gefreut, Erik heute wiederzusehen. Wenn ich mir nur nicht so einen Kopf gemacht und mich die ganze Zeit gefragt hätte, ob ich ihn für eine weitere Aufgabe einspannen konnte … So ein Mist!

»Alles okay?«

»Wie? Ja, sicher. Ich schäle nur gerade Kartoffeln für einen Auflauf, den ich machen will.«

»Klingt lecker, aber das meinte ich nicht. Du bist noch verabredet?« Es klang beiläufig oder sollte zumindest beiläufig klingen, aber ich hatte das Gefühl, dass es ihm nicht egal war.

»Mein Schwager will mich am frühen Nachmittag abholen.« Ich setzte mich an den Küchentisch und nahm eine Kartoffel zur Hand. »Ist es okay, wenn ich das schnell fertig mache? Dauert nicht mehr lang.«

Erik nickte und setzte sich zu mir. »Klar, mach nur. Kann ich dir helfen?«

»Du könntest mitessen«, bot ich an, bevor ich darüber nachdenken konnte. »Für mich allein ist das viel zu viel.«

»Warum machst du dann nicht weniger?«, wollte Erik wissen. »Nicht falsch verstehen – ich liebe Kartoffelgratin und esse gern mit.«

»Tja, gute Frage.« Offensichtlich hatte ich mich auch nach zwei Jahren noch nicht daran gewöhnt, nur für eine Person zu kochen.

»Hast du denn heute überhaupt Zeit für die Lebkuchen, wenn nachher dein Schwager kommt?«

Ich nickte. »Klar. Ich schreibe Finn gleich, dass wir uns etwas später treffen. Er wird das verstehen.«

»Ich will dir aber nicht deine ganze Tagesplanung durcheinanderbringen«, meinte Erik. Er stand wieder auf, öffnete die Schubladen meiner Küchenschränke und kehrte mit einem Messer zurück, um mir beim Schälen zu helfen.

Ich musste lächeln. »Alles gut. Ich freue mich, dass du hier bist.« Das entsprach der Wahrheit. Wenn ich nur nicht Finn bereits gefragt hätte, mit mir den Baum zu schlagen …

»Ach ja?«

Er grinste wieder, und mir wurde heiß. Gott, ich sollte besser aufpassen, was ich von mir gab. Da hatte ich Erik extra nicht gefragt, mich zum Baumaussuchen zu begleiten, weil ich keine falschen Signale senden oder mich von ihm abhängig machen wollte, und dann sagte ich so etwas zu ihm. Ich hätte mich in den Hintern treten können und musste mir gut überlegen, wie ich aus der Nummer wieder herauskam.

»Ähm, klar. Lebkuchen zu machen, ist so viel Arbeit. Da kann ich ein paar Hände mehr sehr gut gebrauchen.«

Erik grinste immer noch. »Hm, und ich hätte schwören können, du hattest die Lebkuchen vergessen.«

»Ich doch nicht.«

»Natürlich nicht. Reicht das, oder soll ich noch eine Kartoffel schälen?« Er deutete auf den kleinen Berg, den er in Windeseile von seiner Schale befreit hatte.

»Kommt darauf an, wie viel Hunger du hast.«

»Soll ich ehrlich oder höflich sein?«

Lachend schob ich ihm ein paar Kartoffeln zu. »Das Gratin schmeckt morgen noch genauso gut, also schäl ruhig ein paar mehr.«

»Okay.« Erik schnappte sich eine weitere Kartoffel. Nach einer Weile fragte er: »Was habt ihr eigentlich vor, du und dein Schwager?«

»Wir wollen in den Wald gehen und eine Tanne für Heiligabend schlagen. Meine heutige Aufgabe aus dem Adventskalender.«

»Echt?« Erik sah auf. »Cool. Das wird bestimmt lustig.«

Ich nickte nur und stand auf, um eine Zwiebel zu holen. In Wirklichkeit aber wollte ich Erik nicht länger in die Augen sehen. Er schien fast enttäuscht darüber zu sein, dass ich nicht ihn gebeten hatte, mich zu begleiten. Erneut ärgerte ich mich, dass ich so lange darüber nachgegrübelt hatte, statt ihn einfach zu fragen.

»Was hältst du von dem hier?«, fragte Finn und blieb neben einem riesigen Baum stehen.

»Für euch oder für mich?«, erwiderte ich und sah an dem Ungetüm hoch, das sich mindestens zwei Meter in die Höhe schraubte und niemals in mein Wohnzimmer passte. Trotzdem musste ich zugeben, dass die Tanne an sich hübsch war.

Finn lachte. »Für uns natürlich. Ich fürchte, den würden wir gar nicht durch dein Treppenhaus bekommen.«

»Könnte eng werden«, stimmte ich zu. »Aber in eurem Wohnzimmer sähe der Baum bestimmt hinreißend aus. Marie wird ihn lieben.«

»Das denke ich auch. Dann tritt mal lieber einen Schritt beiseite, ich habe nämlich auch noch nie einen Tannenbaum selbst geschlagen.«

Grinsend nahm ich ein paar Schritte Abstand und sah zu, wie Finn sich mit der ausgeliehenen Säge ans Werk machte. »Wie geht es Marie?«

»Gut, auch wenn sie natürlich gern mitgekommen wäre. Eure Mutter ist da und leistet ihr Gesellschaft.«

Ich nickte und stellte vorerst keine weiteren Fragen, um Finn nicht abzulenken. Ein Forstmitarbeiter kam vorbei und bot seine Hilfe an, doch Finn lehnte ab. Er wollte das allein schaffen, und obwohl er ganz schön ins Schwitzen kam, machte er seine Sache gar nicht mal so schlecht.

»Das wäre eine schöne Familientradition«, bemerkte ich und fragte mich, warum ich mir meinen Weihnachtsbaum noch nie auf diese Weise besorgt hatte. Weder mit meiner Familie noch mit Tom.

»Das haben wir uns auch gedacht«, antwortete Finn und wischte sich mit dem Handrücken den Schweiß von der Stirn, bevor er sich wieder an die Arbeit machte. Viel fehlte nicht mehr, bestimmt die Hälfte des Stamms hatte er bereits durchgesägt. »Marie und ich wollen das jetzt jedes Jahr machen.«

Ich stellte mir vor, wie Finn und Marie über viele Jahre hinweg mit ihrer Tochter herkommen würden, bis meine Nichte irgendwann groß genug war, um die Tradition mit ihrer eigenen Familie fortzuführen. Unwillkürlich drängte sich mir einmal mehr die Frage auf, ob ich jemals selbst eine Familie haben würde, um einen eigenen Brauch begründen zu können. Ich spürte, wie sich die altbekannte Traurigkeit in mir ausbreiten wollte, und es fiel mir schwer, sie daran zu hindern.

»Achtung, Baum fällt!«, rief Finn eine Weile später, und ich konnte gerade noch rechtzeitig beiseitespringen; so sehr war ich in meine Gedanken vertieft gewesen. Finn kam zu mir.

»Alles okay? Tut mir leid, ich hab nicht aufgepasst.«

Ich schüttelte den Kopf. »Nein, *ich* habe nicht aufgepasst. Alles gut.«

Forschend betrachtete er mich. »Bist du sicher?«

Ich zwang mich zu einem Lächeln. »Natürlich. Komm, lass uns den Baum zur Kasse bringen, bevor wir meinen aussuchen.«

Eine halbe Stunde später hatte Finn auch den zweiten Baum geschlagen und zur Kasse geschleift, wo beide Tannen abgespritzt wurden, um sie von Matsch und Dreck zu befreien. Vergangene Nacht hatte es geregnet, und die Pfade hier im Schriesheimerwald glichen wahren Schlammlöchern. Schmunzelnd betrachtete ich Finn, der ebenfalls eine Dusche hätte vertragen können. Seine Jeans hätte wahrscheinlich allein gestanden, hätte er sie jetzt ausgezogen, und seine Turnschuhe sahen nicht so aus, als wären sie noch zu retten.

»Ich hätte an Gummistiefel denken sollen«, bemerkte er, als er an sich hinabblickte.

»Tut mir leid, die Schuhe ersetze ich dir natürlich.«

Finn zeigte mir einen Vogel. »So weit kommt's noch. Ich hatte ohnehin vor herzukommen.«

»Na schön, aber dann lass mich dich wenigstens zu einer Bratwurst einladen.«

Im Eingangsbereich des Waldes gab es ein kleines Weihnachtsdorf mit Lagerfeuer, Glühwein und Bratwurst. Einige Kinder standen mit Stöcken am Feuer und grillten Stockbrot, und ein verkleideter Weihnachtsmann verteilte kleine Säckchen, gefüllt mit Nüssen, Mandarinen und Schokoladentalern.

Weil Finn zögerte, fügte ich hinzu: »Oder wir fahren gleich nach Hause. Du frierst bestimmt in den nassen Schuhen.«

Er winkte ab. »Nein, es geht schon, und für Bratwurst bin ich immer zu haben. Also gern.«

Er reservierte uns einen der Stehtische, während ich mich in die Schlange an der Bude einreihte. Vor mir stand eine Gruppe Männer, die sich lautstark unterhielt, während sie auf Glühweinnachschub wartete, und an drei zusammengeschobenen Tischen verteilten sich die dazugehörigen Frauen, die nicht weniger laut plauderten. Die Kinder am Lagerfeuer schienen ebenfalls dazuzugehören.

Meine Gedanken wanderten in die Ferne, und ich stellte mir vor, wie es gewesen wäre, Jahr für Jahr mit Marie, Finn, Tom, Emma und ihrem Mann herzukommen. Ich wusste nicht so recht, ob ich froh oder traurig darüber sein sollte, dass wir es nie getan hatten.

Eine kleine Stimme in meinem Kopf sagte mir, dass es nicht zu spät war. Wir waren jung und konnten immer noch eine Tradition daraus machen – wenn auch ohne Tom –, doch ich brachte sie zum Schweigen.

Marie und Emma hatten recht, das wusste ich. Ich musste lernen, das Leben ohne meinen Ehemann zu leben, und eigene Rituale entwickeln. Es waren jedoch zwei paar Schuhe, etwas zu wissen und es zu akzeptieren. Und es fühlte sich so dermaßen falsch an, Tom einfach zu ersetzen wie ein ausgetretenes Paar Sandalen. Das war es, was mir Bauchschmerzen bereitete. Ich fing an, Tom zu vergessen, und das nicht nur in manchen Situationen. Ich vergaß allmählich, wie er gerochen hatte, wie seine Stimme geklungen hatte. Wie konnte das sein? Er war so ein wichtiger Teil meines Lebens gewesen, war es noch, und ich wischte ihn einfach beiseite und fing an, mir ein Leben ohne ihn vorzustellen.

Ich erlaubte mir die Frage, was wäre, wenn es andersherum gewesen wäre. Wenn Tom *mich* verloren hätte ... Natürlich würde ich mir für ihn wünschen, dass er auch ohne mich glücklich würde, musste mir selbst gegenüber jedoch eingestehen, dass das eine leicht gesagte Floskel war. Denn die Vorstellung, dass Tom ohne mich Spaß gehabt und sich womöglich sogar neu verliebt hätte, tat weh. Sie schnürte mir die Kehle zu und raubte mir den Atem.

»Was darf's sein? Hallo?«

Aus den Augenwinkeln nahm ich das Wedeln einer Hand wahr und sah auf. Die Männergruppe war fort und ich stand an der Theke der Würstchenbude.

»Entschuldigen Sie, ich war in Gedanken. Ich hätte gern zwei Bratwürste und zwei Tassen Kinderpunsch.« Der Standbetreiber musterte mich, und mir wurde bewusst, dass ich mal wieder Tränen in den Augen hatte. Dabei hatte ich das in den letzten Tagen so schön unter Kontrolle gehabt. Bevor er mich fragen konnte, ob alles in Ordnung war, sagte ich: »Die Kälte«, und rieb mir zur Bestärkung meiner Worte die Hände.

Warum hatte ich nicht einfach Erik gebeten, mich zu begleiten? Oder ihn zumindest vorhin gefragt, ob er mit mir und Finn mitkommen wollte. Er verstand es so gut wie kein anderer, mich abzulenken oder wieder aufzubauen, und er hätte bestimmt nicht Nein gesagt. Tatsächlich fehlte es mir, die tägliche Aufgabe nicht zusammen mit ihm zu erledigen.

Kapitel 12

14. Dezember. Ich starrte auf die Socke aus cremefarbenem Filz und blinzelte die Tränen weg, die mir in die Augen geschossen waren. Heute vor sieben Jahren hatten Tom und ich uns auf dem Heidelberger Marktplatz kennengelernt. Genau ein Jahr später hatte er mir ebenfalls auf dem Weihnachtsmarkt in der Altstadt den Antrag gemacht.

Ich fürchtete mich vor der heutigen Aufgabe. Marie und Emma wussten, dass der 14. Dezember ein besonderer Tag für mich war, und ich traute ihnen durchaus zu, dass sie mich abermals in die Stadt schicken würden. Mit zitternder Hand holte ich den Zettel aus der Socke, faltete ihn auseinander und hielt die Luft an, während ich die Zeilen in Maries geschwungener Handschrift las.

14. Dezember:
Schreib dem Weihnachtsmann
(Weihnachtspostfiliale, 16798 Himmelpfort)
oder dem Christkind (51777 Engelskirchen)
einen Brief.

Erleichtert stieß ich die Luft aus und schloss für einen Moment die Augen. Nicht auszudenken, wenn sie mich tatsächlich aufgefordert hätten, den Markt- oder Karlsplatz aufzusuchen. Ich glaubte nicht, dass ich das geschafft hätte.

Dieser Brief hingegen war genau die richtige Aufgabe für heute, auch wenn ich nicht wusste, was ich schreiben sollte und eine leichte Enttäuschung darüber verspürte, dass ein Wunschbrief kaum etwas war, bei dem ich Erik um Unterstützung bitten konnte, sodass es keinen Grund gab, bei ihm zu klingeln.

Ich kochte mir einen heißen Kakao, zu dem ich mir ein Vanillekipferl gönnte, schob den Papierkram auf meinem Schreibtisch beiseite und suchte die Reste eines alten Briefpapiers hervor, das ich in einem Karton voller Krimskrams aufbewahrte. Es war champagnerfarben und hatte die Anmutung von Pergament. Ich hatte es mal gekauft, um Namensschildchen für Geschenke zu basteln. In derselben Krimskramsschachtel fand ich auch meinen alten Füller, allerdings keine Ersatzpatronen für die leere, die in seinem Inneren steckte. Wenigstens entdeckte ich einen Fineliner, der meine Handschrift deutlich schöner wirken ließ als jeder Kugelschreiber.

Ich knabberte an meinem Plätzchen, nippte am Kakao und dachte nach. Mehrmals setzte ich an, um den Stift dann doch wieder sinken zu lassen. Schließlich jedoch kamen die Worte.

Lieber Weihnachtsmann,
vermutlich bin ich schon etwas zu alt für einen Brief
an dich (ich bin 35) und außerdem ein wenig spät
dran, wenn man bedenkt, dass nächste Woche bereits
Heiligabend ist.
Ehrlicherweise weiß ich nicht mal, was ich dir schreiben
soll, und sicher fragst du dich, warum ich dann
überhaupt zu Stift und Papier gegriffen habe. Die
Sache ist kompliziert.
Heute vor sieben Jahren habe ich meinen Mann Tom
kennengelernt. Vor sechs Jahren hat er mir einen Antrag
gemacht, und Heiligabend vor zwei Jahren habe ich ihn
schließlich nach langer, schwerer Krankheit für immer
verloren. Seitdem fällt es mir schwer, die Adventszeit zu
genießen, was du vielleicht verstehen kannst, und so
haben mir meine Schwester Marie und meine Freundin
Emma einen Adventskalender gebastelt, in dem sich
jeden Tag eine weihnachtliche Aufgabe befindet. Heute
haben sie mir aufgetragen, dir einen Brief zu schreiben,
und hier sitze ich nun.
Darf ich ehrlich zu dir sein? Ich bin unsicher. Unsicher,
wie es weitergehen und was ich vom Leben erwarten soll.

Marie und Emma sind der Meinung, dass ich weitermachen muss. Sicher haben sie recht, denn was wäre die Alternative? Aber wie soll ich weitermachen? Ich backe Plätzchen, höre Weihnachtsmusik und besorge Geschenke, als wäre nie etwas gewesen. Aber so ist es nicht. Ich war verheiratet, wollte mein ganzes Leben mit Tom verbringen, und am Ende waren uns gerade einmal fünf gemeinsame Jahre vergönnt. Nun wirst du vielleicht einwenden, dass fünf Jahre nicht viel sind gemessen an meinem Alter. Schließlich habe ich bereits 30 Jahre ohne Tom gemeistert. Da werde ich weitere 30 Jahre ohne ihn überstehen können; so Gott will, auch mehr.
Gleichzeitig sind fünf Jahre aber auch nicht wenig. Zumindest reichen sie aus, einen Menschen so gut kennen- und lieben zu lernen, um sich ein Leben ohne ihn nicht mehr vorstellen zu können.
Für mich fühlt es sich falsch an, Gefallen an der Adventszeit zu finden. Ganz und gar falsch, wie Verrat an Tom und unserer Liebe. Und noch schlimmer fühlt es sich an, wenn ich nur daran denke, eines Tages einen neuen Mann in mein Leben zu lassen. Momentan bin ich weit davon entfernt und kann es mir auch überhaupt nicht vorstellen. ~~*Wobei ich tatsächlich jemanden kennengelernt habe …*~~ *Nein, streich das bitte, denn es stimmt so nicht. Wir kennen uns schon länger, um ehrlich zu sein aus dem Krankenhaus, in dem Tom lag. Aber zwischen uns ist nichts und wird auch nie etwas sein. Erik und ich sind nur Freunde. Es ist nett, Zeit zusammen zu verbringen.*

Mit ihm an meiner Seite fühle ich mich meistens weniger einsam und traurig, das ist alles. Aber die Vorstellung, er und ich ... Nein! Das geht nicht. Das ist unmöglich, und ich glaube, so wird es mir mit jedem Mann ergehen, der mir begegnen wird.
Wie soll es weitergehen? Die Frage meine ich ernst. Wenn der Partner einen auf diese grauenvolle Weise verlässt – darf man das Leben dann noch genießen, sofern man überhaupt bereit dazu ist? Und darf man sich – rein theoretisch – neu verlieben? Sollte man sich neu verlieben?
Es würde mir helfen zu erfahren, was jemand, der nicht zu meiner Familie gehört, zu dem Thema denkt, also könntest du mir eventuell antworten? Aber mach dir bitte keine Umstände – vor Weihnachten erwarte ich gewiss keinen Brief von dir. Ich weiß ja, dass du aktuell viel zu tun hast, und die Kinder, die dir schreiben, gehen natürlich vor.
Herzliche Grüße
Leni
PS: Ich hoffe, es ist okay, dass ich dich duze.
Bitte entschuldige, ich habe nicht darüber nachgedacht.

Ich zündete eine Kerze an und stellte sie auf Toms Grab. Auch heute war es kaum hell geworden, und ich zog den Reißverschluss meiner Jacke höher, weil der Wind in meinen Kragen schlüpfte. Dummerweise hatte ich meinen Schal zu Hause liegen lassen.

Ein Nachbar meiner Eltern kam vorbei und grüßte mich

stumm. Hastig wischte ich mir die Tränen aus dem Gesicht und lächelte ihm zu. Dann blickte ich wieder auf das Grab vor mir. Das Adventsgesteck, das Erik dort hingelegt hatte, sah immer noch hübsch aus. Inzwischen war ein weiteres Gesteck dazugekommen, vermutlich von Toms Eltern. Sie wohnten in Mannheim, also nicht weit von Heidelberg entfernt. Trotzdem hatte ich sie schon eine Weile nicht mehr gesehen und wusste, dass ich sie besuchen sollte. Vor allem Toms Mutter fehlte mir, wir hatten uns stets gut verstanden. Allerdings bezweifelte ich, vor Weihnachten die Kraft dazu zu finden.

Ich hockte mich vor Toms Grab und schloss kurz die Augen. »Du fehlst mir so.« Meine Worte waren nur ein Flüstern, aber trotzdem deutlich hörbar.

Anfangs war ich mir dumm dabei vorgekommen, zu Tom zu sprechen, und es fühlte sich immer noch surreal an. Die Tatsache, dass sein Körper vor mir unter der Erde lag, war kaum greifbar für mich, weshalb ich es für gewöhnlich vermied, genauer darüber nachzudenken.

»Sieben Jahre«, flüsterte ich weiter. »Kaum zu glauben, oder? Weißt du noch, wie wir uns auf dem Marktplatz getroffen haben? Beim Glühweintrinken an der Weihnachtspyramide, während *Last Christmas* lief. Ich erinnere mich daran, als wäre es erst gestern gewesen, und gleichzeitig fühlt sich dieser Tag ewig weit weg an.« Ich stieß ein zittriges Seufzen aus. »Ach, Tom. Ich wünschte, du wärst hier, denn ich könnte deinen Rat gebrauchen. Von allen Menschen in meinem Leben hast du mir immer die besten Ratschläge gegeben. Wobei – wenn du hier wärst, bräuchte ich deinen Ratschlag gar nicht.« Tränen schossen mir in die Augen, und ich vergrub das Gesicht in meinen Händen. »Ich wünschte, du wärst hier«, wiederholte ich. »Du fehlst mir so sehr, Tom. So sehr. Ich weiß nicht, was ich ohne dich machen soll. Wie es weitergehen soll.«

Schluchzend sank ich auf den Boden. Die Traurigkeit, die ich einige Tage lang hatte verdrängen können, kehrte mit voller Wucht zurück und verschlang mich wie ein schwarzes Loch.

Es war bereits spät am Vormittag, als ich mich aus dem Bett hievte. Ich fühlte mich wie verkatert, dabei hatte ich meine Trauer und meinen Frust weder versucht in Alkohol zu ertränken noch mit Süßkram in den Griff zu bekommen.

Nach den letzten Tagen voller positiver Erlebnisse hatte mich der gestrige Rückschlag umso härter getroffen. Während ich ins Bad schlurfte, um mich mit einer Dusche zu erfrischen, sprach ich mir selbst Mut zu: Rückschläge waren normal, ob nun bei Diäten, dem Kampf gegen Abhängigkeiten oder der Trauerbewältigung.

Blieb bloß die Frage, wie ich damit umgehen sollte. Krone richten und weitermachen oder mich verkriechen, wie ich es bisher getan hatte? Letzteres war definitiv die einfachere Lösung, aber natürlich auch die schlechtere. Es würde hart werden, mir ein eigenes neues Leben aufzubauen, aber Tom hätte sicher nicht gewollt, dass ich alles wegwarf. Ich war es nicht nur mir schuldig, nicht aufzugeben.

Mein erster Weg an diesem Morgen führte mich also ins Arbeitszimmer, wo ich den Zettel aus der heute roten Socke zog.

15. Dezember:
Schau dir einen Weihnachtsfilm an.

Unwillkürlich musste ich schmunzeln. Das war doch mal eine nette Aufgabe – und ich wusste, wer sich noch darüber freuen würde.

Mit einer Packung Dominosteine stand ich vor Eriks Wohnungstür und klingelte. Er öffnete nicht. Ich lauschte in die Stille, hörte jedoch nichts als das – Stille. Enttäuschung machte sich in mir breit, aber ich rief mich sogleich zur Ordnung. Erik mochte vielleicht Urlaub haben, das hieß allerdings nicht, dass er den ganzen Tag zu Hause herumsaß und darauf wartete, ob ich seine Hilfe brauchte. Zumal ich ihm vorgestern auch noch zu verstehen gegeben hatte, dass ich nicht jede Aufgabe mit ihm erledigen wollte. Warum sonst hatte ich meinen Schwager anstatt ihn gefragt? So zumindest musste er die Situation aufgefasst haben. Mist, ich hätte es Erik erklären sollen, auch wenn ich nicht sicher war, wie diese Erklärung hätte aussehen sollen, ohne peinlich zu klingen.

Mein Herz schlug schneller, als ich ein Geräusch im Treppenhaus wahrnahm. Ich hoffte, Erik würde nach Hause kommen, doch als ich ein Bellen hörte, war mir klar, dass es nur Frau Hämmerle, die ältere Dame mit ihrem Pudel aus dem Erdgeschoss, sein konnte.

Sollte ich noch einmal klingeln? Aber was würde es bringen? Ich wollte mich gerade abwenden, als Eriks Wohnungstür aufgerissen wurde. Mit einem Grinsen drehte ich mich um, und da stand er – lediglich mit einem Handtuch bekleidet und mit nassen Haaren. Mein Blick blieb an seinem Oberkörper hängen, und ich lenkte ihn schnell zu Eriks Gesicht.

»Hi. Tut mir leid, wenn ich störe.«

»Du störst nicht«, sagte Erik und trat beiseite, um mich hereinzulassen. »Was gibt's?«

»Ähm, meine heutige Aufgabe. Ich soll mir einen Weihnachtsfilm ansehen.«

Ein Lächeln machte sich auf Eriks Miene breit. »Bin dabei, gib mir fünf Minuten.«

Er verschwand im Bad, und ich blieb einen Moment unschlüssig im Flur stehen, ehe ich ins Wohnzimmer ging. Ich setzte mich kerzengerade aufs Sofa, was untypisch für mich war, machte ich es mir doch viel zu gern bequem. Ich war jedoch angespannt und in Gedanken versunken. Es war wohl besser, wenn ich Erik die Sache von vorgestern erklärte, denn ich wollte nicht, dass sie zwischen uns stand. Wir hatten uns die ganze Zeit über so gut verstanden, und daran sollte sich nichts ändern.

Ein paar Minuten später kam Erik ins Zimmer, die Haare noch feucht. Statt des Handtuchs trug er jetzt eine Jeans und einen grau melierten Pullover. »Sollen wir uns den *Santa-Clause*-Film mit Tim Allen anschauen?«

»Erik, können wir kurz reden?«

Er wurde sofort ernst. »Hab ich was Falsches gesagt?«

Ich unterdrückte ein Seufzen, weil ich das Gespräch völlig falsch begonnen hatte. Natürlich musste er das annehmen, nachdem ich ihn vorgestern gewissermaßen abserviert, mich gestern gar nicht gemeldet hatte und nun auch noch ankündigte, mit ihm reden zu müssen. Warum hatte ich nicht anders begonnen? »Nein, gar nicht. Es ist nur ... Du weißt, dass ich immer noch unter Toms Verlust leide, oder?«

»Natürlich weiß ich das. Vielleicht stehe ich auf dem Schlauch, wäre nicht das erste Mal, aber worauf willst du hinaus?« Er runzelte die Stirn, und nun seufzte ich doch.

»Ich will nur ... Ich ...« Mist, wie sollte ich die Lage erklären, ohne ihn vor den Kopf zu stoßen oder als eingebildet dazustehen? Erik setzte sich zu mir und legte mir eine Hand auf den Arm, und ich starrte einen Moment auf die Stelle, wo er mich berührte.

»Sag es einfach, ich verstehe es schon nicht falsch.«

Ich holte tief Luft. Also dann: »Ich suche keinen neuen Partner.« *Noch nicht. Vielleicht nie wieder.*

Er nickte. »Das weiß ich, Leni. Ich habe auch keine Anstalten in diese Richtung gemacht, oder? Zumindest stand es nicht in meiner Absicht. Ich hoffe sehr, ich ...«

»Du hast nichts falsch gemacht«, unterbrach ich ihn. »Wirklich nicht. Es ist bloß ... Mit der ganzen Adventskalendersache habe ich kaum einen Gedanken daran verschwendet, wie es womöglich auf dich wirkt, wenn ich dich immerzu um Hilfe bitte. Deshalb habe ich dich vorgestern nicht wegen des Tannenbaums gefragt. Ich hätte dich gern mitgenommen, wollte aber vermeiden, dass du dir Hoffnung machst. Also ... ich will damit gewiss nicht sagen, dass ich jemand bin, in den man sich verliebt. Großer Gott, bestimmt nicht. Ich bin kompliziert, wie man sieht.« Ich lachte gekünstelt.

Erik schüttelte den Kopf. »Bist du nicht, und ich habe mir auch keine Hoffnung gemacht. Ich war einfach nur da, als du jemanden brauchtest. Ich dachte ... Ich dachte, wir wären vielleicht so was wie Freunde, aber vielleicht habe ich mich da auch geirrt. Tut mir leid. Sagen wir doch einfach, ich bin dein Nachbar, der dir viel zu gern und viel zu oft seine Hilfe aufdrängt.«

Nun schüttelte ich den Kopf. »Nein, du bist viel mehr als das. Ich dachte eigentlich auch, dass wir so was wie Freunde sind.«

»Freunde also?«, fragte Erik, und ich nickte.

»Freunde.« Wir sahen uns an und mussten plötzlich beide lachen. »Wir eiern hier ganz schön herum, was? Tut mir leid.«

»Alles okay«, sagte Erik. »Es ist gut, dass wir das geklärt haben, denn jetzt wendest du dich mit deinen Adventskalenderaufgaben hoffentlich wieder an mich. Wenn ich ehrlich bin, hätte ich den Weihnachtsbaum am Sonntag sehr gern mit dir ausgesucht. Ich wollte schon immer mal eine Tanne selbst schlagen.«

Ich spürte, wie sich ein Lächeln auf mein Gesicht setzte, und hörte mich sagen: »Dann lass uns doch einfach noch mal fahren.«

»Unsinn, das ist viel zu umständlich. Du hast jetzt eine Tanne, und ich kaufe meinen Baum wie sonst auch beim Händler an der Straßenecke.«

»Nein!« Ich erhob mich vom Sofa. »Das lasse ich nicht zu. Wir fahren in den Wald, und das am besten gleich jetzt. Na komm schon.« Ich klopfte mit dem Handrücken gegen seinen Oberschenkel.

»Was ist mit deinem Film?«

»Den können wir uns genauso gut später ansehen, und jetzt los, bevor es dunkel wird. Ich will nicht, dass du dich beim Baumsägen verletzt.«

»Na schön.« Erik stand ebenfalls auf. »Ehe ich mich noch mal bitten lasse.«

»Na, siehst du.« Ich war schon halb aus dem Wohnzimmer, als ich mich noch einmal umdrehte – ein Manöver, bei dem wir fast zusammenstießen, weil Erik mir gefolgt war. »Ach, das hätte ich fast vergessen – hast du Gummistiefel?«

»Jetzt verstehe ich, warum du nach Gummistiefeln gefragt hast«, sagte Erik eine Weile später und sah hinab zu seinen Schuhen, die zur Hälfte im Schlamm steckten. Gummistiefel hatte er zwar nicht gehabt, aber ich hatte ihn davon überzeugen können, wenigstens Schuhe anzuziehen, die er längst hatte aussortieren wollen.

Obwohl es seit meinem letzten Besuch im Wald nicht mehr geregnet hatte, war die Erde nach wie vor matschig, und unsere Schritte erzeugten ein stetiges Quietschen. Ich ging vorsichtig, um nicht auszurutschen. »Was für einen

Baum möchtest du denn haben?«, fragte ich. »Groß? Klein?«

Erik zuckte mit den Schultern. »Das ist mir völlig gleich. Platz ist im Wohnzimmer ja genug, da könnte ich sogar einen Riesenbaum aufstellen. Im Prinzip bräuchte ich nicht mal einen, weil ich Heiligabend sowieso bei meinen Eltern verbringe. Allerdings stellen die ihren Baum neuerdings immer schon spätestens am dritten Advent auf, sodass er fix und fertig ist, wenn ich komme. Dabei gehört es für mich zum Zauber des Heiligabends dazu, vormittags den Baum aufzustellen und zu schmücken.«

»Geht mir ebenso«, sagte ich. »Auch wenn ich es gleichzeitig schade finde, weil man dadurch so wenig von dem Baum hat. Ich meine, wenn er ohnehin schon gefällt wird ...«

»Das stimmt natürlich«, gab Erik zu.

Wir gingen eine Weile schweigend nebeneinander her und betrachteten die Bäume im magischen Licht der blauen Stunde. Wir mussten uns beeilen, denn allzu viel Zeit blieb uns nicht, bis es vollkommen dunkel sein würde. Da entdeckte ich eine wunderschöne Tanne, die mir vorgestern entgangen war. Sie war nicht zu groß und nicht zu klein und perfekt gewachsen.

»Schau mal, wie findest du ...?«

Ich brach ab, da ich plötzlich auf dem matschigen Boden den Halt verlor. Ich geriet ins Schlingern und hielt mich automatisch an Erik fest, der nicht damit gerechnet hatte. Wir versuchten beide, das Gleichgewicht zurückzuerlangen, doch es war zu spät, und wir landeten nebeneinander im Matsch. Fassungslos sahen wir einander an. Ich setzte zu einer Entschuldigung an, als Erik vor Lachen losprustete. Ich stimmte mit ein und lachte so lange, bis mir der Bauch wehtat. Es war ewig her, dass mir das zuletzt passiert war.

Kapitel 13

Erik und ich hatten es uns auf seinem Sofa gemütlich gemacht – mit Tee, Weihnachtssüßigkeiten, der Weihnachtsbeleuchtung und unzähligen Kerzen. Wir sahen uns *Santa Clause – Eine schöne Bescherung* an, der inzwischen fast zu Ende war.

Nachdem wir uns von unserem Lachanfall im Schriesheimerwald erholt hatten, hatte Erik mir auf die Beine geholfen und sich dann, völlig verdreckt, darangemacht, die Tanne zu fällen, die ich vor unserem Sturz bewundert hatte. Auf den Schreck hatten wir im Weihnachtsdorf einen Kinderpunsch getrunken, wobei wir die amüsierten Blicke der anderen Kunden auf uns zogen, die unsere schlammbespritzten Klamotten musterten. Im Anschluss waren wir nach Hause gefahren, um uns umzuziehen und warm und sauber wieder bei Erik zu treffen. Er hatte uns Pizza bestellt, den Film angemacht, und hier saßen wir nun. Unsere Beine lagen ausgestreckt auf dem Couchtischchen, und ich hatte meinen Kopf gegen Eriks Schulter gelehnt. Es fühlte sich gut an, mal wieder ein wenig Nähe zu einem anderen

Menschen zu spüren, vor allem, weil ich mir nach unserem klärenden Gespräch keinerlei Sorgen zu machen brauchte, ob er meine Geste eventuell falsch verstand.

»Hach, war das schön.« Der Abspann flimmerte über den Bildschirm, und ich streckte meine Arme genüsslich in die Luft. »Früher hatte ich immer eine ganze Liste mit Weihnachtsfilmen, die ich jedes Jahr unbedingt sehen wollte. Irgendwann wurde es sogar Tom zu viel.« Natürlich hatte er trotzdem sämtliche Filme mit mir angeschaut.

Erik schaltete den Ton leiser. »Kennst du *Ist das Leben nicht schön?* Das ist einer meiner Lieblingsfilme.«

Ich nickte. »Natürlich kenne ich den.«

Erik sah auf die Uhr. »Was meinst du? Hast du Lust auf einen zweiten Film oder wird dir das zu viel für einen Tag?«

»Ich hab heute nichts mehr vor«, antwortete ich und war froh, dass der Abend noch nicht vorbei war.

Verstohlen wischte ich mir eine Träne von der Wange, als George Bailey mit seiner Familie und seinen Freunden zuerst *Hark! The herald angels sing* anstimmte und danach in *Auld Lang Syne* überging. An der Stelle hatte ich schon immer weinen müssen, doch dieses Mal lag es nicht nur an dem berührenden Ende des Films. Es war das erste Mal, dass ich ihn nach Toms Tod sah, und ich fragte mich, wie mein Leben wohl ausgesehen hätte, wenn ich Tom nie über den Weg gelaufen wäre. Die letzten zwei Jahre voller Leid und Schmerz wären mir erspart geblieben, aber wäre ich deshalb glücklicher gewesen? Hätte ich jemand anderen kennengelernt oder hätte ich etwas Wichtiges verpasst, ohne es zu wissen?

»Erinnerungen?«, fragte Erik, dem meine Rührseligkeit nicht entgangen war.

»Auch«, antwortete ich lächelnd.

»Willst du darüber reden?«

Ich zögerte, doch warum eigentlich nicht? Im Hintergrund lief inzwischen das Lied *Buffalo Gals*, das im Film eine wichtige Rolle spielt und ins Menü der DVD eingebettet war. »Ich habe mich gefragt, wie mein Leben heute aussehen würde, wenn ich Tom nicht kennengelernt hätte. Ob ich jetzt glücklicher wäre.«

Erik überlegte einen Moment. »Eine gute Frage. Ich schätze, es kommt darauf an.«

»Worauf?«

Er zuckte mit den Schultern. »Auf so ziemlich alles. Wärst du all die Jahre Single und auf der Suche nach einem Partner gewesen, wärst du heute vermutlich nicht viel glücklicher. Du weißt doch, wie das ist: Solche Dinge kommen einem wie der Weltuntergang vor, weil man in dem Moment nicht über seinen Tellerrand hinaussieht.«

»Stimmt, wenn man es so betrachtet.«

»Denkst du, du wärst damals auch ohne Tom in die Wohnung über mir gezogen?«

»Wer weiß das schon?« Es spielte keine Rolle, denn man konnte ohnehin nichts ändern. Das Leben war, wie es war, und in der Realität erschien einem kein Engel, der einem zeigte, wie es durch andere Umstände ausgesehen hätte. Man musste die Dinge nehmen, wie sie kamen, sonst machte man sich nur verrückt – und unglücklich.

Ich beugte mich nach vorne, um mir einen unserer selbst gebackenen Lebkuchen zu nehmen, die uns ausgezeichnet gelungen waren. Erik griff gleichzeitig nach demselben Stück, und unsere Finger berührten sich. Doch es war mehr als eine bloße Berührung. Wärme durchströmte meinen Körper, in meinem Bauch breitete sich ein flattriges Gefühl aus. Vermutlich war es eine dumme Idee, aber ich konnte nicht anders, als Erik direkt in die Augen zu blicken. Er sah mich ebenfalls an, allerdings nicht so wie sonst. Es war, als würde er mich zum ersten Mal sehen. Er legte den Kopf schief, was niedlich war, und betrachtete mich, als würde er sich jedes Detail meines Gesichts einprägen wollen. Und dann glaubte ich für einen Augenblick, er würde mich küssen wollen. Mein Herz schlug schneller, während ich einfach nur dasaß und abwartete, was passierte, anstatt die Flucht zu ergreifen. Dann wandte Erik abrupt den Blick ab, griff nach seiner leeren Tasse und stand auf.

»Noch Tee?«

»Ähm, gern.«

Ich wartete, bis Erik das Wohnzimmer verlassen hatte, bevor ich mich mit geschlossenen Augen zurücklehnte, während im Hintergrund immer noch *Buffalo Gals* in Dauerschleife lief. Natürlich hatte Erik mich nicht geküsst. Warum hätte er das tun sollen, nachdem ich ihm erst ein paar Stunden zuvor klipp und klar mitgeteilt hatte, dass ich nicht auf der Suche nach einer neuen Beziehung war?

Trotzdem konnte ich das Gefühl in mir nicht einordnen. War ich nun erleichtert darüber oder … enttäuscht?

Mein Handy piepte, und ich nahm es zur Hand, um die eingegangene Nachricht zu lesen. Sie kam von meiner Schwester.
Hey, du. Eigentlich hatte ich ja gestern mit dir gerechnet, aber dann habe ich Die Familie Stone *eben allein gesehen. Wie sieht es mit der heutigen Aufgabe aus? Schon Pläne? Ich hätte alles hier, falls du vorbeikommen magst.*

16. Dezember:
Mach dir einen Bratapfel mit Datteln, Nüssen und Marzipan.

Als ich die Aufgabe heute Morgen las, hatte ich schmunzeln und an den Spruch denken müssen, der auf der Weihnachtspostkarte vom 2. Dezember abgedruckt gewesen war: *Weihnachten wäre noch viel besser, wären nicht überall Rosinen drin.* Marie hasste Rosinen, deshalb die Datteln. Ich hingegen mochte beides.

Nun zögerte ich. Bisher hatte ich mich geweigert, darüber nachzudenken, auf welche Weise ich die heutige Adventskalenderaufgabe erfüllen wollte. Nach der Sache mit dem Tannenbaum hatte ich beschlossen, alle Herausforderungen zusammen mit Erik zu bestreiten, war mir nach dem gestrigen Abend jedoch unsicher. Irgendwas war da zwischen uns gewesen, und ich wusste nicht, was ich davon halten sollte. Obwohl Erik bei unserem Gespräch am frühen Nachmittag noch beteuert hatte, keine Absichten zu verfolgen, hatte es sich gestern Abend nach den beiden Weihnachtsfilmen ganz anders angefühlt. Begann er jetzt doch, etwas für mich zu empfinden, das über bloße Freundschaft hinausging?

Ich versuchte, meine Gedanken zu sortieren. Fakt war, dass Erik und ich prinzipiell alles geklärt und mehr oder weniger vereinbart hatten, die kommenden Aufgaben zusammen zu erledigen. Wenn ich jetzt einen Rückzieher machte, würde das nur Fragen aufwerfen, und ich hatte keine Lust, unser Gespräch vom gestrigen Nachmittag ein zweites Mal zu führen. Das wäre albern und peinlich. Außerdem tat es mir gut, Zeit mit Erik zu verbringen. Er brachte mich zum Lachen, und wenn ich doch mal ein kleines Tief hatte, schaffte er es sofort, mich wieder herauszuziehen.

Ich tippte eine Antwort an meine Schwester und hoffte, sie würde nicht an falscher Stelle einhaken oder mir blöde Fragen stellen. *Hättest du etwas dagegen, wenn Erik mitkäme? (Sofern er Lust hat.)* Den zweiten Teil der Nachricht löschte ich wieder, bevor ich sie abschickte, denn das würde meine Schwester erst recht auf dumme Gedanken bringen. Besser, ich tat einfach so, als hätte ich längst eine Verabredung mit ihm, und falls er keine Zeit oder Lust hatte, konnte ich behaupten, ihm sei kurzfristig etwas dazwischengekommen.

Maries Antwort kam prompt: *Bring ihn mit. Wir freuen uns darauf, ihn besser kennenzulernen.*

Ich unterdrückte ein Grinsen, als Erik und ich vor der Haustür meiner Schwester standen und er sich bereits zum zweiten Mal über dieselbe Stelle seiner Haare strich, die ein wenig abstanden.

»Was ist?«, fragte er.

»Nichts. Gar nichts.«

Bevor er nachhaken konnte, öffnete uns Finn. »Immer hereinspaziert, der Kaffee ist bereits fertig.« Er schloss hinter uns die Tür, bevor er mich mit Küsschen begrüßte und Erik die Hand reichte. »Hi. Wir kennen uns flüchtig aus dem Krankenhaus, richtig?«

Erik nickte. »Ich bin Erik. Finn, oder?«

»Stimmt.«

Marie kam aus dem Wohnzimmer. Ihr Gang erinnerte an das Watscheln einer Ente; ihr Bauch war noch ein wenig praller geworden und wölbte sich inzwischen weit nach unten. »Hallo, ihr beiden. Schön, dass ihr hier seid. Möchtet ihr schon mal eine Tasse Kaffee? Er ist koffeinfrei.«

»Leider«, brummte Finn.

Erik schmunzelte. »Ich nehme gern eine Tasse.«

Wir folgten Marie und Finn in die Küche, wo es nach Kaffee roch und die Zutaten für die Bratäpfel bereitlagen. Finn holte Geschirr aus dem Schrank, und Marie goss ein.

»Danke«, sagte Erik, als Marie ihm die Tasse reichte, und sah sich um. »Ein schönes Haus habt ihr. Wie lange wohnt ihr schon hier?«

»Wir haben es vor sechs Jahren gekauft, bevor die Immobilienpreise durch die Decke gingen. Heute könnten wir es uns wahrscheinlich nicht mehr leisten«, antwortete Finn.

»Da sagst du was«, murmelte Erik.

Ob er es jetzt gerade bereute, dass er im Gegensatz zu seiner Schwester noch keine Familie hatte und deshalb unter Umständen eines Tages nicht das Haus seiner Eltern erben würde? Einen Moment war ich versucht, ihm tröstend über den Arm zu streichen, hielt mich jedoch gerade noch davon ab. Das könnte ihm, aber vor allem meiner Schwester einen falschen Eindruck vermitteln.

»Was hältst du davon, wenn du Erik das Haus zeigst, während Leni und ich die Bratäpfel machen?«, fragte Marie an Finn gewandt.

Ihr Mann zuckte mit den Schultern. »Klar, wenn es ihn interessiert.«

»Natürlich«, antwortete Erik und verließ gemeinsam mit Finn die Küche. Ob er das Haus wirklich sehen oder nur nicht unhöflich sein wollte, hätte ich nicht sagen können.

Marie wartete eine Weile, bevor sie beiläufig bemerkte: »Er ist sehr nett.«

»Lass das«, fuhr ich sie womöglich einen Tick zu schroff an.

»Was denn?«, fragte sie. »Ich hab gar nichts gesagt.«

»Vielleicht nicht, aber ich kenne dich. Ich weiß, was du denkst, aber zwischen Erik und mir läuft nichts und wird auch niemals etwas laufen.«

»Sorry, ich wollte nicht stören.« Erik, der zurück in die Küche gekommen war, um seine Kaffeetasse auf die Arbeitsfläche zu stellen, tat so, als hätte er meine Worte nicht gehört. »Bin schon wieder weg.«

Ich sah dabei zu, wie er die Küche erneut verließ, dann zog ich mir einen Küchenstuhl unter dem Tisch hervor und ließ mich darauf fallen. So ein Mist! Warum hatte ich meine Klappe nicht halten können?

»Bist du sicher?«, fragte meine Schwester, doch mit einem bösen Blick brachte ich sie zum Schweigen.

»Wann ist es eigentlich so weit?«, fragte Erik an Marie gewandt, als wir später im Wohnzimmer am Esstisch saßen und die Bratäpfel mit Vanilleeis verspeisten.

»Nur noch ein paar Wochen«, antwortete Marie. »Inzwischen bin ich schon ein wenig aufgeregt.«

»Aufgeregt.« Finn schnaubte. »Du leidest akut unter dem Nestbausyndrom. Es wird Zeit, dass die Kleine endlich kommt, bevor du noch mehr Strampler kaufst, die wir ihr niemals anziehen werden, weil sie viel zu schnell herausgewachsen ist.« Trotz seiner vorwurfsvollen Worte klang seine Stimme liebevoll.

»Die werden ja nicht schlecht«, bemerkte Erik. »Meine Schwester hat damals ebenfalls viel zu viele Klamotten gekauft und zur Geburt noch mehr Anziehsachen geschenkt bekommen, aber das kann man alles verkaufen oder für Geschwisterkinder aufbewahren.«

»Geschwisterkinder«, murmelte Finn, schüttelte den Kopf und kehrte zum eigentlichen Thema zurück. »Oder man gibt die Sachen weiter, zum Beispiel an Freunde oder innerhalb der …« Er brach ab.

Familie. Obwohl er das Wort nicht laut ausgesprochen hatte, hallte es zwischen uns im Raum. Flüchtige Blicke trafen mich, die ich ignorierte, weil ich nicht vorhatte, mich darauf einzulassen.

»Jetzt tu bloß nicht so, als würdest du dich nicht auf deine Tochter freuen oder irgendwann ein zweites Kind haben wollen«, sagte ich. Meine Schwester strich mir unter dem Tisch über den Arm, sodass es niemand mitbekam, und ich lächelte ihr zu.

»Na ja, nun lasst doch erst mal das eine Kind auf die Welt kommen, bevor wir über ein weiteres nachdenken«, erwiderte Finn, offensichtlich erleichtert darüber, dass mich seine vorherige Bemerkung nicht aus der Bahn geworfen und damit die Stimmung ruiniert hatte.

Tja, die Stimmung ruinieren konnte niemand so gut wie ich selbst. Erik ließ sich zwar nach wie vor nichts anmerken, aber ich bildete mir ein, seit meiner Aussage in der Küche eine merkwürdige Spannung zwischen uns zu spüren. Egal was wir tags zuvor besprochen haben mochten – mit meinen Worten hatte ich ihn verletzt, und das hatte ich gewiss nicht gewollt.

Ich warf ihm einen Seitenblick zu, den Erik nicht erwiderte. Überhaupt sah er mich kaum mehr an, seit er das Gespräch zwischen mir und meiner Schwester unfreiwillig mit angehört hatte. Irgendwie musste ich das wieder geradebiegen, sonst würde ich die restlichen Adventskalenderaufgaben allein bewältigen müssen beziehungsweise ich müsste Marie oder Emma um Hilfe bitten, und der Gedanke gefiel mir nicht.

Ach was, Adventskalender!, schalt ich mich in Gedanken selbst. *Das schiebst du doch bloß vor.* Ja. Der Adventskalender war egal – der eigentliche Grund für meine Beklommenheit war die Vorstellung, Erik als Freund zu verlieren. Und die war schrecklich.

Kapitel 14

»Schön, dass ihr hier wart«, sagte Marie. Sie reichte Erik die Hand und drückte mich zum Abschied an sich – fester als sonst.

»Vielen Dank für die Einladung«, erwiderte Erik. »Die Bratäpfel waren köstlich.«

Wir winkten Marie und Finn und gingen den gepflasterten Weg hinunter zur Straße. Hinter uns hörte ich die Haustür ins Schloss fallen.

Erik schlug den Weg nach Hause ein, doch obwohl es bereits dämmerte und kalt war, fragte ich: »Wollen wir noch einen kleinen Spaziergang machen?«

Er zögerte. »Ähm, ich muss eigentlich was einkaufen.« Es war eine Ausrede, noch dazu keine besonders gute, und das wussten wir beide.

»Bitte, Erik.«

»Also gut.«

Seufzend steckte er die Hände in die Taschen seines Mantels, und wir gingen hinunter zum Neckar und schlenderten direkt am Fluss entlang Richtung Edingen-Neckarhausen. Mein Atem schwebte weiß vor mir her; es war knackig kalt, was es schon seit ein paar Tagen nicht mehr gewesen war. Ich warf einen Blick in den Himmel und die tief hängenden Wolken. Vielleicht würde es heute sogar noch schneien.

Mein Blick wanderte weiter zu Erik, der neben mir herging und ungewohnt still war. Mir war klar, dass ich den Anfang machen musste, fand jedoch keine passenden Worte. Wir waren bereits ein ganzes Stück gelaufen, als Erik sich mir zuwandte. Ich spürte, dass er vorschlagen wollte, umzudrehen, als es endlich aus mir heraussprudelte: »Es tut mir so leid, Erik.«

Er antwortete nicht sofort. »Was genau meinst du?«

»Du weißt genau, was ich meine. Es tut mir leid.«

Er zuckte mit den Schultern. »Warum? Wir haben das Ganze doch gestern geklärt. Zwischen uns ist nicht mehr als Freundschaft, und das ist okay.« Sein Tonfall strafte ihn Lügen.

»Schon, aber ich hätte das gegenüber meiner Schwester nicht so sagen sollen ...«

»Warum hast du es dann getan?«, unterbrach Erik mich.

Der leise Vorwurf, der in seinen Worten mitschwang, ließ mich erleichtert aufatmen, denn dass er sich über die Situation ärgerte, bedeutete schließlich, dass sie ihm nicht egal war.

»Es hat nichts mit dir zu tun, wirklich nicht. Es ist nur ... Du kennst Marie nicht. Der Adventskalender war nur der erste Schritt, als Nächstes wird sie mich zu einem

Date überreden oder verkuppeln wollen. Sie will nicht sehen, dass ich nicht bereit dafür bin.«

»Dann sag es ihr.«

»Das würde nichts bringen – Marie und Emma haben sich da was in den Kopf gesetzt. Und diesbezüglich sind sie hartnäckig; Emma noch mehr als Marie.«

Erik blieb stehen. »Darf ich dich mal was fragen, Leni?«

Ich drehte mich zu ihm um. »Sicher, du darfst mich alles fragen.«

»Warum denkst du, dass du noch nicht bereit bist für eine neue Beziehung? Versteh mich nicht falsch, ich will dich gewiss in nichts hineinquatschen, aber ich glaube, es ist für dich selbst wichtig, dir das klarzumachen. Liegt es an deinen Gefühlen für Tom? Hättest du Gewissensbisse ihm gegenüber?«

Eine Weile sah ich Erik an, dann wandte ich mich ab und ging weiter. Er folgte mir. Ich dachte über seine Worte nach, während ich mich umsah: der Fluss, der in der Dämmerung tief und unberechenbar wirkte, die Berge des Odenwalds auf der anderen Seite des Ufers und der Mond, der dank des Neumonds vor zwei Tagen lediglich als schmale Sichel zu sehen war. Schließlich sagte ich: »Ich weiß es nicht, es ist nur ein Gefühl. Ein wenig von beidem, denke ich.«

Erik nickte und schwieg.

»Alles wieder gut?«, fragte ich leise.

»Alles wieder gut.«

Ich zögerte, bevor ich nach seiner Hand griff. »Ich mag dich, das weißt du, oder? Wenn ich wieder bereit wäre für ein Date, wärst du der Erste, den ich fragen würde.«

Eriks Mund umspielte ein leichtes Lächeln, und ich wusste, dass er mir tatsächlich vergeben hatte. »Wirklich? Obwohl ich dich vermutlich ständig an deinen Mann erinnere?«

»Seltsamerweise tust du das gar nicht.«

»Aber es war einmal so. Früher bist du mir grundsätzlich aus dem Weg gegangen – wenn wir uns zufällig im Treppenhaus begegnet sind, bist du regelrecht davongerannt.«

Das war ihm aufgefallen? Ich nickte. »Ja, das stimmt. Ich hatte immer sofort die Bilder von der Intensivstation im Kopf, und das hat mich fertiggemacht. Inzwischen ist es anders; je mehr Zeit wir zusammen verbringen, desto weniger muss ich in deiner Gegenwart an Tom denken.«

»Das freut mich«, sagte Erik.

»Dann ist wirklich alles wieder gut? Ich wollte dich nicht vor den Kopf stoßen oder verletzen.«

»Das weiß ich, Leni, und ich verstehe dich. Wir hatten das Thema schon mal, erinnerst du dich? Als wir auf dem Marktplatz waren: Es ist *dein* Leben, und niemand kann dir Vorschriften machen. Ich finde es toll von deiner Schwester und Freundin, dir zurück in eine Normalität zu helfen. Es ist richtig, und sie meinen es gut, aber natürlich müssen sie deine Grenzen respektieren. Vielleicht bist du noch nicht bereit, alles sofort umzusetzen, und das ist okay. Schlussendlich musst du erst einmal verarbeiten, was geschehen ist, bevor du ganz normal weitermachen kannst. Ich will dir nicht zu nahetreten, aber ich habe ehrlich gesagt nicht das Gefühl, dass du schon so weit bist. Du willst es vielleicht, aber irgendwas hält dich davon ab, den letzten Schritt zu gehen.«

In meinen Augen sammelten sich Tränen, ohne dass ich es verhindern konnte. Eriks Worte waren hart, auch wenn ich tief in meinem Inneren wusste, dass er recht hatte. »Kann man so etwas überhaupt verarbeiten? Oder kann man nur lernen, irgendwie damit zu leben?«

»Im Moment lebst du mit dem, was passiert ist, aber du musst es verarbeiten, Leni. Merkst du den Unterschied? Wenn du wieder glücklich werden willst, darfst du nicht bei Toms Tod stehen bleiben. Du musst weitergehen, auch wenn es schwer ist und dich Überwindung kostet.«

»Ich weiß nicht, ob ich das kann.«

»Du kannst das.« Erik blieb stehen und legte mir seine Hände auf die Schultern. »In meinem Beruf habe ich leider schon viel Leid miterlebt. Liebende, die das Schicksal auseinandergerissen hat. Aber genauso habe ich viel Glück gesehen. Mehr als einmal bin ich Jahre später zufällig dem Angehörigen eines ehemaligen Patienten mit einem neuen Partner begegnet. Das ist richtig und gut so. Niemandem ist geholfen, wenn man ein Leben lang trauert – dem Verstorbenen am allerwenigsten. Glaub mir, Leni, du bist genauso stark, und mit dem Adventskalender gehst du den richtigen Weg.«

»Ich bin nicht stark.«

»Doch, das bist du, und du bist nicht allein. Du hast deine Freundin und deine Schwester, und der Rest deiner Familie steht dir sicher ebenfalls bei. Und du hast mich.«

»Habe ich das?« Tränen rollten mir über die Wangen,

ohne dass ich sie daran hindern konnte. »Ich habe das Gefühl, dich auszunutzen. Du bist so nett zu mir und immer für mich da, und ich? Ich bin dir aus dem Weg gegangen, habe dich mehrfach vor den Kopf gestoßen, gerade eben erst wieder ...«

»Du nutzt mich nicht aus.«

»Doch, das tue ich.«

»Das ist nicht wahr, und das weißt du. Du magst mich, schon vergessen?« Ich lachte, doch das Lachen verwandelte sich schnell in ein Schluchzen. »Hey, ganz ruhig.« Erik nahm mich in den Arm und strich mir sanft über den Rücken, während ich versuchte, nicht vollkommen die Fassung zu verlieren. »Lass es raus«, sagte er, als spürte er, wie sehr ich gegen meine Gefühle ankämpfte. »Wenn du es unterdrückst, machst du es nur noch schlimmer, glaub mir. Ich hatte mal ein Semester Psychologie, weißt du.«

Ich schüttelte den Kopf, lachend und weinend zugleich. »Wenn du wüsstest, wie viel ich in den letzten zwei Jahren geweint habe. Es war endlich ein wenig besser geworden, aber im Moment?«

»Im Moment versuchst du, den Tod deines Mannes zu verarbeiten. Ich würde mir Sorgen machen, wenn du dabei nicht weinen würdest. Setz dich nicht selbst unter Druck.«

»Aber es ist zwei Jahre her ...«

»Erst zwei Jahre, schon zwei Jahre ...« Erik deutete ein Schulterzucken an. »Das liegt im Auge des Betrachters, und ich finde zwei Jahre vollkommen gerechtfertigt, um über jemanden hinwegzukommen, mit dem man den Rest seines Lebens verbringen wollte. Solange man nur versucht, es zu verarbeiten. Schritt für Schritt, Leni, das habe ich dir schon mal gesagt, und ich bleibe dabei.«

Ich nickte, lehnte meinen Kopf gegen Eriks Oberkörper und schloss die Augen. Ich spürte seinen warmen Atem auf meinem Scheitel, sein schlagendes Herz unter meiner Wange und wurde ruhiger.

»Danke«, sagte ich nach einer Weile. »Du bist mir eine große Hilfe bei der ganzen Sache, und dabei kennen wir uns noch gar nicht so lange.«

»Spielt das eine Rolle? Entweder es passt oder es passt nicht, und wir passen gut zueinander. Also rein freundschaftlich gesehen natürlich.«

Ich lächelte und löste mich von ihm, und genau in dem Augenblick fielen die ersten Schneeflocken vom inzwischen dunklen Himmel. Zuerst waren es zarte Flocken, die sofort schmolzen, doch schon bald wurden sie dicker und dichter. »Findest du nicht auch, dass Schnee etwas Magisches an sich hat? Schneebedeckt wirkt die Welt ganz anders. Friedlich und ruhig, als könne niemals etwas Schlimmes passieren.«

Erik lächelte nur und legte einen Arm um meine Schulter. »Na komm, lass uns umkehren und zu Hause einen Tee trinken.«

Ich stand im Pyjama am Fenster und sah hinaus. Über Nacht hatte es noch mehr geschneit, und der Schnee war liegen geblieben. Es sah zauberhaft aus, zumindest nach hinten raus, wo keine Autos oder Busse fuhren, die die weiße Decke in grauen Matsch verwandelten.

Ich ging ins Arbeitszimmer, um die nächste Socke des Adventskalenders zu öffnen.

17. Dezember:
Bastle Strohsterne und verteil sie in der Wohnung.

Strohsterne basteln. Okay. Ich hatte schon ewig nicht mehr gebastelt, aber früher hatten meine Schwester und ich Stunden damit zugebracht. Zu Ostern, Halloween oder Weihnachten oder einfach nur so, und mit Strohsternen waren wir in unserer Kindheit quasi in Massenproduktion gegangen. Es würde sicher Spaß machen, allerdings musste ich erst mal irgendwo Stroh besorgen. Ich überlegte, Erik zum Sternebasteln einzuladen, verwarf den Gedanken jedoch wieder. Strohhalme zu falten war weder anstrengend noch gefährlich, sodass ich beschloss, die Tradition aus Kindertagen wieder aufleben zu lassen und Marie zu fragen, ob sie mir half. Erik war mir sicher nicht böse, wenn ich die Aufgabe ausnahmsweise zusammen mit meiner Schwester erledigte, und ich konnte ihm ja später ein paar Strohsterne für seinen Baum vorbeibringen. Ich schaltete mein Handy ein und schrieb ihm eine Nachricht, damit er nicht auf mich wartete.

Heutige Aufgabe: Strohsterne basteln. Ich frage Marie und bringe dir heute Abend welche vorbei, okay?

Die Antwort kam prompt: *Perfekt.*

Lächelnd legte ich das Handy weg. Ich wusste auch schon, wie ich den Tag bis dahin herumkriegen würde.

An der Alten Brücke stieg ich aus dem Bus. Mein Herz klopfte ein kleines bisschen schneller, was ich ignorierte. Diese Stelle in Heidelberg liebte ich besonders, aber ich war ewig nicht hier gewesen, weil sich parallel hierzu der Marktplatz befand. Die Alte Brücke mit ihren Rundbögen und das Brückentor, das in die Heidelberger Altstadt hineinführte, boten einen wunderschönen Anblick, vor allem, wenn es geschneit hatte. Da ich es nicht eilig hatte, nahm ich mir einen Moment Zeit, um zusammen mit unzähligen Touristen über die Brücke zu schlendern. Vermutlich wurde ich soeben unfreiwillig auf unzähligen Fotos verewigt …

Ich ließ meinen Blick umherschweifen. Auf der einen Seite des Neckarufers lagen weiße Hügel, auf der anderen thronte das Schloss über der Altstadt. Einige Minuten lang genoss ich den zauberhaften Anblick, dann holte ich mein Smartphone heraus, um ein Foto zu machen, das ich an Marie, Emma und Erik schickte. Gern wäre ich noch eine Weile geblieben, doch obwohl ich gefütterte Stiefel trug, wurden meine Füße allmählich kalt. Außerdem war ich hergekommen, um etwas zu erledigen, und ich wollte den Moment der Wahrheit nicht länger hinauszögern.

Die Steingasse führte vom Brückentor direkt zur Heiliggeistkirche und damit zum Marktplatz, und ich ging sie zum ersten Mal seit drei Jahren entlang. Mein Herz, das sich in der Zwischenzeit längst beruhigt hatte, schlug wieder schneller. Ich zitterte, was nicht an der Kälte lag, trotzdem ging ich weiter, setzte einen Fuß vor den anderen. Tat einen Schritt nach dem nächsten. Ich musste lächeln, als ich an Eriks Worte dachte, und mir wurde weniger schwer ums Herz. Schließlich hatte ich den Marktplatz mit der großen Weihnachtspyramide und den Buden erreicht. Ich blieb stehen, blickte mich um. Mein Herz klopfte gegen meinen Brustkorb, und mein Hals wurde eng, aber die Panikattacke blieb aus. Bevor ich weiterging, atmete ich tief durch. Ich sah mir das Angebot der Buden an, das sich in den letzten drei Jahren kaum verändert hatte, und hielt an einem Getränkestand neben der Weihnachtspyramide an, an dem Tom und ich uns vor sieben Jahren kennengelernt hatten. Abends war hier die Hölle los, so früh am Tag hatte ich jedoch Platz um mich herum.

Ich blickte in den Himmel. *Bitte sei mir nicht böse, wenn ich versuche, über dich hinwegzukommen. Du weißt, dass ich dich immer lieben und niemals vergessen werde, oder?*

Für einen Moment schloss ich die Augen, und Tom erschien vor mir. Markante Gesichtszüge, ein Grübchen im Kinn, hochgewachsen – er war eine Erscheinung gewesen, und ich hatte ihn auf Anhieb attraktiv gefunden. Unsere gemeinsame Freundin Isabelle hatte uns genau an dieser Stelle einander vorgestellt und war daraufhin im Getümmel verschwunden, um sich eine Bratwurst zu besorgen. Im Nachhinein hatte ich mich oft gefragt, ob sie Tom und mich hatte verkuppeln wollen. Jedenfalls hatten wir keine Berührungsängste gehabt und waren sofort ins Gespräch gekommen.

»Warum bist du allein unterwegs?«, fragte ich, um indirekt in Erfahrung zu bringen, ob er liiert war. Mit dem umwerfenden Aussehen war er das mit Sicherheit, da machte ich mir keinerlei Illusionen.

»Weil ich Weihnachten so sehr liebe.«

»Ach, das musst du mir genauer erklären.«

»Na ja, während der Adventszeit komme ich so gut wie jeden Tag her. Meine Freunde haben allerdings wenig Lust, sich diesen Trubel öfter als nötig anzutun.«

Ich musste grinsen. »Das kommt mir irgendwie bekannt vor.«

Tom grinste ebenfalls. »Dann bist du Isabelles Freundin, die dermaßen weihnachtsverrückt ist, dass sie sich fast den kompletten Dezember freinimmt?«

Ich hielt mir die Augen zu, weil es tatsächlich ziemlich verrückt klang. »Hat Isabelle das erzählt? Aber es stimmt. Ich liebe Weihnachten und kann es jedes Jahr kaum erwarten, bis endlich wieder die Lichter brennen. Mir geht es übrigens ähnlich wie dir: Ich muss auch oft allein auf den Weihnachtsmarkt gehen, weil niemand Lust hat, mich erneut zu begleiten.«

»Wir könnten uns ja zusammentun. Ich habe kein Problem damit, allein zu sein, aber in Gesellschaft macht es mehr Spaß, findest du nicht?«

»Absolut. Lass uns das sehr gern machen.«

Während wir einander anlächelten und intensiv in die Augen blickten, lief im Hintergrund *Last Christmas*. Tom hatte die Melodie mitgesummt, und mir war sofort klar gewesen, dass dieser Mann der Richtige für mich war.

»Was darf's sein?«

Die Stimme der Budenverkäuferin riss mich aus meinen Erinnerungen. Verstohlen wischte ich mir eine Träne aus dem Augenwinkel und lächelte ihr zu. »Oh, entschuldigen Sie. Ich möchte eigentlich nichts trinken.«

»Schon gut.«

Sie lächelte zurück, und ich setzte meinen Weg fort, vorbei am Kornmarkt und zum Karlsplatz, wo sich direkt unterhalb des Schlosses die Eisbahn und weitere Weihnachtsmarktbuden befanden. Hier hatte Tom mir vor sechs Jahren den Antrag gemacht. Mir wurde schwer ums Herz, aber ich schaffte es, nicht zusammenzubrechen oder davonzulaufen. Stattdessen stellte ich mich an die Umrandung und sah den wenigen Eisläufern zu, die sich bereits vormittags auf die glatte Bahn gewagt hatten. Schließlich spazierte ich die Hauptstraße zurück zur Haspelgasse, um dem *Café Glücklich* einen Besuch abzustatten.

Dieser Gang fiel mir am schwersten. Je näher ich dem Café kam, desto lauter klang mir Toms Lachen in den Ohren, während wir uns gegenseitig mit kakaobepuderter Sahne fütterten und unser Beisammensein genossen; unser albernes Gekicher, als wir versuchten, aus den Servietten des Cafés Sterne zu falten; das Gefühl der Vollkommenheit, wenn wir nebeneinandersaßen, die Finger ineinander verschränkt, und über Triviales oder Weltbewegendes plauderten oder einfach schwiegen, den Duft unserer Heißgetränke in der Nase und den Geschmack von Zimtwaffeln im Mund. Toms glücklicher Blick, unter dem ich mich komplett gefühlt hatte und der mir jetzt körperliche Schmerzen verursachte. So viele Stunden hatten wir im

Café Glücklich verbracht und seinem Namen alle Ehre gemacht ...

Eine Weile stand ich zitternd vor Kälte, Angst und Traurigkeit vor der Tür und konnte mich nicht rühren. Dort drin wartete zerbrochenes Glück auf mich, und ich wusste nicht, ob ich in der Lage war, die Scherben zu ertragen. Doch dann straffte ich die Schultern und trat ein. Es war nur ein Café, das konnte nicht so schwer sein, schließlich hatte ich es auch geschafft, über den Markt- und den Karlsplatz zu gehen.

Die Tür hinter mir fiel ins Schloss, und ich ließ meinen Blick durch den Gastraum schweifen: die gemütlichen Sitzecken mit Bänken, auf denen Kissen lagen, die altmodische Theke und das Kuchenangebot in der blank polierten Glasvitrine. Es gab ein Klavier, Regale mit Porzellan, Nippes oder Süßes zum Verkauf, und überall stand und hing Deko. Man hatte eher das Gefühl, in einem Wohnzimmer zu sein als in einem Café, und genau das machte seinen Charme aus.

Ich setzte mich in die hinterste Ecke, um ungestört das Treiben beobachten zu können. Es dauerte nicht lange, bis die Bedienung kam, und ich bestellte eine heiße weiße Schokolade mit Vanille. Mein Blick wanderte erneut durch den Raum, der immer gut besucht war, so auch heute. Der eine oder andere Gast erwiderte meinen Blick freundlich und lächelte mir zu. Seufzend lehnte ich mich zurück und dachte bewusst an die vielen schönen Momente, die Tom und ich hier verbracht hatten. Wehmut füllte mein Herz, als meine Gedanken zu unserem ersten Besuch wanderten. Es war unser erstes Date gewesen. Wie verabredet waren wir gemeinsam über den Weihnachtsmarkt geschlendert und hatten an der Weihnachtspyramide auf dem Marktplatz einen Glühwein getrunken. Doch dann hatte es aus heiterem Himmel so heftig zu regnen begonnen, dass wir ins *Café Glücklich* geflohen waren, wo es herrlich nach Zucker und Kakao roch und stets schöne Musik im Hintergrund lief. Stundenlang hatten wir uns über Gott und die Welt unterhalten und dabei heiße Schokolade getrunken, bis unser beider Magen laut geknurrt hatte. Daraufhin waren wir die Hauptstraße entlanggeschlendert und in eine Pizzeria eingekehrt. Am Ende unseres Dates hatte Tom mich geküsst, und ich hatte keinen Zweifel mehr daran gehabt, dass ich diesen Mann heiraten wollte.

»So, eine heiße weiße Schokolade mit Bourbonvanille für Sie.« Die Bedienung – eine Frau mittleren Alters mit südamerikanischem Aussehen und freundlichen braunen Augen – stellte mir eine Tasse mit heißer Milch und einen in Folie eingewickelten Block Schokolade hin und musterte mich besorgt. »Alles okay bei Ihnen?«

Natürlich waren mir mal wieder die Tränen gekommen, was ich erst jetzt bemerkte. Ich stieß ein Seufzen aus und lächelte der Frau zu, die ich von meinen früheren Besuchen hier kannte. »Ich habe nur an etwas Trauriges gedacht, entschuldigen Sie bitte.«

Abwehrend hob sie die Hände. »Ich bitte Sie, mir tut es leid. Sagen Sie …« Eingehend betrachtete sie mich, und ich unterdrückte den Impuls, mir die Tränen aus dem Gesicht zu wischen. »Waren Sie schon öfter hier? Irgendwie kommen Sie mir bekannt vor.«

Ich nickte. »Mein Mann und ich sind häufig hergekommen, aber dann ist er krank geworden und ...« Meine Stimme versagte mir den Dienst, und ich brach ab und lächelte stattdessen.

»O Gott, das tut mir furchtbar leid. Und jetzt sind Sie zum ersten Mal wieder hier?« Ich nickte. »Ich verstehe. Lassen Sie es sich schmecken – die Schokolade geht heute aufs Haus.«

»Nein, das geht doch ...«

»Doch, doch, das ist das Mindeste.«

»Vielen Dank!«

Wir tauschten ein weiteres Lächeln, bevor die Frau mich wieder allein ließ. Ich wickelte den Block Schokolade aus, gab ihn in die warme Milch und verquirlte alles, bevor ich einen Schluck nahm. Köstlich. Nirgends gab es so gute Trinkschokolade wie hier, und als der Geschmack auf meiner Zunge schmolz und die ersten Schlucke in meinem Bauch ankamen und mich von innen wärmten, merkte ich erst, wie sehr ich sie vermisst hatte.

Mit der Tasse in der Hand lehnte ich mich zurück und beobachtete die anderen Gäste. Ein junger Mann, der in Begleitung einer bildhübschen Frau an einem Tisch saß, erhob sich, setzte sich ans Klavier und stimmte *Jingle Bells* an. Sofort stellte ein Angestellter des Cafés die CD aus, deren Klänge den Raum bislang erfüllt hatten.

Tja, so war das im *Café Glücklich*. Ich erinnerte mich an meine Worte Emma gegenüber: Es mochte vielleicht viele

Cafés in Heidelberg geben, Tatsache war jedoch, dass sich keines mit dem *Café Glücklich* messen konnte. Und plötzlich spürte ich eine befreiende Freude darüber, dass ich es geschafft hatte, über meinen eigenen Schatten zu springen.

Ich stand mitten in der Fußgängerzone vor dem Schaufenster eines Juweliers und betrachtete die Auslage. Auf die meisten Schmuckstücke gab es Prozente, vermutlich um den Herren so kurz vor Weihnachten ein wenig Geld aus der Tasche zu ziehen, und es waren wirklich ein paar sehr schöne Stücke dabei.

In meinem Kopf formte sich eine Idee, die ich zuerst nicht zulassen wollte, bis sie sich schließlich mit solcher Wucht Bahn brach, dass ich nicht anders konnte, als darüber nachzudenken. Zögerlich zog ich meine Handschuhe aus und drehte meinen Ehering, während ich gleichzeitig durch das Schaufenster blickte. Was, wenn ich mir einen Ring kaufte und ihn als Symbol für einen Neuanfang trug? Wenn ich den Ehering durch einen anderen ersetzte, würde sich mein Ringfinger sicher nicht mehr wie amputiert anfühlen, was alles viel einfacher machen würde.

Kurzerhand betrat ich das Juweliergeschäft. Gucken kostet nichts, wie mein Vater seit jeher sagte. Eigentlich wollte ich mich erst mal umsehen, doch kaum bimmelte das Glöckchen über der Tür, eilte eine Verkäuferin auf mich zu, die perfekt gestylt war und ein schickes Kostüm trug.
»Einen schönen guten Tag, wie kann ich Ihnen helfen?«
»Ich ... ähm ...« Ich räusperte mich und beschloss, ehrlich zu sein. Ich hob meine rechte Hand, damit die Verkäu-

ferin meinen Ehering sehen konnte. »Mein Mann ist vor zwei Jahren gestorben, und ich habe überlegt, mir einen neuen Ring zu kaufen.«

Ihr Gesichtsausdruck wurde weich. »Verstehe. Dann kommen Sie mal mit, wir finden bestimmt etwas Passendes. Haben Sie schon eine Vorstellung?«

»Auf keinen Fall Weißgold«, sagte ich, weil ich wollte, dass sich der neue Ring deutlich von meinem Ehering unterschied. Wenn schon, denn schon.

Es war früh am Nachmittag, als ich im Bus zurück nach Wieblingen saß, auf dem Sitzplatz neben mir eine Tüte Bastelstroh, auf dem Schoß meine Handtasche. Ich fühlte mich erschöpft, als hätte ich mindestens zwei Stunden Sport hinter mir oder den ganzen Tag Artikel geschrieben. Gleichzeitig fühlte ich mich gut. Es war die richtige Entscheidung gewesen, die Stationen in der Innenstadt abzuklappern, die ich so lange gemieden hatte und die mir zu lange richtiggehend Angst eingejagt hatten. Es gab keinen Grund, in Panik zu geraten, und es gab keinen Grund, die Orte zu meiden, die mich an Tom erinnerten und die wichtig für uns gewesen waren. Im Gegenteil – heute hatte ich mich ihm so nahe gefühlt wie schon lange nicht mehr, und das auf positive Weise.

Ich blickte auf meine rechte Hand. Der Ehering war fort, sicher verstaut in meiner Handtasche, stattdessen trug ich am Ringfinger nun einen doppelsträngigen Ring aus Roségold. Oben befand sich eine Blume mit vier Blütenblättern, in deren Mitte ein Rubin prangte. Das Schmuckstück war nicht billig gewesen, für einen Neuanfang jedoch sein Geld absolut wert.

Auch das war die richtige Entscheidung, dachte ich und zog den Reißverschluss meiner Tasche auf, in der ich die restlichen Weihnachtsgeschenke verstaut hatte. Für Erik hatte ich eine Louis-de-Funès-DVD-Box gekauft, die er meinen Recherchen nach in seinem Wohnzimmerregal noch nicht besaß. Dazu bekam er einen Gutschein für das Erlernen eines Instruments seiner Wahl. Zunächst war ich unsicher gewesen, ob beide Geschenke zusammen nicht zu viel waren, zumal wir gar nicht darüber gesprochen hatten, ob wir uns überhaupt etwas schenken wollten oder nicht, aber schließlich hatte ich zugegriffen und bereute es nicht. Erik war mir eine große Hilfe, und ich wollte ihm eine Freude machen – hoffentlich mochte er meine Auswahl.

Ich kramte mein Handy heraus, um Marie zu schreiben, dass ich in ein paar Minuten bei ihr sein würde. Sie hatte mir bereits einige Nachrichten geschickt, wie ich nun sah, und ich befürchtete sofort das Schlimmste, bis mir das Foto vom Brückentor einfiel, das ich verschickt hatte. Richtig, seitdem hatte ich gar keinen Blick mehr aufs Smartphone geworfen. Marie und Emma hatten mir beide mehrere aufgeregte Nachrichten geschickt und gefragt, ob alles in Ordnung war oder ob sie mir irgendwie helfen konnten. Erik hingegen hatte sich kurz gefasst, und trotzdem berührte mich seine Nachricht am meisten.

Ich bin stolz auf dich!

Lächelnd steckte ich das Handy ein und betrachtete ein weiteres Mal meinen neuen Ring.

Kapitel 15

»Hey, was ist los? Alles okay? Warum warst du in der Stadt? Ich hätte dich doch begleitet.« Meine Schwester überschüttete mich mit Fragen, als ich nur wenig später vor ihrer Haustür stand.

»Ganz ruhig, lass mich erst mal reinkommen«, sagte ich und schob mich an ihr vorbei ins Haus, was in Anbetracht ihres Bauchumfangs gar nicht so einfach war.

»Tut mir leid, ich will dir nur helfen.«

»Schon gut.« Ich ging voraus Richtung Küche und legte alles auf den Tisch, was wir brauchten, um Strohsterne zu basteln. Dann trat ich an den Wasserkocher und füllte ihn mit Wasser. »Nimmst du auch einen Tee?«, fragte ich, während ich bereits Tassen aus dem Schrank holte und die Schachtel mit den verschiedenen Teesorten begutachtete.

»Fühl dich wie zu Hause«, sagte meine Schwester und grinste. »Und ja, ich nehme auch einen Tee. Den mit Pflaume und Zimt, bitte.« Schnaufend ließ sie sich auf einen Stuhl sinken.

»Geht es dir gut?«, fragte ich.

Abwägend bewegte sie den Kopf von einer zur anderen Seite. »Im Prinzip schon, aber es wird allmählich beschwerlich. Keine Ahnung, wann ich meine Füße zuletzt gesehen habe. Du hast Sternschablonen gekauft?« Sie nahm eine davon in die Hand. »Müssten nicht noch irgendwo welche von früher sein?«

»Irgendwo, das trifft den Nagel auf den Kopf. Ich dachte mir, ich kaufe einfach neue, bevor wir ewig suchen. Außerdem traue ich Mama zu, dass sie die Schablonen weggeworfen hat. Erinnerst du dich an das Weihnachtsfest, bevor ich von zu Hause ausgezogen bin?«

Marie lachte. »Stimmt ja. Wir waren zwanzig und haben in einem Anflug von Nostalgie an einem einzigen Adventssonntag einen ganzen Berg Strohsterne produziert.«

»Und Mama kam in die Küche und hat die Augen verdreht.«

»Das reicht jetzt aber wirklich für die nächsten Jahre«, äffte Marie die Stimme unserer Mutter nach, und wir mussten beide lachen.

Während ich Wasser in die Teetassen goss, dachte ich an jenen Sonntag zurück, der bereits fünfzehn Jahre zurücklag. Wahnsinn, wie schnell die Zeit verging. Es fühlte sich nicht so an, als wären seitdem anderthalb Jahrzehnte ins Land gegangen. Ich stellte die Tassen auf den Tisch und setzte mich neben Marie an die schmale Seite des Tisches. In der Zwischenzeit war so viel passiert. Ich hatte mich verliebt – tatsächlich mehr als einmal – und schließlich den Mann meiner Träume gefunden.

»Woran denkst du?«, fragte Marie mit sanfter Stimme. »An Tom?«

»Auch. Ich wünschte ...«, begann ich, ließ den Satz jedoch unbeendet. In den letzten zwei Jahren hatte ich diesen Wunsch so oft ausgesprochen und trotzdem würde er sich niemals erfüllen. Das musste ich langsam akzeptieren.

»Ich weiß«, erwiderte Marie und legte ihre Hand auf meine. »Moment mal.« Sie hob ihre Hand wieder an, blickte auf meine hinab. »O mein Gott, ich fasse es nicht! Du hast deinen Ehering ersetzt. Mensch, Leni, ich bin so stolz auf dich!« Etwas umständlich hievte sie sich hoch, um mir um den Hals zu fallen.

Ich konnte ein Lächeln nicht unterdrücken. Tatsächlich verspürte ich ebenfalls einen leisen Triumph. »Du hast noch mehr Gründe, um stolz auf mich zu sein«, grinste ich. »Ich war nämlich heute Mittag auf dem Markt- und auf dem Karlsplatz.« Das hatte sich Marie vermutlich schon gedacht, nachdem ich ihr das Bild geschickt hatte, aber sie kannte noch nicht die ganze Geschichte. »Außerdem habe ich eine heiße Schokolade getrunken. Im *Café Glücklich*.«

Marie sah mich an, mit hochgezogenen Augenbrauen, einen Moment die Luft anhaltend. »Wahnsinn! Mensch, Leni, wie war's?«

»Ganz okay. Es hat mich einiges an Überwindung gekostet, aber ich hielt es für an der Zeit, und ich bin froh, dass ich es getan hab.«

Sie drückte meine Hand, ihre Augen schwammen in Tränen. Das waren die Hormone, das war mir klar, und trotzdem berührte es mich, dass sie dermaßen mitfühlend reagierte. »Ich hätte dich begleitet, weißt du? Lange Spaziergänge mögen vielleicht derzeit tabu sein, aber das hätte ich mir nicht nehmen lassen, wenn du mich gefragt hättest.«

Ich nickte. »Danke, das weiß ich, ich hatte jedoch das Gefühl, allein da durchzumüssen. Manche Dinge muss man allein bewältigen, da kann einem niemand helfen.«

»Direkt helfen vielleicht nicht, aber geteiltes Leid ist halbes Leid. Dieses Sprichwort gibt es nicht umsonst.«

Ich zuckte mit den Schultern. »Du weißt, wie ich dazu stehe. *Die Zeit heilt alle Wunden* ist auch so ein Spruch, der in meinen Augen *nicht* zutrifft.«

»Möglicherweise sind zwei Jahre zu wenig Zeit.«

»Wahrscheinlich. Zumindest für mich«, stimmte ich zu und dachte an das Gespräch mit Erik zurück. »Tom wird mir immer fehlen, selbst wenn ich es schaffe, über seinen Tod hinwegzukommen, und mich eines Tages sogar neu verlieben sollte.«

»Du bist auf einem guten Weg. Sieh dir an, was du allein heute alles geschafft hast.« Sie räusperte sich. »Denkst du denn …?«

»Nein«, unterbrach ich sie sofort.

»Aber du weißt doch gar nicht, was ich sagen will.«

»Glaub mir, das weiß ich. Du willst wissen, ob ich mich bereit für eine neue Liebe fühle.«

Marie wirkte zerknirscht. »Du hast recht, das wollte ich fragen.«

»Und die Antwort lautet Nein. Es ist noch zu früh.«

Zu meiner Überraschung nickte sie. »Das verstehe ich. Zwei Jahre erscheinen einem im ersten Moment so viel

201

Zeit zu sein, dabei sind sie das gar nicht. Zumindest nicht, um etwas dieser Größenordnung zu verdauen.«

Ich lächelte. »Danke.«

»Wofür?«

»Dafür, dass du Verständnis zeigst und mich nicht drängst.«

»Aber Leni, das ist doch selbstverständlich. Manchmal brauchst du zwar einen Schubs in die richtige Richtung, und ich finde, als deine Zwillingsschwester habe ich das Recht dazu, dir diesen Schubs zu geben, aber ich will nur, dass du glücklich bist. Das wollen wir alle.«

»Das will ich auch. Mal sehen, vielleicht werde ich dieses Ziel eines Tages sogar erreichen. Ich denke, ich bin tatsächlich auf einem guten Weg dorthin.«

»Auf dem besten.«

»Bleib sitzen.« Marie wollte erneut aufstehen, um mich in den Arm zu nehmen, doch ich nahm es ihr ab, indem ich mich selbst erhob, meine Arme um sie legte und sie fest an mich drückte.

»Ich möchte dir auch danken«, sagte sie an meiner Schulter.

»Wofür?«

Sie schniefte, und ich spürte, wie die Tränen auf meinen Pullover tropften. »Dafür, dass du mich wieder in dein Leben gelassen hast. Das bedeutet mir unendlich viel.«

»Ach, Marie.« Ich drückte sie noch einmal und gab ihr einen Kuss auf den Kopf. »Na komm, dann lass uns mal die Strohsterne machen.« Ich ließ mich wieder auf meinen Stuhl fallen.

Marie öffnete die Tüte Bastelstroh und legte einige Halme auf den Tisch. »Stell dir vor, eines Tages werden unsere Kinder zusammensitzen und Strohsterne basteln. Ist das nicht toll?«

»Strohsterne kann man nie genug haben – egal was Mama sagt«, erwiderte ich und zwang mich zu einem Lächeln, während sich in meinem Kopf das übliche Gedankenkarussell in Gang setzte: Um Kinder zu haben, brauchte man einen Mann, für den ich jedoch noch nicht bereit war, unterdessen meine biologische Uhr unaufhörlich tickte … Ich schüttelte den Kopf, um die Gedanken zu stoppen, denn obwohl Erik mich gebeten hatte, meine Gefühle nicht zu unterdrücken, änderte es ja nichts, immer wieder über dasselbe nachzudenken. Außerdem hatte ich heute so viel erreicht, was ich mir nicht mit einem miesen Gefühl kaputtmachen wollte.

Marie legte ihre Hand auf meine. »Du wirst auch Kinder haben, Leni. Vielleicht noch nicht nächstes oder übernächstes Jahr, aber irgendwann schon.«

»Wir sind fünfunddreißig, Marie.«

Sie schnaubte. »Na und? Das ist doch heutzutage alles kein Problem mehr.«

»Du klingst wie Emma.«

»Sie hat ja auch recht. Kind oder Karriere. Keiner sagt dir das, aber man muss sich entscheiden, wenn man nicht erst im dritten oder vierten Jahrzehnt Kinder haben will. Wenn man studieren und sich im Berufsleben behaupten möchte – und seien wir mal ehrlich, es ist ja nicht so, als hätten wir wirklich die Wahl, wenn wir einen vernünftigen

Job haben wollen –, kann man nicht mit Anfang zwanzig bereits Kinder in die Welt setzen, wie unsere Eltern das getan haben. Was meinst du, warum unsere Generation erst so spät gebärt? Also mach dir nicht so einen Kopf, Leni. Wir sind nicht die Ausnahme, wir sind die Regel.«

»Hm«, machte ich nur, aber natürlich stimmte, was Marie sagte. Ich hatte nie erst mit Ende dreißig Mutter werden wollen, doch nun war es so, und ich musste mich damit arrangieren. Nicht nur das – ich konnte froh sein, wenn ich einen Mann kennenlernte, mit dem ich mir überhaupt gemeinsame Kinder vorstellen konnte.

»Vertrau mir, eines Tages in nicht allzu ferner Zukunft werden wir uns gegenseitig ein Alibi geben müssen, damit wir unbemerkt von unseren Kindern die Geschenke unter den Baum legen können.«

Ich lächelte. Das war eine schöne Vorstellung.

Es roch gut, als ich die Stufen im Treppenhaus nach oben stieg und vor Eriks Tür stehen blieb, um zu klingeln. Ich atmete tief ein. Hier war der Geruch intensiver, demnach musste er aus Eriks Wohnung kommen. Was er wohl gekocht hatte? Mein Magen knurrte, denn ich hatte nach dem Frühstück nichts Vernünftiges mehr gegessen – Marie und ich hatten beim Basteln lediglich genascht. Prinzipiell hätte ich erst einmal in meine Wohnung gehen sollen, um die Einkäufe wegzubringen und zumindest eine Kleinigkeit zu essen. Außerdem wollte ich noch einmal versuchen, Toms Bilder zumindest testweise wegzustellen. Aber es war schon recht spät, und ich wollte Erik nicht länger warten lassen.

Er öffnete die Tür, ein Geschirrtuch über der Schulter, und strahlte mich an. »Perfektes Timing.«

Ich runzelte die Stirn. »Wofür?«

»Na, ich hab für dich gekocht.«

»Du hast für mich gekocht?« Ich trat an ihm vorbei in die Wohnung, wo es wunderbar nach Tomaten und Käse duftete.

»Hab ich, sozusagen als kleine Belohnung, weil ich so stolz auf dich bin. Es gibt Lasagne. Du hast doch Hunger, oder?«

Er hatte wirklich für mich gekocht? Damit hatte ich im Leben nicht gerechnet. »Um ehrlich zu sein ...«

Erik wirkte enttäuscht, auch wenn er es sich wie immer nicht anmerken lassen wollte. »Du hast bereits gegessen, oder? Natürlich, es ist ja auch schon spät. Ich hätte dir Bescheid geben sollen, meine Schuld.«

»Lass mich doch mal ausreden.« Ich lächelte. »Um ehrlich zu sein, sterbe ich vor Hunger, und ich liebe Lasagne. Also vielen Dank!«

Ein Strahlen breitete sich auf Eriks Gesicht aus. »Super. Dann geh schon mal vor, ich komme sofort nach.«

Ich durchquerte den Flur Richtung Wohnzimmer und blieb wie angewurzelt im Türrahmen stehen. Erik hatte den großen Esstisch eingedeckt, mit Weingläsern, Kerzen und gutem Porzellan. Ich schluckte, mein Herz schlug schneller. Obwohl er mir sicher nur eine Freude machen wollte und keine Hintergedanken verfolgte, wirkte das ganze Ambiente wie ein Candle-Light-Dinner.

Ich hörte ihn hinter mir. »Zu viel, oder?« Er drängte

sich an mir vorbei ins Zimmer, eine Flasche Rotwein in der Hand, die er auf dem Tisch abstellte. Dann pustete er die Kerzen aus. »Tut mir leid, ich hab nicht nachgedacht, wie das Ganze auf dich wirken muss. Es war nur nett gemeint, aber manchmal ist weniger eben mehr.«

Der Knoten in meinem Bauch löste sich auf, und ich lächelte Erik zu. Es war süß, wie viele Gedanken er sich um mich machte. »Würdest du die Kerzen bitte wieder anzünden?«

Wir waren vom Esstisch zum Sofa umgezogen und hatten es uns dort mit den Weingläsern gemütlich gemacht. Nach einer ersten ordentlichen Portion hatte ich mir einen Nachschlag geben lassen, Eriks Lasagne und die Mousse au Chocolat als Dessert waren nämlich unglaublich köstlich gewesen, und jetzt fühlte ich mich wunderbar satt und entspannt. Und ehrlicherweise auch ein kleines bisschen beschwipst. Bereits seit Längerem hatte ich keinen Alkohol mehr getrunken, und das zweite Glas Wein, das bereits zur Neige ging, war wohl doch zu viel gewesen.

»Wie geht es dir?«, fragte Erik.

»Hervorragend, aber lass mich nach dem Glas bloß keinen Wein mehr trinken, sonst tanze ich womöglich noch auf dem Tisch.«

Eriks Mundwinkel zuckten. »Versprochen?«

»Ach du.« Ich schlug ihn auf den Arm, und er lachte.

»Meine Frage bezog sich übrigens auf deinen Bummel durch die Altstadt heute Mittag. Dann hat es dir gutgetan?«

»Denke schon, auf jeden Fall fühle ich mich nicht schlecht deshalb, und ich habe es keine Sekunde lang bereut.«

»Das ist schön. Ich freue mich für dich und bin sehr stolz, dass du es erneut versucht und sogar geschafft hast.«

»Danke, das ist lieb von dir. Hast du den hier eigentlich schon gesehen?« Ich hob die rechte Hand und wackelte mit den Fingern.

Erik nahm meine Hand in seine und betrachtete den Ring mit der Blüte und dem Rubin. »Dann habe ich es mir nicht eingebildet. Dachte ich mir doch gleich, dass irgendwas anders ist. Wunderschön.«

»Deshalb habe ich ihn ausgewählt.«

»Und wie fühlst du dich damit?«

Ich dachte nur kurz darüber nach. »Gut«, sagte ich, woran der Alkohol vermutlich nicht ganz unschuldig war.

Erik nickte. »Ich hätte dich in die Stadt begleitet. Das weißt du, oder?«

»Natürlich weiß ich das. Marie oder Emma wären ebenfalls mitgekommen, aber ich bin diesen Weg bewusst allein gegangen. So konnte ich mich besser auf die Erinnerungen an Tom einlassen.«

»Verstehe. Und wie machst du nun weiter?«

Seufzend trank ich mein Glas leer und stellte es auf dem Tisch ab. »Keine Ahnung. Ich werde versuchen, Toms Bilder wegzuräumen, aber ob es mir gelingen wird? Ein Schritt nach dem anderen, schon vergessen?«

Lächelnd schüttelte Erik den Kopf. »Wer hätte gedacht, dass du mir so gut zuhörst?«

»Ich höre dir immer zu, Erik.«

Einem Impuls folgend gab ich ihm ein Küsschen auf die Wange und lehnte mich an seine Schulter. Ich schloss die Augen und verlor mich in dem Moment, der sich perfekt anfühlte. Erik war so anschmiegsam, und er roch wahnsinnig gut. Nach Schokolade, Wein und ihm selbst. Männlich. Wenn ich ehrlich zu mir selbst war, fehlte mir die Nähe zu einem Mann nach zwei Jahren tatsächlich, auch wenn ich überall betonte, dass ich mir momentan nichts anderes vorstellen konnte, als Single zu sein. Genau genommen lag der letzte intime Kontakt zu einem Mann sogar mehr als zwei Jahre zurück, denn durch Toms Krankheit hatte sich natürlich auch unsere Beziehung verändert. Es war am Ende einfach nicht mehr dasselbe gewesen.

Ich seufzte. Wirklich schade, dass ich noch nicht bereit war für einen neuen Mann. Erik war einfach perfekt, in ihn konnte ich mich glatt verlieben.

Kapitel 16

Als ich am nächsten Morgen aufwachte und verschlafen Richtung Bad taperte, blieb ich im Flur stehen und sah irritiert zur Kommode. Seltsam. Ich ging weiter ins Wohnzimmer, ins Arbeitszimmer und zurück ins Schlafzimmer. Richtig, das hatte ich ganz vergessen. Nachdem ich gestern Abend in meine Wohnung zurückgekehrt war, hatte ich tatsächlich sämtliche Bilder von Tom eingesammelt und weggeräumt. Beschwingt vom schönen Abend mit Erik und vom Alkohol bedusselt, war es mir nicht schwergefallen, jetzt jedoch fühlte es sich seltsam an, dass kein einziges Foto meines Mannes mehr in der Wohnung zu finden war. Als hätte es ihn nie gegeben. Mehr als das: Es war, als wollte ich Tom und sämtliche Erinnerungen an ihn ganz und gar auslöschen. Das ging nicht. Das konnte ich nicht, und das wollte ich auch nicht. Schlimm genug, dass ich meinen Ehering abgelegt hatte und mich durch die Aufgaben des Adventskalenders arbeitete – irgendetwas von Tom musste ich mir bewahren. Daran konnte nichts Schlimmes oder Ungesundes sein.

Ich kniete mich vor den Schrank im Wohnzimmer, in dessen Schublade ich die Fotos geräumt hatte, holte sie heraus und breitete sie auf dem Fußboden aus – zehn Bilderrahmen. Hm, das waren ganz schön viele, wenn ich ehrlich war. Ich stieß ein Seufzen aus. Na gut, ich musste ja nicht alle Bilder aufstellen. Wie wäre es damit? Ich suchte das Schönste aus und stellte es ins Schlafzimmer, wo es nicht jedem Besucher sofort ins Auge sprang und es mich nicht den ganzen Tag über an Tom erinnerte. Fürs Erste schien mir das ein guter Kompromiss zu sein, mit dem alle würden leben können – und mit *alle* meinte ich neben mir vor allem meine Schwester und Emma.

Ich entschied mich für einen Schnappschuss aus unserem ersten Mallorca-Urlaub. Tom und ich hatten am Strand gesessen, und er hatte sich darüber kaputtgelacht, dass sich der Inhalt einer halben Tube Sonnencreme über meine Beine ergoss. Eigentlich hatte ich nur ein wenig nehmen wollen, aber die Tube war verstopft gewesen, sodass ich sie schüttelte und quetschte. Bis sich die Verstopfung mit einem Mal gelöst hatte … Nachdem ich ihn erst aufgefordert hatte, endlich mit dem Lachen aufzuhören und mir stattdessen zu helfen, die Creme zu verteilen, hatte ich, weil Tom sich einfach nicht beruhigen konnte, schließlich zur Kamera gegriffen und ein Foto von ihm gemacht.

»Damit ist deine Schadenfreude für alle Zeit festgehalten«, hatte ich gefrotzelt, gleichzeitig jedoch auch die tiefe Liebe zu Tom gespürt, dessen Fröhlichkeit und allzeit gute Laune mich von Anfang an für ihn eingenommen hatten.

Selbst als er die Diagnose bekommen hatte, ließ er sich nicht unterkriegen, sondern war positiv geblieben.

Ich schüttelte den Kopf und damit die tristen Gedanken ab, die schon wieder Besitz von mir zu ergreifen drohten. Nachdem ich neun Bilderrahmen in den Schrank zurückgelegt und das ausgewählte Foto im Schlafzimmer aufgestellt hatte, ging ich ins Arbeitszimmer, um in den Adventskalender zu schauen. Mal sehen, was sich Marie und Emma für den heutigen Tag ausgedacht hatten.

18. Dezember:
Hol die Blockflöte raus und spiel ein Weihnachtslied.

Lachend holte ich mein Handy, um meiner Schwester eine Nachricht zu schicken. Die Idee konnte nur von ihr stammen, und das war dann wohl die Aufgabe, bei der Emma angekündigt hatte, mir ihre Hilfe zu verweigern. Emma liebte Musik und konnte nächtelang durchtanzen; selbst welche zu machen, wäre ihr jedoch nie in den Sinn gekommen.

»Da verknotet man sich bloß die Finger«, sagte sie jedes Mal, wenn die Sprache aufs Instrumentspielen kam. »Ob Flöte oder Geige. Und dann muss man auch noch Noten können und gleichzeitig umsetzen und den Takt halten – nee danke.«

Zudem hasste Emma den Klang einer Blockflöte noch

mehr als die Frauen von Fußballspielern oder zu enge Parklücken. Sie bekundete jedes Jahr aufs Neue, wie froh und dankbar sie sei, dass wir unsere Instrumente irgendwann eingemottet hatten.

Du spinnst doch, schrieb ich an Marie und bekam als Antwort einen die Zunge herausstreckenden Smiley, den ich mit einem Kussmund-Emoji konterte, bevor ich hinzufügte: *Interessiert es dich, dass ich bis auf eines die Bilder von Tom weggeräumt habe?*

Maries Reaktion ließ nicht lange auf sich warten. *Natürlich interessiert mich das. Super, Leni, das finde ich klasse. Weiter so!*

Zum Spaß schickte ich auch Emma eine Nachricht: *Ich brauche Hilfe bei der heutigen Aufgabe.*

Auch meine beste Freundin antwortete prompt: *No way! Sonst immer, meine Süße, aber nicht heute.*

Ich grinste. Diese Aufgabe musste ich wohl allein erfüllen, denn außer Marie kannte ich niemanden, der Blockflöte spielen konnte beziehungsweise Lust haben könnte, mich zu begleiten. Meine Schwester wollte ich nicht fragen, weil ich mir nicht sicher war, wie es ihrem Baby gefallen würde, das Gequietsche zweier Ungeübter ertragen zu müssen. Nein, Marie sollte der Kleinen lieber Mozart vorspielen.

Nun denn, zwar hatte ich es nicht ernst gemeint, als ich Erik gegenüber darüber nachgedacht hatte, meine Blockflöte mal wieder heraussuchen zu wollen, aber warum eigentlich nicht? Blieb nur die Frage: Wo hatte ich das Ding gelassen?

Es klingelte, und ich legte die Blockflöte beiseite, um die Tür zu öffnen. Hoffentlich war das kein Nachbar, der sich über den Krach beschwerte. Ich hatte ganz vergessen, wie laut diese Flöten sein konnten.

Erik stand vor mir. Mit verschränkten Armen lehnte er im Türrahmen und grinste mich an. Heute trug er eine graue Jeans und dazu ein rot-blau kariertes Hemd, das ihm extrem gut stand. »Ich nehme an, du übst, um Heiligabend deine Mutter in den Wahnsinn zu treiben?«

Ich grinste zurück. »Auch. Das ist die heutige Aufgabe aus dem Adventskalender.« Automatisch trat ich beiseite, um Erik hereinzulassen, ohne ihn zu fragen, ob er überhaupt Zeit hatte, doch er trat ein und folgte mir ins Wohnzimmer, wo ich auf dem Fußboden gesessen hatte. Auf dem Teppich vor dem Sofa lag nicht nur die Flöte, sondern auch Unmengen an Notenblättern. »Ist es wirklich so laut?«

»Na ja, ich konnte dich hören, aber ich wohne ja auch direkt unter dir.«

Ich verzog den Mund. »Sorry.«

»Quatsch, du hast mich nicht gestört oder gar genervt. Ich war nur neugierig. Warte mal«, sagte er, als ich die Notenblätter zusammenschieben wollte. »Willst du mir nichts vorspielen?«

»Ernsthaft?«

»Klar, warum denn nicht?«

»Ich weiß nicht«, erwiderte ich. »Vielleicht weil die meisten Menschen den Klang einer Blockflöte hassen?«

»Es kommt darauf an, wer sie spielt«, sagte Erik und lächelte dabei äußerst charmant.

Ich zögerte, denn eigentlich hatte ich nicht vor, ihm ein Ständchen zu bringen. Andererseits hatte er mich inzwischen sowieso schon unfreiwillig spielen gehört, also konnte ich es genauso gut hinter mich bringen, denn ich wusste, dass er nicht so schnell lockerlassen würde. Ich entschied mich für *Süßer die Glocken nie klingen*. Tatsächlich hatte ich das Blockflötespielen nicht verlernt, obwohl ich das Instrument ewig nicht in der Hand gehabt hatte. Das schien wie mit dem Fahrradfahren zu sein. Ob Marie es auch noch beherrschte? Dann konnten wir unsere Mutter tatsächlich nächste Woche gemeinsam in den Wahnsinn treiben.

»Ich weiß gar nicht, was du hast. Das klingt doch hübsch«, bemerkte Erik, nachdem ich geendet hatte. »Wie lange, sagtest du, hast du nicht mehr gespielt?«

»Jahre, aber es scheint sich auf immer und ewig in mein Gedächtnis gebrannt zu haben«, antwortete ich, während ich die Flöte auseinanderbaute und reinigte.

»Und, wirst du sie Heiligabend mit nach Hause nehmen?«

»Ich überlege noch. Mal sehen, was Marie davon hält.«

»Also bei meiner Familie sind deine Blockflöte und du jederzeit willkommen, sollte deine Mutter euch hinauswerfen.«

Schmunzelnd schüttelte ich den Kopf. »Ich werde es mir merken, danke.«

Erik lehnte sich gegen das Sofa und sah sich im Wohnzimmer um. »Wie ich sehe, hast du die Bilder von Tom eingesammelt. Das ist gut.«

»Mehr oder weniger«, gestand ich. »Gestern Abend habe ich tatsächlich *alle* weggeräumt, aber heute Morgen, ohne Promille im Blut, fühlte es sich komisch an. Eines steht jetzt wieder im Schlafzimmer.«

»Das klingt, als ob du dich vor mir rechtfertigen willst. Es ist völlig in Ordnung, ein Foto seines verstorbenen Partners aufzustellen. Red dir bitte nichts anderes ein.«

»Das habe ich nicht vor«, erwiderte ich lächelnd.

»Gut. Sag mal, hast du eventuell Lust, mich nach Mannheim auf den Weihnachtsmarkt zu begleiten? Dort war ich dieses Jahr noch gar nicht, und in nicht mal einer Woche ist schon Heiligabend.«

»Kaum zu glauben, oder? Wie schnell die Zeit vergeht. Aber um deine Frage zu beantworten: Ich komme gern mit.« *Sehr gern sogar.*

Ich legte die Flöte zurück in die Schachtel und verstaute sie zusammen mit den Notenblättern in einem der beiden Fächer meines Wohnzimmertisches. Wieder eine Aufgabe erledigt, blieben noch sechs übrig. Was mich wohl noch erwartete?

19. Dezember:
Hol deinen Weihnachtspullover aus der Mottenkiste und zieh ihn an.

Meinen Weihnachtspullover? Na, den hatte ich tatsächlich eingemottet, irgendwo in den Untiefen des Kellers. Einen

Augenblick überlegte ich, einfach in die Stadt zu fahren und einen neuen zu kaufen. Ich könnte Erik mitnehmen, doch dann verwarf ich den Gedanken, was weder an Erik noch daran lag, erneut in die Stadt fahren zu müssen, obwohl heute Samstag war. Kaum zu glauben, dass ich vor wenigen Wochen noch solch ein Theater gemacht hatte, wenn es darum ging, sich zur Adventszeit der Innenstadt zu nähern. Nein, Tatsache war, dass sich im Keller mehr als nur ein einziger Weihnachtspullover befand, und es wäre doch schade, sie nicht wieder ihrem eigentlichen Zweck zuzuführen. Ich musste bloß die richtige Kiste finden.

Nachdem ich geduscht hatte und kurz zum Bäcker gelaufen war, um für mich und Erik etwas zum Frühstück zu holen – als Dankeschön für seine Lasagne –, ließ ich die Brötchentüte im Flur liegen und verschwand in den Keller, um die Pullover gleich mit nach oben zu nehmen. Womöglich musste ich sie erst noch waschen, bevor ich einen davon anziehen konnte.

Im Keller hatte sich einiges angehäuft, denn im Gegensatz zu meiner Mutter trennte ich mich nicht so schnell von alten Sachen. *Hier müsste ich dringend mal wieder ausmisten,* dachte ich. *Allerdings nicht unbedingt am Samstag vor Heiligabend.* Froh, eine Ausrede gefunden zu haben, bahnte ich mir einen Weg zu den hinteren Kisten. Testweise hob ich eine an und lag richtig – dem Gewicht nach konnten da nur Anziehsachen drin sein.

Ich öffnete den Deckel und zögerte. Auf den ersten Blick war klar, dass sich darin nicht *meine* aussortierten Klamotten befanden – es waren Toms. In meinem Kopf schrillte ein Alarm los: *Mach die Kiste schnell wieder zu, bevor jemand verletzt wird.* Doch mein Herzschlag übertönte den Alarm. Vorsichtig, als könne ich etwas kaputt machen, zog ich einen dunkelblauen Pullover heraus. Er lag obenauf und war Toms Lieblingspulli gewesen. Es gab unzählige Fotos, auf denen er ihn anhat.

Ein vertrauter Duft – ein Duft, den ich schon viel zu lange nicht mehr gerochen hatte – stieg mir in die Nase. Moschus und der Geruch des Waschpulvers, das ich zu Toms Lebzeiten verwendet hatte. Erinnerungen prasselten auf mich ein wie Hagelkörner, eine Welle der Trauer rollte über mich hinweg und drohte mich mitzureißen in die Tiefe. Ich wollte mich dagegen wehren, konnte jedoch nicht. Der Schmerz, der mich all die Monate seit Toms Tod gequält hatte und dem ich während der letzten Tage und Wochen erfolgreich entkommen war, packte und schüttelte mich mit einer Intensität, die mir den Atem raubte. Ich sah Tom, sein schiefes Grinsen über dem Glühweinbecherrand am Abend unseres Kennenlernens, spürte sein zärtliches Flüstern an meinem Ohr, das ich so liebte, hörte sein Lachen, sein Sonnenlachen, das jeden noch so grauen Tag erhellte. Da war die Eisbahn, wir beide mit kalten roten Wangen, aber verschwitzt, und ich flog in seine Arme, weil ich stolperte und er mich auffing, und sog diesen Duft ein, und plötzlich mischte sich der sterile Geruch der Intensivstation hinein und vor meinem Auge erschien Toms Gesicht. Eingefallen, hohlwangig, mit einem Schlauch, der in die Nase führte. Stumpfes Haar in der Stirn, keine Spur mehr einer Sonne. Nie wieder. Nie.

»Frau Hämmerle? Sind Sie da unten? Ist alles in Ordnung?«

Wie durch einen Schleier hörte ich Eriks Stimme, war allerdings unfähig, mich zu bewegen oder gar zu antworten. Keine Ahnung, wie lange ich schon auf dem harten Kellerboden saß. Ich zitterte, ob vor Kälte oder Trauer, wusste ich nicht zu sagen.

Die Kellerstufen knarzten, dann näherten sich Schritte.

»Leni, bist du das? O mein Gott, Leni, was ist passiert?«

Erik eilte auf mich zu. Ich hob den Blick nur kurz, gab immer noch keine Antwort. Erik sah sich um und schien die Lage sofort zu erfassen. Sanft wollte er mir den Pullover aus der Hand nehmen, doch ich klammerte mich daran wie eine Ertrinkende. Kurzerhand klappte er die Kiste mit Toms alten Sachen zu, half mir auf die Beine und trug mich mitsamt dem Pullover nach oben in meine Wohnung.

»Was ist los?«, drang Emmas Stimme leise an mein Ohr.

Ich lag auf dem Bett in meinem Schlafzimmer, starrte Toms Foto an und fühlte mich nach wie vor unfähig, mich zu bewegen. Ich weinte nicht einmal. Ich lag einfach nur da und atmete.

»So genau kann ich das nicht sagen«, antwortete Erik. »Ich habe sie im Keller gefunden, zusammen mit einem Männerpullover. Vermutlich gehörte er Tom und hat sie an ihn erinnert. Ich habe versucht, sie zu beruhigen, aber sie ist völlig apathisch. Ihr kennt sie besser und habt hoffentlich mehr Glück.«

»Danke, dass du angerufen hast«, hörte ich Marie.

»Das ist doch selbstverständlich. Danke euch, dass ihr gleich hergekommen seid«, erwiderte Erik. »Zum Glück ließ sich deine Nummer googeln. Ach, und hier« – etwas klimperte –, »der gehört Leni, er steckte im Kellerschloss.«

»Super, danke.«

Ein paar Augenblicke lang herrschte Stille.

»Dann lasse ich euch mal allein. Meldet euch, wenn ihr was braucht oder ich etwas tun kann.«

Kurz darauf fiel die Wohnungstür ins Schloss und Schritte näherten sich meinem Zimmer. Marie und Emma legten sich zu mir aufs Bett, kuschelten sich von zwei Seiten an mich, und ich begann so heftig zu schluchzen, dass ich keine Luft mehr bekam.

Kapitel 17

»Geht's wieder?«, fragte Marie.

Ich nickte. Wir waren ins Wohnzimmer umgezogen. Emma und Marie hatten Pizza bestellt, meine lag jedoch unberührt in der Pappschachtel und war mittlerweile sicher längst kalt. Es ging mir besser, auch wenn es sich anfühlte, als hätte ich ein Loch im Herzen, das mir jeden Appetit verdarb.

»Du solltest etwas essen«, meinte Emma und wischte sich den Mund mit einem Stück Küchenkrepp sauber.

»Später vielleicht.«

Marie atmete geräuschvoll aus. »Es tut mir leid. Wenn ich gewusst hätte, dass deine Weihnachtspullis im Keller sind und du bei der Suche danach auf Toms Sachen stoßen würdest …«

Ich schüttelte den Kopf. »Es ist nicht deine Schuld, Marie. Früher oder später hätte ich mich so oder so damit auseinandersetzen müssen.« Auch wenn es für meinen Geschmack viel zu früh passiert war. Ich war doch gerade erst dabei, mich intensiv mit Toms Verlust zu befassen.

Allerdings war es allgemein bekannt, dass Gerüche besonders heftige Reaktionen auslösen können, insofern war das Ganze wohl unvermeidbar gewesen und vermutlich gar nicht schlecht, dass es ausgerechnet jetzt passiert war. Wenn ich mir vorstellte, ich hätte Toms Verlust – zumindest vom Gefühl her – gerade überwunden und wäre dann auf den Karton gestoßen ...

»Schon, aber es wäre sicher besser gewesen, wenn du die Entscheidung bewusst getroffen hättest, anstatt so unvermittelt damit konfrontiert zu werden«, mutmaßte Marie.

Ich zuckte mit den Schultern. »Prinzipiell hast du recht, aber wir wissen alle, dass ich diese Aufgabe ewig hinausgezögert hätte.« Mir stand lebhaft vor Augen, wie Emma mich vor eineinhalb Jahren quasi dazu genötigt hatte, Toms Sachen in Kisten zu packen und in den Keller zu bringen, wobei sie sofort in der Altkleidersammlung gelandet wären, wäre es nach Emma gegangen. Wäre sie nicht gewesen, würden die Sachen jedenfalls immer noch im Schrank hängen, das konnte ich nicht leugnen.

»Wer hätte gedacht, dass Toms Kleider nach eineinhalb Jahren im Keller überhaupt noch nach ihm riechen?« Emma trank einen Schluck Cola und machte ein nachdenkliches Gesicht. »Du hättest sie gleich weggeben sollen, wie ich es damals gesagt habe. Hast du dir inzwischen überlegt, was damit passieren soll? Ich helfe dir beim Aussortieren.«

»Ich weiß nicht, was ich damit machen werde«, antwortete ich schärfer als beabsichtigt. »Und ganz ehrlich: Damit möchte ich mich im Moment auch nicht befassen.« Ich erledigte die Adventskalenderaufgaben, hatte die Bilder bis auf eines aus meinem Sichtfeld verbannt und meinen Ehering abgenommen. Jetzt auch noch Toms Kleider wegzugeben, zu verkaufen oder was auch immer damit anzustellen, war mir zu viel. Und ging mir zu schnell.

»Natürlich nicht, du besteigst gerade auch so schon einen ordentlichen Berg.« Marie warf Emma einen bösen Blick zu. »Im Keller sind die Sachen vorerst gut aufgehoben.«

Emma schien ihr Kommentar nicht leidzutun, trotzdem sagte sie: »Entschuldige, ich wollte gewiss keinen Druck auf dich ausüben.«

Ich seufzte. »Das weiß ich, und ich bin mir ebenfalls bewusst, dass ich mich früher oder später von Toms Sachen trennen muss, wenn sie nicht zum Ballast werden sollen. Ich werd's angehen, wenn ich so weit bin, ja?«

»Klar«, sagte Emma. »Ich dachte nur, es könnte vielleicht helfen loszulassen. Weißt du, wenn ich in deiner Lage wäre, hätte ich das Zeug schon längst weggegeben, um eine solche Situation wie vorhin zu vermeiden. Wem soll es helfen, fast verheilte Wunden wieder aufzureißen?« Sie wollte etwas hinzufügen, als ihr Handy klingelte.

Zum Glück, sonst hätten wir vermutlich bloß gestritten, und dafür fehlte mir im Moment die Kraft.

Fast zur selben Zeit meldete auch Maries Smartphone einen Anruf. Beide nahmen die Gespräche entgegen. Marie telefonierte mit Finn, Emma mit ihrem Mann Mark, und beide schienen etwas Wichtiges vergessen zu haben. Ich versuchte, den Gesprächen gleichzeitig zu folgen, was ich schnell aufgab.

»Ich muss leider los«, sagte Marie, nachdem sie aufgelegt hatte. »Finn hat das Essen auf dem Tisch stehen, und die ersten Gäste sind bereits da. Weihnachtsessen mit seinen Kollegen. Das machen sie jedes Jahr, und dieses Mal findet es bei uns statt.«

»Ich muss auch los«, sagte Emma. »Wir haben Karten fürs Ballett, *Nussknacker*. Darauf freue ich mich schon seit Wochen.«

Marie stemmte die Hände in die Hüften. »Moment mal, wir können nicht beide gehen. Eine von uns sollte hierbleiben.«

Marie und Emma sahen kurz zu mir, bevor sie sich wieder einander zuwandten. »Du hast recht«, stimmte Emma zu. »Daran hätte ich selbst denken müssen. Ich kann hierbleiben, das Ballett ist nicht so wichtig. Mark hat sowieso keine Lust.«

Genau deshalb mochte ich Emma trotz ihrer forschen Art.

Marie winkte ab. »Ach was, geht ihr ruhig, *ich* kann hierbleiben. Finns Kollegen reden ohnehin die meiste Zeit über die Arbeit, da brauche ich nicht danebenzusitzen und dick auszusehen.«

Ich räusperte mich. »Hallo? Ihr geht beide.«

Marie und Emma schüttelten unisono die Köpfe. »Kommt gar nicht infrage, wir lassen dich doch nicht allein. Nicht in dem Zustand«, protestierte meine Schwester.

»Aber es geht mir wieder gut, ehrlich. Nun geht schon.«

»Wir könnten Erik fragen«, schlug Emma vor.

»Gute Idee. Ich gehe gleich mal runter.«

»Hallo?«, sagte ich erneut, dieses Mal etwas gedehnter. »Ich bin kein Baby mehr und brauche keinen Aufpasser. Wenn mir nach Gesellschaft ist, werde ich Erik selbst fragen, klar? Und jetzt ab mit euch.«

»Bist du wirklich sicher?« Marie stand unschlüssig da. »Ganz wohl fühle ich mich nicht bei der Sache. Oder warte mal – du kannst doch mitkommen. Finn kocht großzügig, das würde für eine ganze Fußballmannschaft reichen.«

Ich verzog den Mund, was nicht an Finns Kochkünsten lag. »Lass mal, mir ist nicht nach einem Arbeitsessen zumute. Und ja, ich bin sicher. Also los jetzt.«

»Na gut, aber ruf an, wenn was ist oder du doch nicht allein sein willst«, bat Emma. »Ich lasse auf jeden Fall das Handy an.«

»Genau, du weißt, dass ich in zehn Minuten hier sein kann«, stimmte Marie zu.

Ich verdrehte die Augen. »Ja-ha.«

Die beiden ließen sich Zeit, während sie ihre Jacken und Schuhe anzogen, und warfen sich beziehungsweise mir immer wieder Blicke zu. Doch schließlich verließen sie meine Wohnung, und ich schloss die Tür hinter ihnen. Die plötzlich einsetzende Stille klingelte in meinen Ohren. Ehrlich gesagt war ich gar nicht so scharf darauf, allein zu sein, aber ich wollte Marie und Emma den Samstag nicht verderben. Außerdem musste ich lernen, allein zu sein. Schwierige Situationen ließen sich schließlich nicht im Vorfeld planen, und mir konnte nicht permanent jemand Gesellschaft leisten, um mich im Notfall von meinen Gedanken oder meiner Trauer abzulenken.

Einen Moment blieb ich an der Tür stehen und lauschte in die Stille. Ich rechnete damit, dass Emma und Marie entgegen meiner Proteste bei Erik klingeln und ihn hochschicken würden, doch im Treppenhaus waren weder Schritte noch Stimmen zu hören. Ausnahmsweise schienen sie meine Wünsche einmal zu respektieren.

Ich stieß mich von der Tür ab und verschwand im Badezimmer, um mir ein Bad einzulassen.

Die ganze Wohnung roch nach Vanille, nachdem ich gebadet hatte. Am liebsten hätte ich mir meinen Schlafanzug angezogen; da jedoch gerade mal Mittagszeit war, ließ ich es bleiben.

Toms Duft hatte mich völlig aus der Bahn geworfen. Die Erinnerungen an ihn waren so intensiv wie lange nicht gewesen, die Sehnsucht nach ihm unendlich groß. Und dennoch … ich durfte mich davon nicht entmutigen lassen. Es war ein Rückschritt gewesen, ja, jedoch kein Grund, nicht trotzdem weiter nach vorne zu sehen. Immerhin hatte ich in letzter Zeit viele Fortschritte gemacht. Ich würde das schon schaffen. Irgendwie würde ich es schaffen, über Tom hinwegzukommen.

Ich ging ins Wohnzimmer, um aufzuräumen. Zuerst brachte ich die Gläser in die Küche, dann stapelte ich die leeren Pizzaschachteln aufeinander. Als mein Blick auf meine unberührte Pizza fiel, machte sich mein Magen bemerkbar. Immerhin hatte ich heute noch nichts gegessen. Mir fiel die Tüte vom Bäcker ein, die ich heute Morgen auf dem Weg in den Keller im Treppenhaus hatte liegen lassen und die vermutlich noch auf den Stufen lag, und machte mich auf den Weg, um sie zu holen.

Als ich meine Wohnungstür öffnete und in den Hausflur trat, lief ich Erik in die Arme, der offenbar gerade bei mir klingeln wollte. Er musste draußen gewesen sein, auf jeden Fall trug er eine Jacke, und er roch nach frischer Luft. In den Händen hielt er eine Einkaufstasche – und meine Tüte vom Bäcker.

»Wolltest du zu mir?«, fragte er.

»Immer«, antwortete ich. Allein sein Anblick reichte, damit ich mich augenblicklich besser fühlte.

Er musterte mich. »Geht's wieder?«

Ich nickte. »Tut mir leid, wenn ich dir einen Schrecken eingejagt habe.« Tatsächlich war mir das Ganze ihm gegenüber unangenehm. Wie musste ich wohl gewirkt haben, so erstarrt vor einer Kiste mit harmlosen Klamotten hockend? Verheult und apathisch, sodass er mich hatte hochtragen müssen? Bloß gut, dass uns unterwegs niemand begegnet war …

»Ich bitte dich, mach dir meinetwegen keinen Kopf.«

»Das tue ich nicht«, log ich. »Aber es war schon ein ziemlicher Rückschritt.«

Erik zog die Stirn kraus. »Trägst du deinen Ehering wieder?«

Ich schüttelte den Kopf und zeigte zum Beweis meine rechte Hand vor. Tatsächlich hatte ich kurz darüber nachgedacht, ihn wieder herauszusuchen, den Impuls aber zum Glück unterdrücken können.

»Hast du die Bilder wieder aufgestellt?«

»Nein, habe ich nicht.«

»Na siehst du, dann ist doch alles in Ordnung. Es ist völlig normal, dass nicht immer alles glattläuft. Du bist auch nur ein Mensch.«

Ich lächelte. »Soweit ich weiß, ja. Warst du in der Stadt?« Ich deutete auf seine Einkaufstasche. Er nickte und wackelte mit den Augenbrauen, woraufhin ich den Kopf schief legte. »Was hast du gekauft?«

»Glaub mir, es wird dir gefallen.« Er reichte mir die Bäckertüte, um mit der zweiten Hand etwas aus der Stofftasche ziehen zu können, das er mir mit einem breiten Grinsen vors Gesicht hielt: einen roten Weihnachtspullover – Micky und Minnie Maus, die sich unter einem Mistelzweig küssen. »Jetzt kannst du deine Aufgabe abhaken.«

»Woher weißt du …?« Ich schluckte. Keine Ahnung, warum, aber es rührte mich unglaublich, dass er extra losgezogen war, um mir nach dem Klamottendesaster einen Weihnachtspullover zu kaufen.

»Marie hat es mir erzählt. Ich habe hier übrigens noch etwas, das dir gefallen wird.« Er reichte mir den Pulli, zog einen zweiten hervor und hielt ihn sich vor den Oberkörper. »Und, was meinst du? Ist doch schick, oder?«

Ich brach in lautes Gelächter aus, was sich unglaublich befreiend anfühlte. Das war der grauenvolle Weihnachtspullover, den Erik mir bei unserem gemeinsamen Weihnachtsbummel präsentiert hatte. »O ja, verdammt schick. Steht dir.«

»Sexy, nicht?« Wieder wackelte er mit den Augenbrauen.

Kopfschüttelnd trat ich beiseite, um ihn hereinzulassen.
»Lust auf kalte Pizza?«

»Ich liebe kalte Pizza.«

Erik und ich hatten es uns auf meinem Sofa bequem gemacht. Im Fernsehen lief eine Art Quizshow mit Prominenten, die sich zum Deppen machten, allerdings hatten wir den Ton ausgeschaltet und sahen nicht wirklich hin. Ich war viel zu sehr von Eriks Anblick abgelenkt. Wir trugen beide unsere neuen Weihnachtspullover; seiner war wirklich grauenvoll. Immerzu starrte ich auf den nackten, behaarten Oberkörper mit der Lichterkette im Dekolletébereich, den Weihnachtstattoos und den Christbaumkugeln an den Brustwarzen.

»Neidisch?«, fragte Erik grinsend. »Hätte ich dir auch lieber so einen besorgen sollen?«

Meine Augen wurden größer. »Gott bewahre, ich hätte dich erschlagen.«

»Ich wusste gar nicht, dass du eine gewalttätige Ader besitzt.«

»Du weißt vieles nicht über mich.« Ich schmunzelte.

»Ach nein?« Eriks darauf folgender Blick war ziemlich intensiv, was ihm wohl selbst aufzufallen schien, denn er wandte sich ab und trank einen Schluck seiner heißen Schokolade, die ich uns nach der Pizza zubereitet hatte.

»Wirst du den Pullover Heiligabend tragen?«, fragte ich. »Unser Deal steht: zehn Euro, wenn du es machst und mir ein Beweisfoto schickst.«

»Lass dich überraschen. Ich hoffe übrigens, dass dir Micky Maus nicht peinlich ist, sonst können wir den Pullover natürlich umtauschen. Ich wäre auch nicht beleidigt oder so.«

»Du warst doch damals bestimmt auch bei StudiVZ, oder? Erinnerst du dich an die Gruppe *Nein, ich bin nicht zu alt für Disney-Filme*?« Ich klopfte mir auf das Schlüsselbein. »Muss ich erwähnen, dass ich der Gruppe sofort beigetreten bin?«

Erik schüttelte amüsiert den Kopf. »Richtig, die Gruppen.«

»Die waren cool, oder? Da hat man so viel über einen Menschen gelernt.«

»In welchen Gruppen warst du noch?«

»Herrje, da fragst du mich was. Das ist so ewig her.« Ich überlegte einen Moment. »O ja, richtig. *Mein Leben sollte einen Soundtrack haben.* Und natürlich ganz wichtig: *Es glitzert ... es ist sinnlos ... Ich will es!*«

»Du stehst auf Glitzer, echt? Das hätte ich nicht gedacht. Was ist mit *Bin blond und kann trotzdem 1A einparken*?«

»Hey, das will ich überhört haben.« Ich schlug ihm auf den Arm.

Erik lachte. »Also doch eine gewalttätige Ader.«

»Freundchen. Außerdem habe ich überhaupt kein Auto, ich muss also nicht einparken können.«

»Punkt für dich.«

»Was ist mit dir? Nenn mir drei deiner damaligen Gruppen.«

»*Riskiere lieber, alles fallen zu lassen, statt zweimal zu ge-*

hen.« Ich lachte, und Erik fuhr fort: »*Ich singe immer Lieder mit, auch wenn ich die Texte nicht kann.*«

»Ich dachte, du singst nicht«, hakte ich ein, weil ich mich an unser Gespräch über das Musizieren unter dem Weihnachtsbaum erinnerte.

»Doch, unter der Dusche.«

»Ach, richtig.« Wie hatte ich das vergessen können, hatte ich mir Erik doch sofort nass und unbekleidet vorstellen wollen. *Argh, nicht schon wieder. Denk an was anderes.* »Welche Gruppe noch? Das waren erst zwei.«

»*Ich drücke die Fernbedienung fester, wenn die Batterien leer sind.*«

Ich verzog den Mund. »Woher weißt du das?«

Erik lachte. »Ach, du auch? Dann verrate ich dir noch eine Gruppe: *Jeder Topf hat einen Deckel. Ich glaub, ich bin ein Wok.*«

»Willst du mir ernsthaft sagen, du hattest zu Studienzeiten keine Beziehung?«

»Doch, natürlich, aber das zählte wohl eher als Zeitvertreib und war nichts Ernsthaftes.« Er lachte traurig. »Das darfst du allerdings nicht meiner Mutter erzählen, sie würde sich nur bestätigt fühlen.« Seufzend zuckte er mit den Schultern. »Na, und heute?«

Erik war früher also ein Womanizer gewesen, der zwar Freundinnen gehabt, sie aber nicht wirklich geliebt hatte? Ich wusste nicht, was ich davon halten sollte, und war froh, dass er sich inzwischen verändert hatte – auch wenn er aktuell mit seiner Situation zu hadern schien.

Ich fragte: »Wo ist das Problem? Du siehst gut aus, bist

witzig und charmant. Du müsstest dir die Frauen doch aussuchen können.«

»Danke für die Blumen, aber um eine Auswahl treffen zu können, müsste ich wohl erst mal welche kennenlernen. Vielleicht arbeite ich zu viel.«

»Du hast gerade Urlaub«, bemerkte ich. »Vielleicht solltest du einfach mal mehr unternehmen, statt die ganze Zeit mit mir herumzuhängen.«

Kaum zu glauben, dass er Schwierigkeiten hatte, Frauen kennenzulernen. Das Grübchen in der Wange und die superangenehme Stimme, die blauen Augen und die verwuschelten braunen Haare, die eine Frau immerzu daran denken lassen mussten, wie er wohl am Morgen aussah – es hätte ein Leichtes für ihn sein müssen, zumindest ins Gespräch zu kommen und dabei eine Freundin zu finden, denn er sah ja nicht nur gut aus. Erik war charmant, humorvoll und hilfsbereit. Ob ihm tatsächlich seine Arbeit im Weg stand? Ständig wechselnde Arbeitszeiten, die Tatsache, dass »Hey, ich bin Krankenpfleger auf der Intensivstation« keine aufregenden Assoziationen weckte …

Erik lächelte mir zu. »Ich hänge gern mit dir herum.«

»Ich auch mit dir. Und soll ich dir was verraten? Ich bin gar nicht so scharf darauf, dass du plötzlich eine Freundin hast, denn dann hättest du weniger Zeit für mich. Das ist egoistisch, oder?« Und vermutlich war es nicht das Klügste, Erik das zu sagen.

Er lachte leise. »Ist es. Normalerweise würde ich die Freundschaft an dieser Stelle beenden, aber bei dir mache ich eine Ausnahme.«

231

»Das ist schön.« Ich gab ihm ein Küsschen auf die Wange und lehnte mich gegen seine Schulter, um ihn bei meiner nächsten Frage nicht ansehen zu müssen. Okay, und weil es sich einfach gut anfühlte. »Dann warst du noch nie so richtig verliebt?«

Erik dachte eine Weile darüber nach. Seine Stimme klang ungewohnt ernst, als er antwortete: »Na ja, verliebt war ich natürlich schon irgendwie, aber die ganz große Liebe, so wie du sie mit Tom gefunden hast, habe ich leider noch nicht erleben dürfen.«

»Das tut mir leid«, erwiderte ich und meinte es aufrichtig. »Ich bin mir jedoch sicher, dass du ihr eines Tages begegnen wirst.«

»Wusstest du bei Tom gleich, dass er der Richtige ist?«

Ich nickte. »Vor ihm war ich zwar auch schon verliebt und hielt es für die große Liebe, im Nachhinein waren das allerdings keine weltbewegenden Beziehungen, du verstehst? Mit Tom war es anders, das habe ich damals sofort gespürt.«

»Es tut mir leid, dass du ihn verloren hast«, sagte Erik leise.

»Ich weiß.«

Einen Moment breitete sich Schweigen zwischen uns aus, dann fragte Erik: »Denkst du ...?«

Ich schüttelte den Kopf, noch ehe er seine Frage zu Ende gestellt hatte. »Nein, so etwas erlebt man nur einmal, da bin ich sicher. Deshalb kannst du dich freuen, weil du das alles noch vor dir hast.« Ich legte den Kopf in den Nacken, um ihn ansehen zu können. »Versprich mir, dass du sie für immer festhalten wirst, wenn du eines Tages auf die Frau triffst, die solch extreme Gefühle in dir auslöst.«

Erik zog meinen Kopf zurück an seine Schulter und strich mir über die Haare. »Das würde ich gern, aber es ist nicht so einfach, Leni. Schließlich müssen die Umstände mitspielen.«

»Wie meinst du das?«

Er deutete ein Schulterzucken an. »Was, wenn die Frau bereits verliebt oder nicht bereit für eine Beziehung ist?«

Eine Gänsehaut überzog meine Arme, doch ich ignorierte sie und schloss stattdessen die Augen. »Sie wird es sein, Erik, sonst ist es nicht die ganz große Liebe.«

»Dein Wort in Gottes Ohr …«

Kapitel 18

Als ich am nächsten Morgen mein Handy einschaltete, empfing ich eine Nachricht von Marie, die sie heute in aller Herrgottsfrühe geschrieben hatte: *Hey, wie geht es dir? Tu mir einen Gefallen und vertausche die nächsten beiden Adventskalenderaufgaben, ja? Frag nicht, warum, mach es einfach. Vertrau mir! Und wenn was ist: Melde dich!*

Ich runzelte die Stirn und war versucht, in die heutige Socke zu spähen, doch dann ließ ich es bleiben und fischte stattdessen den Zettel von morgen heraus.

21. Dezember:
Pack die Geschenke ein und
hör dazu Weihnachtsmusik.

Eine schöne Aufgabe für den vierten Advent. Trotzdem fragte ich mich, was sich hinter dem heutigen Türchen verbarg. Es kostete mich all meine Willenskraft, die Finger von der cremefarbenen Socke mit der Zwanzig darauf zu lassen.

Hm, ob Erik Lust hatte, Weihnachtsgeschenke einzupacken?

Überall auf dem Fußboden lagen Geschenkpapierreste verteilt, im Hintergrund lief die Weihnachts-CD der Andrews Sisters und es roch nach Weihnachtstee. Ich war bereits fertig und sah dabei zu, wie Erik sein letztes Geschenk einwickelte – einen Dekoengel für seine Mutter. Was *meine* Mutter wohl sagen würde, wenn *ich* den anschleppen würde? Sie verachtete Nippes.

»So, das war's. Wobei – eines fehlt noch. Dein Geschenk, aber ich fürchte, es könnte die Überraschung verderben, wenn ich das hier einpacke.«

»Du schenkst mir etwas?«, fragte ich – schon jetzt überrascht.

»Du mir etwa nicht?« Erik spielte den Empörten. »Ich dachte, wir sind Freunde.«

»Entschuldige, ich hab wohl das Kleingedruckte nicht gelesen«, ging ich auf seinen Spaß ein.

Er lachte, wurde aber sogleich ernst. »Nein, jetzt mal ehrlich: Fühl dich bitte nicht verpflichtet. Du hast gerade genug zu tun. Ich habe etwas gesehen und an dich gedacht, sonst hätte ich wahrscheinlich auch nichts für dich.«

Ich schmunzelte. »Wer sagt, dass ich kein Geschenk für dich habe?«

»Oh, verstehe.« Er freute sich sichtlich über diese Offenbarung. »Sag mal, ich wollte mir heute Ente mit Rotkohl und Knödeln machen. Bist du dabei?«

»Du kochst dir selbst so etwas Aufwendiges?«

»Sag's nicht weiter, aber die Ente muss bloß in den Ofen, und der Rotkohl kommt aus dem Glas.«

»Das beruhigt mich.«

»Theoretisch könnte ich das Kraut auch selbst machen, aber das ist mir heute zu zeitintensiv. Ich wusste ja nicht, welche Aufgabe auf uns wartet.«

Ich starrte Erik an und wusste nicht, was ich sagen sollte. Der Mann steckte voller Überraschungen. Er sah gut aus, was ich inzwischen gern zugab; viel wichtiger war jedoch, dass er mich zum Lachen brachte und stets zuvorkommend war. Und nun konnte er auch noch kochen. Warum zum Geier hatte er keine Freundin?

»Kochst du nicht?«, fragte Erik. »Das Kartoffelgratin war echt lecker.«

»Na ja, es gibt kochen und kochen. Einfache Sachen kann ich, ansonsten bin ich eher die Bäckerin in der Familie. An eine richtige Ente habe ich mich bisher jedenfalls nicht gewagt.«

»Wenn du am ersten oder zweiten Weihnachtsfeiertag noch nichts vorhast, zeige ich dir, wie es geht.«

»An einem der beiden Tage habe ich mit Sicherheit Zeit.«

Ich lächelte, Erik lächelte zurück, und da war er wieder – einer der Momente, in denen ich das Gefühl nicht loswurde, dass uns doch mehr als reine Freundschaft verband. Ich wusste nicht, ob ich seinem Blick standhalten sollte oder besser nicht, doch bevor ich mich entschieden hatte, rappelte Erik sich vom Boden auf.

»Hast du schon Hunger?«

»Ehrlich gesagt noch nicht so richtig.« Ich hatte spät gefrühstückt und während des Geschenkeverpackens außerdem unzählige Vanillekipferl gefuttert. »Aber wenn *du* Hunger hast ...«

»Ich hab eine Idee, wie wir ein paar Kalorien verbrauchen können.«

In meinem Kopf formten sich Bilder, die ich sofort zurückdrängte. »Okay«, antwortete ich gedehnt und hoffte, ich würde es nicht bereuen.

»Linker Fuß auf Gelb«, murmelte Erik, nachdem er an der Scheibe gedreht hatte. »Könnte schwirig werden. Ähm, darf ich?«

»Klar.«

Was hätte ich sonst sagen sollen? So funktionierte nun mal das Spiel – Twister. Erik schob seinen linken Fuß zwischen meine Beine auf den gelben Kreis; den einzigen, den er aus seiner Position heraus erreichen konnte, ohne umzufallen.

Ich war an der Reihe. Meine rechte Hand musste auf ein rotes Feld, und ich fand hinter mir eines und gewann etwas Abstand. Eriks Nähe war mir zwar nicht unangenehm, ganz im Gegenteil, aber das Beisammensein auf diesem Spielfeld fühlte sich anders an als das Kuscheln auf dem Sofa vor dem Fernseher. Sofern man es überhaupt kuscheln nennen konnte.

»Du entkommst mir nicht«, sagte Erik, als er erneut an der Reihe war und seinen rechten Fuß auf einem blauen Kreis platzieren musste.

Weitere fünf Minuten später waren unsere Gliedmaßen total ineinander verknotet, außerdem balancierte ich in einer dermaßen wackeligen Position, dass ich mich außerstande sah, an der Scheibe zu drehen.

»Du bist dran.« Erik grinste mich breit an, sein Gesicht durch die erdrehten Aufgabenstellungen dicht vor meinem. »Oder gibst du auf?«

»Das hättest du wohl gern.« Er hatte meinen Ehrgeiz geweckt, und ich versuchte, mich zu stabilisieren, um die Scheibe zu erreichen. Als ich die linke Hand anhob, verlor ich jedoch das Gleichgewicht. Ich wollte sie zurück auf das grüne Feld legen, aber es war zu spät. Ich konnte mich nicht mehr halten und plumpste direkt auf Erik.

»Gewonnen!«, rief er.

Dann mussten wir beide lachen – bis wir uns bewusst wurden, dass wir aufeinanderlagen und zwischen unseren Mündern so wenig Raum blieb, dass ich mich kaum nach vorne hätte beugen müssen, um Erik zu küssen. Mein Blick wanderte zu seinen Lippen, und ich lenkte ihn schnell zurück zu seinen Augen, wo er allerdings auch nicht besser aufgehoben war. Diese Augen, so ein wunderschönes Blau.

Was wäre so schlimm daran, wenn ich Erik küssen würde? Nur einmal? Das Gefühl von seinen Lippen auf meinen...

Es kostete mich all meine Willenskraft, es nicht zu tun, auch wenn ich mich fragte, warum ich mich beherrschte. In diesem Moment hob Erik eine Hand, um mir eine

Haarsträhne aus dem Gesicht zu streichen. Seine Finger berührten meine Schläfe, nur ganz leicht, doch es genügte für eine Antwort: weil wir Freunde waren. Weil ich seine Freundschaft dringender brauchte als alles andere. Wegen Tom.

Ich zuckte zurück, und wir rappelten uns auf. Verlegen fuhr Erik sich durch die braunen Haare. »Entschuldige bitte«, begann er, doch ich unterbrach ihn sofort.

»Alles gut. Wollen wir uns ans Essen machen?«

20. Dezember: Geh Schlittschuhlaufen.

Okay, jetzt wusste ich, warum Marie mich am Vortag gebeten hatte, Socken zu tauschen. Nach meinem kleinen Zusammenbruch am Samstag hielt sie es vermutlich für wenig hilfreich, mich zum Karlsplatz zu schicken, um Eislaufen zu gehen – dorthin, wo Tom mir den Antrag gemacht hatte.

Ich war froh, dass ich meine Angststationen in der Altstadt bereits abgeklappert hatte, sodass ich mich imstande sah, diese Aufgabe tatsächlich anzugehen. Vor nicht einmal drei Wochen wäre das undenkbar gewesen, und es erfüllte mich mit Stolz, was ich in der Zwischenzeit erreicht hatte.

Natürlich wusste ich sofort, wen ich mir als Begleitung auf der Eisbahn wünschte: Erik. Das, was gestern fast zwischen uns passiert wäre, mochte mich verunsichern, doch es war gewiss kein Grund, den Kontakt abzubrechen. Erik gab mir zu viel Halt, als dass ich darauf verzichten konnte. Oder wollte.

Mit der heutigen Aufgabe blieben insgesamt nur noch vier übrig bis zum Heiligabend, und ein wehmütiges Gefühl erfasste mich, als ich daran dachte. Nach Weihnachten musste Erik wieder arbeiten, und dann gab es auch keinen Adventskalender mehr und damit keinen Vorwand, uns täglich zu sehen. In ein paar Tagen würden unsere Treffen also zwangsläufig weniger werden – eine Vorstellung, die Unbehagen, beinahe schon Angst in mir auslöste.

Mein Handy klingelte. Es war Emma.

»Hey du. Alles okay?«

»Alles prima«, antwortete ich.

»Hast du schon in den Adventskalender geschaut?«

»Habe ich.«

»Sehr gut. Und, wie sieht's aus? Sollen wir zusammen in die Stadt fahren? Natürlich können wir auch woanders Eislaufen gehen, muss ja nicht zwangsweise am Karlsplatz sein.«

Ich zögerte. »Sei mir nicht böse, aber ich habe Erik bereits gefragt. Er ... ähm, er hat mir gerade Brötchen vom Bäcker mitgebracht, als ich den Zettel aus der Socke zog.« Eine kleine Notlüge, aber ich wollte Emma nicht vor den Kopf stoßen, indem ich ihr sagte, dass ich lieber mit Erik als mit ihr ging. Ich hörte sie lächeln, als sie antwortete.

»Klar, kein Thema. Aber wir sehen uns spätestens am zweiten Weihnachtsfeiertag?«

Eine Tradition von Marie, Emma und mir – seit der Schulzeit trafen wir uns am 26. Dezember, um uns gegenseitig zu bescheren und Raclette zu machen. Die letzten beiden Jahre hatte ich abgesagt, umso mehr freute ich mich dieses Jahr darauf. »Natürlich, ich bin dabei.«

»Super. Dann bestell Erik viele Grüße und rutsch nicht aus.«

»Ich doch nicht.« Ich legte auf und hoffte, dass Erik Zeit und Lust hatte, mich zu begleiten, sonst musste ich am Ende noch allein gehen ...

Eine Viertelstunde später stand ich vor Eriks Wohnungstür, eine Tüte vom Bäcker in der Hand. Er freute sich sichtlich, mich zu sehen, was vermutlich an den gestrigen Geschehnissen lag, nach denen er wohl bezweifelt hatte, mich heute zu treffen. Nach dem Spiel waren wir in die Küche gegangen, hatten die Ente zubereitet und gemeinsam gegessen, eierten allerdings beide umeinander herum, als hätten wir in den letzten Tagen nicht so viel Zeit miteinander verbracht, sondern uns gerade erst kennengelernt. Das Ungezwungene war verschwunden und einer unbeholfenen Distanz gewichen.

Stumm hielt ich Erik den Zettel aus dem Adventskalender entgegen. Er warf einen Blick darauf; sein Lächeln vertiefte sich.

»Gib mir fünf Minuten.«

Ich schwenkte die Brötchentüte. »Warte, nicht so schnell, oder hast du bereits gefrühstückt?«

»Ehrlich gesagt nicht. Komm rein, den Kaffee habe ich schon aufgesetzt.«

Ich saß auf einer Bank am Rand der Eisbahn und ließ mir Zeit beim Zuschnüren der Schlittschuhe. Bei unserer Ankunft war ich entspannter gewesen als erwartet, aber jetzt bekam ich Muffensausen. Ich versuchte, nicht daran zu denken, wie Tom vor mir auf die Knie gegangen war, und hoffte stattdessen, mich nicht zu blamieren, sobald ich das Eis betrat. Im Eislaufen war ich nämlich nicht unbedingt die Beste; ich hatte lieber festen Boden unter den Füßen. Tom hingegen war in seinen Schlittschuhen über das Eis gelaufen wie andere Leute mit Turnschuhen auf der Straße und hatte mir Halt gegeben, wann immer ich strauchelte. Es hatte ihn einiges an Überredungskunst gekostet, mich überhaupt aufs Eis zu kriegen.

»Bereit?«, fragte Erik, der längst in Schlittschuhen vor mir stand und mir die Hand hinhielt.

Ich nickte nur und griff nach seinen Fingern, um mir beim Aufstehen helfen zu lassen. Gemeinsam staksten wir zum Eingang der Eisbahn. »Sag mal, wie gut läufst du eigentlich Schlittschuh?«

»Na ja, ganz passabel, denke ich. Warum fragst du?« Er sah mich an und grinste. »Hast du etwa Angst?«

»Angst?« Ich schüttelte den Kopf, obwohl er ins Schwarze getroffen hatte.

»Ich dachte, du machst das gern.«

Ich schnaubte. »Tom war der Eisläufer, ich habe nur mitgemacht.«

»Verstehe. Was hältst du davon, wenn wir dir so einen Pinguin besorgen?« Er deutete mit dem Kopf auf ein Kind, das eine Eislauflernfigur in Form eines Pinguins vor sich herschob. Ich stieß ihn mit dem Ellenbogen in die Seite, und er lachte leise. »Definitiv eine gewalttätige Ader, ich sag's ja.«

Erik setzte den ersten Fuß aufs Eis und hielt weiterhin meine Hand, während ich mich mit der anderen an der Absperrung festhielt und mich ebenfalls auf die Bahn wagte. Argh, es war noch rutschiger, als ich es in Erinnerung hatte. Eriks Griff wurde fester, und ich musste trotz allem lächeln. Er war wie Tom, er würde mich nicht fallen lassen.

Am liebsten hätte ich mich erst mal an der Balustrade entlanggehangelt, um mich mit dem Gefühl der glatten Kufen unter meinen Füßen vertraut zu machen, aber wie üblich standen dort jede Menge Leute herum und quatschten anstatt eiszulaufen. Warum taten sie das nicht außerhalb der Eisfläche bei einem Becher Glühwein?

»Mach dir keine Sorgen, ich halte dich fest«, sagte Erik.

Langsam löste ich meine Hand von der Umrandung und folgte ihm weiter aufs Eis, indem ich vorsichtig einen Fuß vor den anderen setzte. Wieder huschte ein Lächeln über mein Gesicht. Immer ein Schritt nach dem anderen – Eriks Tipp schien universell einsetzbar zu sein.

Ich geriet ins Rutschen, doch Erik hielt Wort und fing mich auf, bevor ich auch nur annähernd den Halt verlieren konnte.

»Vertrau mir«, sagte er, während er mich ins Zentrum zog.

Und das tat ich.

»Du wirst immer besser«, meinte Erik, als wir Hand in Hand übers Eis glitten.

Er hatte recht, und ich entwickelte tatsächlich Freude an der Sache. Ich hatte ganz vergessen, wie viel Spaß Eislaufen machen konnte, wenn man jemanden an seiner Seite hatte, der einen im wahrsten Sinne des Wortes an der Hand nahm. Inzwischen war mir nicht einmal mehr kalt. Seit Stunden liefen wir im Kreis und hatten unsere Runden nur zweimal unterbrochen, um uns zum Mittagessen einen Schokoladencrêpe zu holen und später zum Nachtisch eine heiße Schokolade zu trinken. Inzwischen dämmerte es, und zur blauen Stunde war die weihnachtliche Kulisse auf dem Karlsplatz besonders zauberhaft. Überall leuchteten Lichter: an den Rundbögen aus Tanne, die direkt an der Eisbahn sowie am Eingang zum Platz aufgebaut waren, an sämtlichen Buden und in den historischen Gebäuden wie zum Beispiel der Heidelberger Akademie der Wissenschaften, vor der sich die Eisbahn befand. Und über allem thronte das rot angeleuchtete Schloss. Dazu roch es herrlich nach Glühwein und Zuckerwatte, nach Bratwürstchen und Crêpe, und im Hintergrund lief Weihnachtsmusik. Erinnerungen an Tom wollten hochkommen, doch ich drängte sie zurück. *Nicht jetzt.*

»Und, traust du dich an eine Drehung?«, fragte Erik.

Ich schüttelte den Kopf. »Lieber nicht, lass es uns nicht übertreiben.«

»Na komm, eine Drehung nur. Danach erlöse ich dich und lade dich zum Essen ein. Du darfst das Restaurant aussuchen.«

Ich zögerte, gab aber schließlich nach. »Also gut, aber wehe, du lässt mich fallen.«

»Ich würde dich niemals fallen lassen, Leni.« Er hob seine Hand zusammen mit meiner in die Luft, und es gelang mir tatsächlich, mich einmal um mich selbst zu drehen, ohne das Gleichgewicht zu verlieren. »Na siehst du, ich wusste, dass du es schaffst.«

»Dank dir.« Ich sah ihm ins Gesicht, mein Atem bildete ein kleines Wölkchen vor meinem Mund. »In letzter Zeit habe ich vieles nur dank dir geschafft.«

Erik winkte ab. »Ach was, das hättest du auch allein hinbekommen. Ich stand dir unterstützend zur Seite, mehr nicht.«

Ich wollte ihm sagen, dass das nicht stimmte, wurde jedoch von einer Frau angerempelt, die unsicher übers Eis stolperte und für einen Moment das Gleichgewicht verlor. Ich geriet ebenfalls ins Straucheln und sah mich bereits auf dem Eis liegen, als Erik mich packte, zurück auf die Füße und in seine Arme zog. Wir schwankten beide, aber Erik fand sein Gleichgewicht schnell wieder und stabilisierte so auch meinen Stand.

»Puh, das war knapp«, sagte ich. Mein Herz klopfte viel zu schnell, sicher eine Nebenwirkung des Adrenalins ...

»Sollen wir runter vom Eis?«, fragte Erik. »Es wird langsam voll.«

Er hatte recht, trotzdem bewegte ich mich keinen Schritt. In seinen Armen fühlte ich mich so sicher wie sonst nirgends. »Warte, ich möchte dir was sagen. Habe ich mich schon bei dir bedankt?«

Erik lächelte. »Hast du.«

Ich schüttelte den Kopf. »Nicht genug, wenn man bedenkt, was du alles für mich tust. Du opferst deinen ganzen Urlaub, um mir zu helfen.«

Erik machte eine abwehrende Handbewegung. »So einen Blödsinn habe ich ja noch nie gehört. Wer opfert denn hier seinen Urlaub? Ich helfe dir gern, und ich bin gern mit dir zusammen.« Sein Blick veränderte sich, wurde ernster. »Um ehrlich zu sein, finde ich es sehr schade, dass bald Weihnachten ist, denn dann gibt es keine Aufgaben im Adventskalender mehr, die wir zusammen erledigen können.«

»Genau das Gleiche habe ich heute auch schon gedacht«, gestand ich leise.

»Leni, denkst du, wir könnten …?« Er verstummte.

»Wir könnten was?«

Sanft strich er mir eine Haarsträhne aus dem Gesicht, und dieses Mal zuckte ich nicht zurück. »Uns weiter treffen, regelmäßig. Das fände ich sehr schön.«

»Ich denke, das könnten wir.«

»Schön«, wiederholte Erik leise.

»Finde ich auch.«

Wir sahen einander in die Augen. Eine leise Stimme ganz hinten in meinem Kopf sagte mir, ich solle lieber wegsehen, wie sonst auch, doch ich tat es nicht, ebenso wenig wie Erik. Mein Herzschlag, der ohnehin aufgeregt pulsiert hatte, beschleunigte sich noch mehr, meine Handflächen wurden feucht und in meiner Magengegend stob ein ganzer Schwarm Schmetterlinge auseinander. Dieses Mal schob ich die Empfindungen jedoch nicht auf irgendwelche äußeren Umstände. Ich hatte sie ganz allein Erik zu verdanken, nichts und niemandem sonst.

Ich senkte den Blick auf seine Lippen, stellte mir vor, wie es sein würde, ihn zu küssen, nur ein einziges Mal. Und dann tat ich es, einfach so, ohne darüber nachzudenken. Ich näherte mich Eriks Mund, schloss die Augen und küsste ihn. Seine Lippen waren unglaublich weich, und er roch und schmeckte so gut. Ein warmes Gefühl durchströmte mich, als er mich näher an sich zog. Ich war mir nicht sicher, was ich erwartet hatte. Vielleicht ungestüme Leidenschaft seinerseits, doch er war sanft und vorsichtig.

Genauso vorsichtig, wie wir einander genähert und geküsst hatten, lösten wir uns Augenblicke später voneinander. Eriks Blick war prüfend. Sicher wollte er sich vergewissern, dass alles in Ordnung war, doch in seinen Augen erkannte ich etwas, das weit über Besorgnis hinausging. Es war Liebe. Erik empfand weitaus mehr als Freundschaft für mich, und das nicht erst seit heute. Und auch ich selbst konnte es nicht länger leugnen: Ich hatte mich in Erik verliebt.

Kapitel 19

Während wir einander in die Augen sahen, rasten die Gedanken durch meinen Kopf. Ich versuchte, wenigstens einen davon zu erfassen, sie zu sortieren, war jedoch zu überrumpelt von meiner neuesten Erkenntnis. Und dann ertönte aus den Lautsprechern das Intro von *Last Christmas*. Tränen schossen mir in die Augen, ich wich zurück.

»Leni, warte. Es ist okay«, begann Erik, doch ich schüttelte den Kopf.

»Du hast keine Ahnung. Nichts ist okay.«

Er wollte nach meiner Hand greifen; ich machte einen Schritt zur Seite und floh. Inzwischen tummelten sich viele Menschen auf der Eisbahn, ich musste im Slalom laufen, um zur Balustrade zu gelangen. Irgendwie schaffte ich es runter von der Eisfläche, ohne auszurutschen. Ich lief einfach weiter, bis mir ein Mann hinterherrief: »Warten Sie, Sie haben noch die Schlittschuhe an.«

So ein Mist! Ich eilte zum Verleih zurück, zog die Schlittschuhe aus und tauschte sie gegen meine eigenen

Schuhe ein, aber natürlich gelang es mir auf diese Weise nicht, vor Erik davonzulaufen.

»Leni, warte«, sagte er noch einmal, als er vor mir stehen blieb. »Lass uns darüber reden.« Seine Stimme klang sanft und ruhig.

»Da gibt es nichts zu bereden, Erik.«

»Leni. Ich verstehe ja, dass du dich jetzt schlecht fühlst ...«

Ich schluchzte auf. »Du verstehst gar nichts.«

Es war vielleicht kindisch, vor Erik zu fliehen, anstatt ihm alles zu erklären, aber ich konnte nicht anders. Nicht hier. Nicht jetzt.

Erik zu küssen und mir einzugestehen, dass ich mich in ihn verliebt hatte, ausgerechnet an dem Ort, an dem Tom um meine Hand angehalten hatte – wie hatte ich das nur tun können?

Ich lag auf meinem Bett und weinte so heftig, dass ich am ganzen Körper zitterte. Ich hatte mich in Erik verliebt. Ich hatte mich tatsächlich in Erik verliebt, und ich fühlte mich grauenvoll dabei. Wie hatte das passieren können? Wann war es passiert? Und wann hatte Erik sich in mich verliebt?

Ich kannte die Antworten auf all diese Fragen: Es hatte sich angedeutet, immer und immer wieder; ich hatte es mir nur nicht eingestehen wollen. Seine intensiven Blicke, bestimmte Gesten, was er gesagt hatte ... *Ich freue mich für dich und bin sehr stolz, dass du es erneut versucht und sogar geschafft hast ... Ich hänge gern mit dir herum ... Was, wenn die*

Frau bereits verliebt oder nicht bereit für eine Beziehung ist? Erik hatte für mich gekocht, hatte nach Vorwänden gesucht, um noch mehr Zeit mit mir verbringen zu können, und war enttäuscht gewesen, wenn ich etwas anderes vorgehabt hatte. Und mir war es nicht anders gegangen. Auch ich hatte immer mehr Zeit mit ihm verbringen wollen – und mir eingeredet, es hätte lediglich mit dem Adventskalender zu tun.

Ich dachte an den Kuss, und dann dachte ich an den Heiratsantrag, den Tom mir gemacht hatte. Sechs Jahre war es inzwischen her, doch ich erinnerte mich an jenen Tag, als wäre es erst gestern gewesen.

»Nun komm schon, Leni, sei nicht so ein Hase«, hatte Tom zu mir gesagt.

Ich hatte aufgeschrien und gelacht, als er mich einfach aufs Eis gezogen hatte, doch ich hatte ihn so sehr geliebt und ihm vertraut, dass ich mich nicht länger wehrte. Wir liefen Runde um Runde, und ich wurde immer sicherer, während die blaue Stunde heraufzog. Angesichts des wunderschönen Ambientes vergaß ich schließlich sogar meine Angst.

»Habe ich zu viel versprochen?«, fragte Tom.

Liebevoll lächelte ich ihm zu. »Nein, hast du nicht. Es ist toll.« Ich ließ mich von ihm übers Eis ziehen und atmete den wunderbaren Duft nach Glühwein und Zuckerwatte, Bratwürstchen und Crêpe ein.

Ich hätte ewig so weiterlaufen können, doch dann verlor Tom das Gleichgewicht und fiel auf die Knie. Bevor ich ihn erschrocken fragen konnte, ob alles in Ordnung war, hielt er plötzlich ein kleines blaues Kästchen in der Hand und klappte es auf. Ein Ring aus Weißgold mit einem quadratischen Stein kam zum Vorschein. Ich starrte darauf, dann zu Tom, der mich anstrahlte.

»Weißt du noch, wie wir uns vor genau einem Jahr auf dem Marktplatz an der Pyramide kennengelernt haben? Ich wusste sofort, dass du die Richtige bist. Ich liebe dich, und ich möchte mit dir zusammen alt werden. Möchtest du auch mit mir alt werden, Leni? Willst du mich heiraten?«

Während er das sagte, begann im Hintergrund *Last Christmas* zu laufen. Später hatte Tom mir erzählt, dass er das Lied gewissermaßen beim Betreiber der Eisbahn bestellt hatte.

»Ja. Ja, ich will mit dir alt werden, und ich will dich heiraten. Nichts lieber als das!« Ich war ihm um den Hals gefallen, er hatte mir den Ring angesteckt, und dann hatten wir uns geküsst.

Ich schluchzte auf. Ich hatte Tom versprochen, mein Leben mit ihm zu teilen, und nur sechs Jahre später küsste ich an genau derselben Stelle einen anderen Mann, nachdem ich den Ehering abgelegt und fast sämtliche Beweise für Toms Existenz aus meiner Wohnung verbannt hatte. Das hätte nicht passieren dürfen. Ich hatte Tom verraten.

Es klingelte an der Tür, doch ich hatte nicht die Kraft nachzusehen, wer davorstand, und ich hatte schon gar keine Kraft für irgendwelche Diskussionen oder Erklärungen. Stattdessen rappelte ich mich mühsam auf, um Toms Fotos zurück an ihre Plätze zu stellen. Anschließend zog ich meinen neuen Ring ab, legte ihn in die Schatulle und steckte mir den Ehering auf den Finger. Neuanfang – was für eine dämliche Idee.

Es klingelte schon wieder an meiner Tür. Wer es wohl war? Marie, Emma oder Erik? Ich nahm an, dass es inzwischen jeder von ihnen versucht hatte, denn seit gestern Nachmittag hatte es immer wieder geläutet. Auch mein Handy hatte beständig Töne von sich gegeben, weil Anrufe oder Nachrichten eingegangen waren, bis ich es irgendwann auf stumm gestellt hatte. Erik musste wie beim letzten Mal Marie und Emma eingeweiht haben, aber dieses Mal war es anders. Ich wollte niemanden um mich haben. Ich wollte allein sein.

Fast die ganze Nacht hatte ich geweint und mich grauenvoll gefühlt. Und nun sah ich auch noch schrecklich aus, was allerdings keine Rolle spielte, weil ich nicht vorhatte, die Tür zu öffnen. Trotzdem schleppte ich mich aus dem Schlafzimmer in den Flur.

»Leni? Leni, bist du da?« Es war Emma. Sie klingelte nicht erneut, klopfte jedoch gegen die Wohnungstür. Nein, sie hämmerte regelrecht dagegen.

»Lass mich in Ruhe!«, rief ich.

»Das hättest du wohl gern. Lass mich rein.«

»Warum?« Ich schluchzte auf, lehnte mich mit dem Rücken gegen die geschlossene Tür und rutschte an ihr hinunter. »Du kannst mir nicht helfen, niemand kann das.«

»Red nicht solch einen Blödsinn. Ich habe dir bereits geholfen.«

»Ich möchte aber allein sein, Emma. Bitte akzeptier das.« Ich hörte sie seufzen.

»Warum machst du es mir so schwer?«

»*Ich* mache es *dir* schwer?«, fragte ich, plötzlich wütend. »Was hat mir denn die Sache mit dem Adventskalender eingebracht? Ärger. Nichts als Ärger.«

»Leni, du übertrei–«

»Es war eine Schnapsidee«, warf ich ihr an den Kopf. »Ich hätte mich von vornherein nicht von euch dazu überreden lassen dürfen.«

»Es war *keine* Schnapsidee«, meinte Emma bestimmt. »Du hast deine Sache gut gemacht, und anscheinend war es genau der Anstoß, den du gebraucht hast. Ich meine, du hast dich neu verliebt. Ist das nicht großartig?«

»Nein, ist es nicht. Ich wollte mich nicht neu verlieben«, hörte ich mich selbst schreien, bevor ich heftig zu weinen anfing.

»Leni, ich verstehe dich nicht. Du hast Schuldgefühle und fühlst dich grauenvoll, weil du genau dort, wo du Tom ein Versprechen gegeben hast, einen anderen Mann geküsst hast. Okay, das mag ich einsehen. Aber werden dich diese Gefühle weiterbringen? Nein, werden sie nicht. Hak sie ab und freu dich lieber.«

»Du hast keine Ahnung«, sagte ich so leise, dass ich nicht sicher war, ob Emma mich hörte. »Ich bin eine Verräterin, ich hätte Erik niemals küssen dürfen.«

»Red nicht so einen Unsinn, Leni. Du hast jedes Recht dazu, dein Leben weiterzuleben; dich neu zu verlieben. Ich weiß, dass du Tom geliebt hast und mit ihm alt werden wolltest, aber Tom ist nicht mehr da. *Er ist nicht mehr da.* Es ist schrecklich, grauenvoll, unfair, trotzdem lässt sich nichts daran ändern. Es ist, wie es ist. Es ist, was es ist, sagt die Liebe«, zitierte sie das Gedicht von Erich Fried, das wir beide und Marie schon zu Schulzeiten gemocht hatten.

Ich schüttelte den Kopf. »Ich hätte mich nie auf die Sache mit dem Adventskalender einlassen dürfen. Dann hätte ich nicht so viel Zeit mit Erik verbracht und mich nie in ihn verlieben können.«

»Herrgott, Leni!« Emma hatte hörbar Mühe, sich zu beherrschen. »Du hast dich in Erik verliebt, so what? Es ist okay, denn es heißt nicht, dass du Tom hintergehst, und es schmälert auch deine Liebe zu ihm nicht. Es bedeutet, dass du bereit bist, einen Schritt weiterzugehen, deine Trauer zu überwinden. Nimm dir meinetwegen Zeit, wenn du mehr brauchst, aber unterdrück deine Gefühle nicht.«

»Lass mich jetzt allein, Emma«, bat ich meine Freundin erneut, während ich kraftlos in mich zusammensank. Die Tränen waren versiegt; nicht mal zum Weinen reichte meine Energie noch.

Es herrschte Schweigen, doch ich hörte keine Schritte, die sich entfernten. Schließlich fragte Emma: »Sehen wir uns am zweiten Weihnachtsfeiertag?«

»Ich weiß es nicht, und jetzt lass mich in Ruhe.«

Ich hatte keine Lust, mir weiterhin Emmas Vorwürfe anzuhören. Was wusste sie schon? Es war falsch gewesen, es war alles falsch gewesen. Nicht nur, dass ich mich in Erik verliebt hatte, auch die Sache mit dem Adventskalender und der ganzen Vorfreude auf Weihnachten. Die Adventszeit war für Tom und mich etwas Besonderes gewesen, und dann hatte ich ausgerechnet zu dieser Zeit des Jahres mit ansehen müssen, wie er immer schwächer geworden war. Seinen letzten Atemzug hatte er nicht an irgendeinem Tag im Jahr getan, sondern an Heiligabend. Versuchte ich ernsthaft, nach dieser Erfahrung noch Freude an all dem Weihnachtszauber zu empfinden? Was hatte ich mir nur dabei gedacht?

»Mach nicht den Fehler und zieh dich erneut zurück, Leni«, sagte Emma noch. Dann waren endlich die sich entfernenden Schritte zu hören.

»Leni? Können wir kurz miteinander reden?«

Diesmal war es Erik, der vor meiner Tür stand. Einen Moment spielte ich mit dem Gedanken, ihn zu ignorieren, aber das konnte ich nicht. Auch wenn er mich und meine Gefühle vielleicht nicht verstehen würde, so schuldete ich ihm zumindest eine Erklärung.

Es war der 23. Dezember, ein Tag vor Heiligabend. Keine Ahnung, wie ich die Stunden bis jetzt verbracht hatte. Ich hatte Unmengen an Tee getrunken, der allerdings nicht vermochte, mich von innen zu wärmen, und ich hatte wohl auch mal eine Scheibe Brot gegessen. Ansonsten hatte ich viel geschlafen, versucht, nicht nachzudenken, und mir einen Film nach dem anderen angesehen – keine Weihnachtsfilme und keine Liebesromanzen, sondern Actionfilme, die mich nicht an das erinnerten, was passiert war. Immerhin hatte ich inzwischen mal wieder geduscht und mich angezogen. Die Wohnung hatte ich nach wie vor nicht verlassen und auch niemanden hereingelassen.

Emma blieb hartnäckig; immer wieder rief sie an, schrieb Nachrichten oder stand vor meiner Tür. Einerseits war es ein schönes Gefühl, dass ich ihr so viel bedeutete, andererseits fehlte mir die Kraft, mich einem erneuten Gespräch zu stellen. Ihre Vorwürfe waren mir zu viel, ich konnte nicht damit umgehen. Daher schrieb ich ihr, sie solle mir Zeit geben. Irgendwann würde sie es hoffentlich akzeptieren.

Mit Marie führte ich ein kurzes Telefonat, weil ich es nicht übers Herz brachte, sie abzuweisen. Sie ging deutlich einfühlsamer vor als Emma, im Grunde war sie jedoch der gleichen Meinung wie alle anderen: Ich hatte jedes Recht auf eine neue Liebe, bla, bla, bla. Auch sie fragte mich, ob wir uns Weihnachten sehen würden, und ich gab ihr die gleiche Antwort wie Emma. Ich wusste es nicht. Seitdem ließ mich Marie in Ruhe, sie hatte lediglich eine Nachricht geschrieben, in der sie mich bat, mir das mit Heiligabend zu überlegen. Ich rechnete es ihr hoch an, dass sie mich nicht zu einem Gespräch unter vier Augen zwang, wozu sie durchaus in der Lage gewesen wäre, da sie einen Ersatzschlüssel für meine Wohnung besaß und sich jederzeit hätte Zugang verschaffen können.

Meine Eltern meldeten sich nicht bei mir, weshalb ich davon ausging, dass ihnen niemand Bescheid gegeben hatte, und tatsächlich hatte auch Erik mich in Ruhe gelassen. Bis jetzt.

Vorsichtig öffnete ich die Tür und begegnete seinem

Blick. Es war seltsam, ihm gegenüberzustehen – das erste Mal, seit mir klar geworden war, was ich für ihn empfand. Tausend Gefühle drohten gleichzeitig auf mich einzuprasseln, doch ich ließ ihnen keinen Raum.

Erik sah aus, als hätte er wie ich die letzten beiden Nächte kaum geschlafen. Er war blass und hatte Augenringe. Es musste ihn einiges an Überwindung gekostet haben, mir Zeit zu lassen, bevor er sich meldete, aber es war die beste Entscheidung gewesen. Gestern noch hätte ich mich nicht imstande gesehen, mit ihm zu reden. Unglaublich, wie gut er mich inzwischen kannte.

»Danke, dass du mit mir redest. Das bedeutet mir viel.«

Ich hätte ihm gern gesagt, dass es selbstverständlich war, brachte jedoch keinen Ton über die Lippen. Nicht mal ein Lächeln gelang mir, und ebenso wenig schaffte ich es, beiseitezutreten, um ihn hereinzulassen. Also nickte ich nur.

»Ich möchte dich um Verzeihung bitten«, sagte Erik. »Es tut mir sehr leid. Wir hatten uns aus gutem Grund darauf geeinigt, nur Freunde zu sein, und ich habe die Regeln gebrochen. Das war nicht fair, gerade jetzt, wo es auf Heiligabend zugeht und du besonders viel Unterstützung brauchst.«

Ich schluckte. Damit hatte ich nicht gerechnet. Ich war davon ausgegangen, dass Erik ins selbe Horn blasen würde wie Marie und Emma, die mir zwar Trauer und Schmerz zugestanden, in ihrer Fürsorge jedoch – beabsichtigt oder nicht – jedes Mal ein »aber« mitschwingen ließen. *Aber* irgendwann musst du darüber hinwegkommen. *Aber* so kann das nicht ewig gehen. *Aber* Tom hätte das nicht gewollt. Dieses Argument hasste ich am meisten. Als wüsste ich das nicht selbst. Als suchte ich mir meine Gefühle aus.

Ich blickte zu Erik auf. »Ich habe die Regeln genauso gebrochen.«

Er zog die Augenbrauen hoch. »Wie meinst du das? Weil du mich geküsst hast?«

»Das, und weil ich mich auch in dich verliebt habe.« *Auch.* Er hatte es zwar nicht gesagt, aber das brauchte er nicht. Wir wussten beide, was er für mich empfand, und es gab keinen Grund, so zu tun, als wäre es nicht so.

Erik sah mich überrascht an. »Du hast dich in mich verliebt?«

Er hatte es also tatsächlich nicht mitbekommen? Einen Augenblick lang bereute ich, es ihm gesagt zu haben, andererseits wäre es nicht fair gewesen, ihn als Buhmann hinzustellen. »Es ist nicht deine Schuld«, sagte ich. »Das, was passiert ist, meine ich. Du hast nichts falsch gemacht.«

»Okay.« Erik sah mich einen Moment nur an, und ich rechnete es ihm hoch an, dass er mich nicht fragte, wo das Problem lag, wo wir doch offensichtlich beide das Gleiche füreinander empfanden. Dass er keinen Satz mit *aber* formulierte. »Und nun?«

»Habe ich dir schon mal erzählt, wie Tom und ich uns verlobt haben?«, fragte ich und wartete seine Antwort nicht ab. »Wir waren eislaufen, auf dem Karlsplatz. Es dämmerte, es roch nach Glühwein und Zuckerwatte, und es lief *Last Christmas* im Hintergrund.«

»Oh.«

Er verstand, und ich nickte. Trotzdem hatte ich das Gefühl, ihm noch mehr erklären zu müssen. »Ich hätte dich nicht küssen dürfen, ich weiß auch nicht, warum ich es getan habe. Oder ... Im Grunde weiß ich es schon, aber es ändert nichts. Wir können nicht zusammen sein.«

»Wegen Tom.« Es war eine Feststellung.

»Wegen Tom«, wiederholte ich. »Es ist eine Sache, mich für die Adventszeit zu öffnen und Freude daran zuzulassen. Es ist jedoch etwas völlig anderes, mich wieder auf einen Mann einzulassen. Ich bin einfach noch nicht bereit dafür. Das geht zu schnell.«

Erik nickte. »Das verstehe ich, vielleicht hättest du insgesamt alles etwas langsamer angehen lassen sollen. Wobei man theoretisch argumentieren könnte, dass du dich offensichtlich bereit für einen Neuanfang fühlst, wenn du diese Empfindungen hast.«

»Umgekehrte Psychologie?«, fragte ich skeptisch, doch Erik schüttelte den Kopf.

»Nein, ganz und gar nicht. Ich verstehe dein Dilemma absolut. Du hast diese Empfindungen, daran lässt sich nichts ändern, und es ist verständlich, dass du sie nicht haben willst. Du musst dich grauenvoll fühlen. Mich zu küssen, ausgerechnet dort, wo Tom dir den Antrag gemacht hat ... Und dann war auch noch alles genauso wie damals. Es tut mir leid, Leni. Ich hätte ... Ich weiß auch nicht, aber ich wünschte, ich hätte dich nicht in diese Situation gebracht. Wir hätten woanders eislaufen gehen sollen.«

»Das hätte nichts geändert, Erik, früher oder später wäre ich mir meiner Gefühle für dich so oder so bewusst geworden. Und hör bitte auf, so zu reden. Immerhin habe *ich* dich geküsst, nicht du mich. Mir tut es leid, dass ich dich ausgenutzt habe.«

Erik seufzte. »Das hatten wir doch schon – du hast mich nicht ausgenutzt.«

Warum fühlte es sich dann so an? »Wir hätten einfach nicht so viel Zeit miteinander verbringen dürfen«, sagte ich leise.

»Vielleicht nicht. Aber es war sehr schön.«

»Das war es«, gab ich zu. »Trotzdem. Es hat alles verkompliziert. Ich habe gleich gesagt, dass ich noch nicht bereit für etwas Neues bin.«

»Ich weiß, Leni, ich weiß.«

Eine Weile sahen wir einander an, beide in unsere Gedanken vertieft. Eriks Blick wanderte zu meiner Hand, als ich mir die Haare aus dem Gesicht strich. Ich konnte mir vorstellen, was ihm durch den Kopf ging, als er meinen Ehering bemerkte, und es tat mir leid. Als ich ihn geküsst hatte, hatte ich ihm mit Sicherheit für zumindest einen kurzen Augenblick Hoffnung gemacht – und nun das. Die Aufgaben, die ich erledigt hatte, konnte ich nicht rückgängig machen; indem ich jedoch den Ehering wieder trug und Toms Bilder erneut in der ganzen Wohnung verteilt hatte, war klar, wie ich zu der ganzen Sache stand.

Als hätte er meine Gedanken gelesen, sah Erik an mir vorbei in den Flur; seine Augen suchten und fanden Toms Foto, das bis auf wenige Tage seit zwei Jahren auf der Kommode im Flur stand. Er sagte nichts, weder zum Ring noch zum Bild. Stattdessen fragte er erneut: »Und nun? Was hast du vor? Wirst du Weihnachten mit deiner Familie feiern?«

»Ich weiß es nicht.«

»Verstehe. Es geht mich nichts an, aber darf ich dir trotzdem einen Rat geben? Verbring den Tag morgen nicht allein. Das wird nichts ändern, und du wirst dich nur schlecht fühlen.«

»Ich denke darüber nach«, sagte ich. »Tut mir leid, Erik.«

Er schüttelte den Kopf. »Das muss es nicht. Ich würde lügen, wenn ich behaupten würde, ich hätte diesen Ausgang gewollt. Ich mag dich, und ich würde mir wünschen, dass du wieder glücklich wirst. Aber wenn du noch nicht bereit dazu bist, dann ist das so.«

»Danke, Erik. Ich wünsche dir ein schönes Weihnachtsfest.«

»Das wünsche ich dir auch.«

Ich nickte und verbarrikadierte mich erneut in meiner Wohnung. Einen Moment lehnte ich mich mit geschlossenen Augen gegen die Tür. Es war gut gelaufen, wenn man das überhaupt so sagen konnte. Warum fühlte ich mich dann noch grauenvoller als vorher?

Ich hatte nicht damit gerechnet, dass Erik so viel Verständnis für mich zeigen würde, und hatte mich innerlich dafür gewappnet, ihm zu erklären, warum ich mich nicht ganz und gar auf ihn einlassen konnte, weder heute noch morgen. Aber er hatte mich nicht einmal gebeten, mir Zeit zu nehmen, um mir noch mal alles in Ruhe zu überlegen. Dabei hätte er die Argumente auf seiner Seite gehabt. Schließlich hatte er nicht unrecht: Die Gefühle waren da, das musste etwas zu bedeuten haben. So hätte man argumentieren können, so hatte Emma argumentiert, aber so einfach war es eben nicht, und Erik verstand das.

Ich blickte hinüber zu Toms Bild. Mein Herz war vielleicht bereit dafür, sich auf einen neuen Mann einzulassen, mein Kopf war es jedoch nicht.

Seltsam. War es normalerweise nicht genau andersherum?

Kapitel 20

*I*ch stand vor der Haustür, meine Hand schwebte über dem Klingelknopf, aber ich schaffte es nicht, ihn zu drücken. *Nun komm schon*, sprach ich mir selbst Mut zu. Ich war extra nach Mannheim gefahren. Es wäre schade, wenn ich unverrichteter Dinge heimfahren würde. Außerdem war es an der Zeit, meinen ehemaligen Schwiegereltern mal wieder einen Besuch abzustatten. Morgen war Toms Todestag, und ich hatte sie seit dem Sommer nicht mehr gesehen. Dennoch gelang es mir einfach nicht, die Klingel zu betätigen.

Gerade als ich mit dem Gedanken spielte, es in ein paar Tagen noch einmal zu versuchen, öffnete sich die Haustür, und Toms Mutter stand mir gegenüber. Vermutlich hatte sie mich aus dem Küchenfenster gesehen. Ihr Anblick versetzte mir einen Stich – Tom war ihr wie aus dem Gesicht geschnitten gewesen.

Sie hatte sich verändert, seit ich sie zuletzt gesehen hatte. Ihre Haare hatten mehr graue Strähnen als noch vor einem halben Jahr, dafür war ihr Gesicht nicht mehr ganz so blass, und sie wirkte auch nicht mehr so ausgemergelt, obwohl sie immer noch schlank war.

Als sie mich erblickte, lächelte sie und schloss mich wortlos in ihre Arme. Ich begann hemmungslos zu schluchzen.

»Du siehst gut aus«, sagte ich, nachdem ich mich wieder gefangen hatte und wir mit Kaffee und selbst gebackenen Weihnachtsplätzchen im Wohnzimmer saßen.

»Danke, ich fühle mich auch gut«, antwortete Cornelia.

»Obwohl morgen Weihnachten ist?«

»*Weil* morgen Weihnachten ist. Der 24. Dezember war auch mal dein Lieblingstag im Jahr, Leni.«

»Das stimmt, aber das war, bevor …«

»Bevor Tom uns verlassen hat.« Cornelia nickte. »Ich weiß, Liebes. Weihnachten wird nie wieder dasselbe sein. So ist das manchmal im Leben; es muss trotzdem weitergehen.«

Nun fing sie auch noch damit an. Seufzend schloss ich für einen Moment die Augen. »Wie kann ich denn weitermachen? Wie hast *du* es geschafft?« Ganz offensichtlich hatte sie den Tod ihres Sohnes zumindest halbwegs überwunden, sonst würde sie nicht so einen blendenden Eindruck machen.

»Es war ein hartes Stück Arbeit, das gebe ich zu, und ich leide immer noch unter dem Verlust meines einzigen Kindes. Allerdings habe ich eingesehen, dass ich nicht ewig trauern kann. Damit mache ich mich nur unglücklich, und es bringt mir meinen Tom nicht zurück.«

»Hast du deshalb das Bild abgenommen?«, fragte ich.

Mir war sofort aufgefallen, dass das große Foto von Tom, das seit seinem Tod über dem Sofa gehangen hatte, verschwunden war.

Cornelia nickte. »Vorübergehend. Ich werde es wieder aufhängen, keine Sorge, aber tatsächlich hat es mir nicht geholfen, es jeden Tag ansehen zu müssen. Im Gegenteil, es hat den Schmerz und die Trauer beständig wieder hochkommen lassen. Und ich brauche das Bild nicht, um Tom weiterhin in meinem Herzen zu haben.«

Ich nahm mir eine Nussmakrone und knabberte gedankenverloren daran herum. Sie sagte das so einfach. Es war ja nicht so, dass ich nicht ebenfalls versucht hatte, Toms Fotos wegzuräumen.

»Du trägst deinen Ehering noch«, stellte Cornelia fest und trank einen Schluck Kaffee.

»Wieder«, gestand ich. »Tatsächlich hatte ich ihn für kurze Zeit abgelegt.«

Cornelia nickte, sagte überraschenderweise jedoch nichts dazu. »Liebes, es hilft, wenn du nicht permanent an die Vergangenheit erinnert wirst, sondern normal weiterlebst, als wäre nie etwas gewesen. Auch wenn es sich zu Beginn falsch anfühlt.«

»Völlig falsch«, fiel ich ihr ins Wort.

»Natürlich«, stimmte sie zu. »Das muss so sein, aber davon darfst du dich nicht unterkriegen lassen. Immer weitermachen, und irgendwann wird es leichter. In deinem Fall bedeutet das, dass du den Ehering abnehmen und die Bilder von Tom wegstellen solltest, und dann tust du das, was du früher gern gemacht hast, ohne dabei ein schlechtes

Gewissen zu verspüren. Ich weiß auch nicht: ins Kino gehen, auf den Weihnachtsmarkt, Plätzchen backen ... solche Dinge.«

»Das habe ich versucht, Cornelia.« Ich legte die nur angeknabberte Nussmakrone auf den Rand meiner Untertasse. »Ich habe den Ehering abgelegt, und ich habe bis auf eines alle Bilder von Tom weggeräumt. Marie und Emma haben mir außerdem einen Adventskalender gebastelt und mir jeden Tag eine weihnachtliche Aufgabe gestellt, um mir zu helfen, wieder Gefallen an dieser Zeit zu finden. Es war nicht leicht, sich darauf einzulassen, aber selbst das habe ich getan.«

»Das klingt doch gut«, meinte Cornelia. Aufmunternd sah sie mich an, doch ich wusste nicht, wie ich ihr das Weitere erklären sollte. Hörbar atmete sie aus. »Leni, warum trägst du deinen Ehering jetzt wieder?«

Ich schüttelte den Kopf. »Frag mich das bitte nicht. Das kann ich dir nicht sagen.« Meine Stimme war leise, und ich senkte den Blick, weil ich Toms Mutter nicht länger in die Augen schauen konnte.

Sie stellte ihre Tasse samt Untertasse auf den Tisch. »Leni, du kannst mir alles sagen, und du kannst mit mir über alles reden. Daran hat sich nichts geändert.«

»Ich weiß, aber ...« Mehr brachte ich nicht heraus; Tränen sammelten sich in meinen Augen. Ich konnte doch meiner Schwiegermutter – auch wenn sie es rein technisch gesehen nicht mehr war – nicht erzählen, dass es einen neuen Mann gab, der meine Gefühlswelt komplett durcheinandergebracht hatte.

»Geht es um einen Mann?«, fragte sie.

Tja, sie hatte schon immer den sechsten Sinn gehabt. Einen Moment überlegte ich, den Kopf zu schütteln, wollte sie jedoch nicht anlügen, also nickte ich. Ich schuldete ihr die Wahrheit, und tief in meinem Herzen wusste ich, dass ich genau deshalb gekommen war. Um ihr die Wahrheit zu beichten und sie um Entschuldigung zu bitten.

»Ich habe mich verliebt«, gestand ich und schluchzte auf.

»Ach, Leni.« Cornelia erhob sich von ihrem Sessel, setzte sich neben mich aufs Sofa und legte einen Arm um mich. »Das ist doch kein Grund zum Weinen, im Gegenteil. Ich freue mich für dich.«

Jetzt schüttelte ich doch den Kopf. »Nein, es ist falsch. Ganz und gar falsch.«

»Warum? Wegen Tom?«

»Natürlich wegen Tom. Ich habe ihn geliebt, ich liebe ihn noch.«

»Aber Liebes.« Sie streichelte mir über den Kopf, wie sie es auch damals auf der Beerdigung getan hatte. »Solange Tom einen Platz in deinem Herzen haben wird – und das wird er, das wissen wir beide –, ist es in Ordnung, wenn du dich neu verliebst. Tom hat dich glücklich gemacht, aber Tom ist nicht mehr da, um dich weiterhin glücklich zu machen. Also ist es völlig legitim, wenn ein neuer Mann diese Aufgabe übernimmt. Fühl dich deshalb nicht schlecht.«

Ich wusste nicht, warum ich unbedingt wollte, dass Cornelia sauer auf mich war; es fühlte sich falsch an, dass sie mit einer neuen Liebe in meinem Leben einverstanden war. Deshalb sagte ich: »Du kennst ihn sogar. Erik von der

Intensivstation der Uniklinik. Erinnerst du dich an ihn? Braune Haare, blaue Augen, groß.«

»Und äußerst sympathisch.« Cornelia lächelte. »Natürlich erinnere ich mich an den jungen Mann. Er hat sich wunderbar um Tom gekümmert.«

»Das hat er«, gab ich zu und fragte mich insgeheim, warum Toms Mutter immer noch so gelassen war. Wenn ich mir vorstellte, meine Schwiegertochter würde sich nach dem Tod meines Sohnes in einen anderen Mann verlieben, und das nach nur zwei Jahren ... Aber Cornelia war, seit ich sie kannte, ein verständnisvoller Mensch, an den ich mich mit Problemen jeder Art wenden konnte, selbst wenn sie Tom betrafen. Sie hatte nie von vornherein Partei für ihren Sohn ergriffen, sondern sich stets erst beide Seiten angehört.

Geräuschvoll atmete ich aus. »Ich verstehe das einfach nicht.«

Sie sah mich an. »Was? Dass ich nicht sauer auf dich bin?« Ich nickte, und sie lachte. »Aber Leni, warum sollte ich sauer auf dich sein? Weil du beschlossen hast, nicht für den Rest deines hoffentlich noch sehr langen Lebens unglücklich zu sein? Wie könnte ich? Es fühlt sich seltsam an, das gebe ich zu, aber ich freue mich trotzdem für dich; sehr sogar. Und du solltest aufgrund deiner Gefühle weder ein schlechtes Gewissen noch Schuldgefühle haben.«

»Hm«, machte ich nur, weil ich nicht wusste, was ich dazu sagen sollte. Ich hätte mich freuen oder zumindest erleichtert sein sollen, stattdessen fühlte ich mich verwirrt. Und dann hörte ich im Flur Geräusche. Toms Vater schien nach Hause gekommen zu sein.

»Hallo, ich bin wieder da!«, rief er.

»Kein Wort zu Uwe«, sagte ich schnell zu Cornelia und warf ihr einen flehenden Blick zu.

Sie nickte und rief: »Schau mal, wer zu Besuch gekommen ist, Uwe!«

Heiligabend. Für einen Wimpernschlag verspürte ich das gleiche Gefühl wie als Kind, wenn ich am Morgen des 24. Dezember aufwachte: Dieser Tag war besonders, und das nicht wegen der Geschenke. Ich hätte es nur schwer erklären können, aber für mich hatten die Stunden des 24. Dezembers seit jeher etwas Magisches an sich. Es herrschte eine ganz spezielle Stimmung, die einzigartig war.

Leider verflog dieses Gefühl an diesem Morgen des Heiligen Abend viel zu schnell, und Trauer und Schmerz übernahmen erneut die Kontrolle über mich. Es war wie zu Beginn der Adventszeit, bevor ich den Adventskalender von Marie und Emma bekommen hatte, nur noch heftiger. Heute vor genau zwei Jahren hatte Tom seinen letzten Atemzug getan.

Ich ließ die vergangenen Wochen Revue passieren. Wenn ich ehrlich zu mir selbst war, hatte es sich gut angefühlt, nicht mehr ständig von Trauer und Schmerz regiert zu werden. Wenn ich mich nur nicht verliebt hätte …

Seufzend ging ich ins Arbeitszimmer und blieb vor dem Adventskalender stehen, dessen letzte Aufgaben unerfüllt auf mich warteten. Seit dem Desaster auf dem Karlsplatz hatte ich die übrig gebliebenen Socken ignoriert und zwischenzeitlich sogar überlegt, sie ungeöffnet zu entsorgen.

Allerdings konnte ich eine leise Neugier nicht leugnen, und so griff ich nach den Strümpfen, fischte die letzten drei Zettel heraus und las sie nacheinander.

22. Dezember:
Bastle dir eine Schneekugel mit einem Selfie,
auf dem du lächelst.

23. Dezember:
Schmück den Weihnachtsbaum,
ganz ohne Stress und Hektik.

24. Dezember:
Zünde eine Kerze für all diejenigen an,
die dieses Jahr nicht bei dir sein können,
und verleb ein wunderschönes Weihnachtsfest
mit deinen Lieben.

Ich schluckte. Die Kerze zündete ich auf jeden Fall an, denn natürlich würde ich gleich Toms Grab besuchen. Für die Schneekugel war ich jetzt wohl etwas spät dran, denn ich hatte nicht vor, mich heute noch unter die Last-Minute-Geschenke-Shopper in der Innenstadt zu mischen. Hätten Marie und Emma mir nicht auftragen können, einen weiteren Weihnachtsfilm zu schauen? Die Aufgabe hätte ich einfach abhaken können, schließlich hatten Erik und ich an jenem Abend zwei Filme hintereinander angesehen.

Was den Weihnachtsbaum und das Weihnachtsfest mit meinen Lieben betraf, hatte ich keine Ahnung, wie ich mich verhalten sollte. Im Moment verspürte ich das Bedürfnis, mich zu Hause einzuigeln, was lediglich bedingt funktionierte, wenn ich auf den Friedhof gehen wollte; abgesehen davon, dass ich noch einkaufen musste. Dummerweise hatte ich es bis jetzt aufgeschoben und würde nicht über die Feiertage kommen mit dem, was sich im Kühlschrank befand. So was Dämliches! Es würde mit Sicherheit voll werden im Supermarkt, auch wenn es irgendwie zu den Feiertagen dazugehörte, wegen einer vergessenen Kleinigkeit zwanzig Minuten an der Kasse zu warten.

Je näher ich Toms Grab kam, desto langsamer wurde ich. Die Schuldgefühle, die ich ihm gegenüber verspürte, fielen an diesem Ort so heftig über mich her, dass sie körperlich schmerzten. Seit ich mir meiner Gefühle für Erik bewusst geworden war, hatte ich mich nicht hierhergetraut, obwohl ich starke Sehnsucht nach Tom verspürte, die erfahrungsgemäß etwas nachließ, wenn ich vor seinem Grab stand, mich um die Pflanzen kümmerte und mit ihm sprach. Vor allem aber hatte ich das Bedürfnis, ihm alles zu erklären und mich bei ihm zu entschuldigen, wie ich es bei Cornelia getan hatte.

Schließlich blieb ich vor seinem Grab stehen, und sofort füllten sich meine Augen mit Tränen. Ich ging in die Hocke, um mich Tom näher zu fühlen und um das Grablicht anzuzünden. Eine Weile betrachtete ich die flackernde Flamme, die diesen trüben Tag kaum heller erscheinen ließ, und konzentrierte mich auf meine Atmung, um nicht an Ort und Stelle zusammenzubrechen.

»Es tut mir so leid, Tom«, flüsterte ich. »Du hast sicher alles mitbekommen – die Sache mit dem Adventskalender und die Geschichte mit Erik. Ich weiß nicht, wie das passieren konnte. Ganz bestimmt habe ich es nicht darauf angelegt, mich zu verlieben. Wie könnte ich? Ich bin überhaupt nicht bereit dafür.« Kopfschüttelnd kramte ich ein Taschentuch hervor und putzte mir die Nase. »Du bist bestimmt sauer auf mich oder enttäuscht von mir, und ich kann es dir nicht verdenken. Alle um mich herum sagen mir zwar, es wäre okay, wenn ich nicht ewig trauere, sogar deine Mutter, aber wie kann es richtig sein? Sag mir das. Ich weiß nicht, was ich machen soll, Tom. Darf ich ganz, ganz ehrlich zu dir sein? Es hat sich schön angefühlt, nicht permanent traurig zu sein, aber ich will dir nicht das Gefühl geben, du hättest mir nichts bedeutet, denn das stimmt nicht. Ich habe dich so sehr geliebt, ich liebe dich noch. Tom. Ach, Tom. Warum? Warum nur musstest du mich verlassen? Es ist so unfair.«

»Das ist es«, sagte eine Stimme hinter mir.

Ich zuckte zusammen und fasste mir ans schnell klopfende Herz. Pfarrer Peters stand schräg hinter mir. Ich hatte ihn nicht kommen gehört. Tatsächlich war es mir unangenehm, dass er mein Gespräch mit Tom aufgeschnappt hatte. Wie lange er wohl schon da stand?

»Es tut mir leid«, meinte er lächelnd. »Ich wollte dich weder erschrecken noch belauschen.«

»Das weiß ich«, erwiderte ich. Schnell wischte ich mir die Tränen aus dem Gesicht und stand auf.

»Wie geht es dir?«, wollte der Pfarrer wissen. »Deine Mutter hat mir erzählt, dass du dich allmählich besser fühlst, aber heute ist es besonders schlimm, richtig?« Er warf einen Blick auf den Grabstein, dabei war ich mir sicher, dass er Toms Todestag auswendig wusste.

Ich nickte. Dass meine Mutter mit dem Pfarrer über mich sprach, wunderte mich nicht; dass sie so gut Bescheid wusste, hingegen schon. Wir hatten uns eine Weile weder gesehen noch gesprochen, aber vermutlich hielt Marie sie auf dem Laufenden.

»Ja, das stimmt«, antwortete ich dem Pfarrer. »Heute ist es besonders schwer, wobei es gerade an sich kompliziert ist. Eine Zeit lang war es besser, allerdings ...«

»Allerdings?«, hakte er nach, als ich schwieg.

Ich zuckte mit den Schultern. »Das Leben halt. Ich will Sie nicht aufhalten, Sie haben bestimmt viel zu tun, jetzt zu Weihnachten.«

»Für meine Schäfchen habe ich immer Zeit, liebe Leni, selbst oder vor allem zu Weihnachten. Was meinst du? Wollen wir uns in die Kirche setzen und miteinander reden? Ich hätte auch noch etwas für dich.«

Kapitel 21

Pfarrer Peters und ich hatten in der ansonsten leeren Kirche Platz genommen, die festlich dekoriert war. Ein riesiger Adventskranz baumelte von der hohen Decke, und gleich vier Weihnachtsbäume schmückten das Gotteshaus: je einer auf jeder Seite des Altarraums und zwei davor.

Es war seltsam, hier zu sein. Seit der Beerdigung hatte ich keinen Fuß mehr in die Kirche hineingesetzt und auch nicht vorgehabt, es je wieder zu tun. Nicht mal zu solch hohen Feiertagen wie heute.

»Was bedrückt dich?« Die Stimme des Pfarrers klang sanft und ruhig.

Ich sah hinab auf meine Hände, spielte mit meinem Ehering. Wo sollte ich anfangen? Was wusste Pfarrer Peters bereits? Ich verspürte keine große Lust, meine Gefühlswelt nun auch noch vor ihm auszubreiten. Er würde mir das Gleiche sagen wie Emma, Marie und Cornelia. Was würde es also bringen? Schlussendlich war ich nur mitgekommen, weil er behauptet hatte, etwas für mich zu haben. Stimmte es oder war es nur ein Vorwand gewesen, um mich in die Kirche zu locken? Doch nun war ich schon mal hier ...

»Ich weiß nicht weiter«, sagte ich schließlich ehrlich. »Es ist so hart, das Leben ohne Tom. Ich weiß nicht, wie ich es schaffen soll.«

»Es ist hart«, bestätigte der Pfarrer, »aber du wirst es schaffen.«

Ich schüttelte den Kopf. »Das sagen mir ständig alle. Zuerst dachte ich ebenfalls, ich würde es hinkriegen, aber ich kann es nicht.«

»Sag so was nicht, Leni. Alle Dinge sind möglich dem, der da glaubt. Markus 9,23.«

Ich schluckte eine Bemerkung über leicht gesagte oder geschriebene Worte hinunter, als mir ein Gedanke kam, der vermutlich nicht neu war, den ich bisher jedoch erfolgreich ignoriert hatte.

»Vielleicht will ich es gar nicht«, flüsterte ich. Keinem anderen gegenüber hatte ich das bisher zugegeben.

»Und vielleicht ist genau das das Problem.«

Der Pfarrer betrachtete mich von der Seite, doch ich fühlte mich unfähig, seinen Blick zu erwidern. Meine Kehle schnürte sich zu.

»Vielleicht«, gab ich zu.

Pfarrer Peters nickte. »Was ist passiert, Leni? Magst du mir davon erzählen?«

Ich holte tief Luft und sah ihn nun doch an. »Sie haben sicher von der Sache mit dem Adventskalender gehört.«

Er nickte, und das bestätigte meine Vermutung: Marie hatte es meiner Mutter erzählt, und meine Mutter hatte mit Pfarrer Peters darüber gesprochen. Es hätte mich ärgern sollen, dass mein Innenleben offenbar Allgemeingut für jedermann war, allerdings fehlte mir augenblicklich die Kraft für noch mehr belastende Gefühle.

»Es war nicht einfach, aber nachdem ich mich darauf eingelassen hatte, lief es gut mit den Aufgaben«, fuhr ich fort, weil ich merkte, dass es mir half, mit einem Außenstehenden über all die Geschehnisse zu sprechen. »Tatsächlich habe ich wieder mehr oder weniger Gefallen an der Adventszeit gefunden, und ich musste nicht mehr ständig an Tom denken. Ich gebe es nicht gern zu, aber es tat gut, mal etwas anderes im Sinn zu haben und nicht die ganze Zeit traurig zu sein.«

»Warum gibst du es nicht gern zu?«, fragte der Pfarrer. »Das ist ein nachvollziehbares und vor allem legitimes Gefühl.«

Ich zuckte mit den Schultern. »Aber ich fühle mich schlecht deswegen; ich habe Schuldgefühle. Weil ich nicht permanent an Tom denke. Weil ich angefangen habe, das Leben wieder zu genießen, als wäre nie etwas gewesen. Weil ich mich neu verliebt habe.« Mein letztes Geständnis war kaum mehr als ein Flüstern.

»Möchtest du mir von dem jungen Mann erzählen?«

»Da gibt es nicht viel zu erzählen«, erwiderte ich. »Er heißt Erik und wohnt im selben Haus wie ich. Ich kannte ihn schon vorher, von der Intensivstation, wo er arbeitet und Tom gepflegt hat. Er hat mir bei den Aufgaben aus dem Adventskalender geholfen und es tatsächlich geschafft, mich abzulenken, was ich nach unserer Vorgeschichte niemals für möglich gehalten hätte. Wir haben gern Zeit miteinander verbracht. Trotzdem hätte ich mich niemals in ihn verlieben dürfen.«

Pfarrer Peters atmete hörbar aus. »Vermutlich hast du das alles schon hundert Mal gehört, dennoch gebe ich dir einen Rat. Deine Schuldgefühle sind verständlich, und natürlich bist du durcheinander. Wer wäre das nicht? Das ist alles völlig normal, und du bist nicht die Einzige, der es nach einem solch schweren Verlust so ergeht. Das Wichtigste ist, dass du dich davon nicht unterkriegen lässt. Es ist schwer, dennoch musst du dich frei machen von den Schuldgefühlen, denn sie haben keinerlei Berechtigung. Es ist gut, wenn du nicht immerzu an Tom denkst und traurig bist. Du hast jedes Recht, dein Leben zu genießen, genauso wie du jedes Recht hast, dich neu zu verlieben.«

»Ich kann das nicht, Herr Pfarrer. Es fühlt sich Tom gegenüber unfair an.«

Er zog die Augenbrauen nach oben. »Ist es denn fair, wenn du den Rest deines Lebens trauerst? Meinst du, Tom hätte das gewollt?«

Da war es wieder, das alte Argument. Mehr als ein erneutes Schulterzucken brachte ich nicht zustande, dabei kannte ich die Antwort tief in meinem Herzen. Natürlich hätte Tom das nicht gewollt. Bloß – was änderte das? Das schlechte Gewissen blieb.

»Du kennst die Antwort, Leni. Tom war ein Mensch, dem das Wohl seiner Mitmenschen am Herzen lag. Dass seine eigene Ehefrau ein Leben in Einsamkeit und Trübsal verbringt, hätte er niemals gewollt.«

»Ich weiß, aber das macht es nicht besser.«

»Doch. Es wird besser werden, Leni, allerdings musst du dich auf den Prozess der Trauerbewältigung einlassen. Es ist nicht leicht, es wird ein Auf und Ab, aber es wird besser werden. Das verspreche ich dir.«

»Versprechen Sie nichts, das Sie nicht halten können, Herr Pfarrer«, sagte ich halb im Scherz, halb ernst.

Pfarrer Peters schüttelte lächelnd den Kopf. »Du weißt, dass ich Tom im Krankenhaus besucht habe, oder?«, fragte er nach einer Weile. »Während meiner letzten Besuche haben wir unter anderem über dich gesprochen.«

Ich schluckte, mein Herz schlug schneller. »Was hat er gesagt?«

»Er hat sich große Sorgen um dich gemacht, weil er dich so gut kannte wie kein anderer Mensch auf dieser Welt. Er wusste, dass du nach seinem Tod Probleme haben würdest, am Leben festzuhalten. Er hatte keine Angst um sich, keine Angst vor dem Tod. Nein, sein größter Kummer war, dass du dein Leben vergeuden und künftig keine Liebe in dein Herz lassen würdest.«

Nun ließen sich die Tränen nicht länger zurückhalten. Ich schluchzte auf und vergrub das Gesicht in meinen Händen. Pfarrer Peters strich mir sanft über den Rücken.

»Tom hat sich nur eines gewünscht: dass du wieder glücklich wirst. Dieser Erik könnte dich glücklich machen, das haben die letzten Wochen gezeigt. Du musst es jedoch zulassen.«

»Es ist so schwer«, schniefte ich.

Pfarrer Peters nickte. »Ich weiß, mein Kind, ich weiß,

aber du bist stark, und du bist allmählich bereit für ein Leben ohne Tom. Lass dir Zeit, aber lass es zu. Kannst du das?«

Konnte ich? Ich wusste es nicht. In den letzten zwei Jahren hatte ich mich eher bemüht, Gefühle zu unterdrücken und nicht zuzulassen, wenn sie zu intensiv wurden – Schmerz ebenso wie Freude, die ich mir nicht gestattete zu empfinden, weil sie mir unangemessen vorkam. Ließ sich der Impuls, jegliches Empfinden niederzuringen, abstellen? War ich dazu in der Lage?

»Ich kann es zumindest versuchen«, sagte ich nach einer Weile, auch wenn ich nicht sicher war, ob das der Wahrheit entsprach.

Pfarrer Peters stand auf. »Warte kurz, ja? Ich habe etwas für dich. Lauf bitte nicht fort.«

Ich sah ihm hinterher, wie er durch eine Tür im Seitenschiff der Kirche verschwand. Es war also doch kein Vorwand gewesen. Was er wohl holte? Ein Gedanke formte sich in meinem Kopf, den ich sofort beiseiteschob. Das konnte nicht sein, und am Ende wäre ich nur enttäuscht.

Es dauerte nicht lange, bis Pfarrer Peters zurückkam. In den Händen hielt er eine kleine rote Schachtel, die er mir wortlos überreichte. Das Herz klopfte mir bis zum Hals.

»Was ist das?«, fragte ich tonlos.

»Das ist von Tom«, antwortete der Pfarrer. »Bei meinem letzten Besuch im Krankenhaus hat er es mir für dich mitgegeben. Er schien gespürt zu haben, dass er den Kampf gegen die Krankheit endgültig verlor. Jedenfalls wollte er, dass ich dir die Schachtel gebe, wenn ich das Gefühl hätte, du seist bereit dafür. Und ich denke, jetzt endlich bist du es.«

Ich saß auf dem kalten Fußboden, mit dem Rücken gegen meine Wohnungstür gelehnt. In der linken Hand hielt ich die rote Schachtel, die Pfarrer Peters zwei Jahre lang aufbewahrt hatte. Von Tom für mich. Meine rechte Hand umklammerte einen Briefumschlag, dessen Absender lautete: *Weihnachtspostfiliale, 16798 Himmelpfort*. Meinen Brief an den Weihnachtsmann hatte ich total vergessen und ohnehin im Leben nicht mit einer Antwort gerechnet.

Ich starrte auf Toms Schachtel hinab und spürte, dass ich zitterte. Was sich wohl darin befand? Auf der einen Seite wollte ich es unbedingt wissen, auf der anderen Seite beherrschte mich der dringende Wunsch, mir diesen Moment so lange wie möglich zu bewahren. Es würde das letzte Mal sein, dass ich etwas von Tom bekam.

»Was ist da drin?«, hatte ich Pfarrer Peters gefragt, doch er hatte den Kopf geschüttelt.

»Das weiß ich nicht, Leni, aber ich denke, es wird dir helfen.«

Würde mich, was immer in der Schachtel steckte, wirklich weiterbringen? Und war ich tatsächlich bereit dafür?

Mit zitternden Fingern legte ich die Schachtel neben mich und öffnete vorsichtig den Briefumschlag aus der Weihnachtspostfiliale. Ich faltete das Papier auseinander – es roch nach Weihnachtsplätzchen – und konzentrierte mich auf den Inhalt, was mir angesichts der Schachtel neben mir nur mit Mühe gelang.

Liebe Leni,
ich hoffe, dass dich dieser Brief noch vor Weihnachten erreicht. Dieses Jahr war es wieder ganz schön trubelig. Und natürlich bist du nicht zu alt, um mir zu schreiben. Jeder Brief ist mir herzlich willkommen.
Darf ich ehrlich zu dir sein, so wie du ehrlich zu mir warst? Du machst dir all diese Gedanken. Du fragst, ob du das Recht hast, einfach weiterzumachen. Ob du das Leben genießen darfst; ob du dich wieder verlieben darfst. Allein, dass du dir diese Gedanken machst, zeigt mir, dass du längst so weit bist.
Fünf Jahre sind nicht wenig, da hast du recht, und selbstverständlich reichen sie aus, um einen Menschen für immer in sein Herz zu schließen. Dafür genügt sehr viel weniger. Aber rechne mir zuliebe bitte mal anders: Du bist fünfunddreißig Jahre, hast du geschrieben. Wenn wir davon ausgehen, dass du fünfundachtzig wirst – und zu heutiger Zeit ist das durchaus sehr wahrscheinlich –, hast du noch fünfzig Jahre vor dir. Das ist zehnmal so viel Zeit, wie du mit deinem Ehemann teilen durftest! Willst du all diese Jahre in Trauer verbringen? Das Leben an dir vorüberziehen lassen?
Du hattest leider nur fünf gemeinsame Jahre mit Tom, was mir sehr leidtut, doch du könntest fünfzig glückliche Jahre mit Erik verbringen – sofern du dir nicht selbst im Weg stehst. Dein Brief gibt mir nämlich das Gefühl, dass du genau das tust. Du trauerst nun schon fast halb so lange um Tom, wie du Jahre mit ihm verbracht hast. Ich möchte nicht werten, denk einfach mal darüber nach.

Willst du wirklich auf eine glückliche Zukunft mit Erik verzichten, weil du auf deinen Verstand anstatt auf dein Herz hörst? Du schreibst, dass du gern Zeit mit Erik verbringst und dass du dich mit ihm an deiner Seite weniger einsam und traurig fühlst. Das ist ein großes Geschenk, ebenso wie das Leben selbst – nimm es an und mach dir nicht so viele Gedanken.
Liebe Leni, ich wünsche dir ein wunderschönes Weihnachtsfest zusammen mit deiner Familie.
Es wird leichter werden, Jahr für Jahr.
Frohe Weihnachten und
herzliche Grüße aus Himmelpfort,
der Weihnachtsmann

Tränen liefen mir über die Wangen. Niemand reagierte schockiert, wenn ich meine Gefühle für einen anderen Mann als Tom offenbarte – nicht einmal Cornelia hatte das getan. Im Gegenteil, alle, nun auch noch der Weihnachtsmann, sprachen mir Mut zu. Ich solle auf mein Herz hören, nicht auf meinen Kopf. Ich wäre bereit für ein Leben ohne Tom, ich müsse mich bloß darauf einlassen.

Warum nur fiel es mir dann so unglaublich schwer? Wenn ich mir selbst einreden wollte, dass es okay wäre, mich wieder zu verlieben, mein Herz jedoch noch nicht bereit dafür wäre, würde ich es ja verstehen, aber so? Es ergab keinen Sinn, und das ärgerte mich. Warum fiel es mir so schwer, meine Gefühle zu akzeptieren und auf sie zu hören?

Ich faltete den Brief vom Weihnachtsmann zusammen

und steckte ihn zurück in den Umschlag, dann griff ich nach der roten Schachtel. Eine Hand war bereits am Deckel, um ihn abzunehmen – sie zitterte, und ich ließ sie sinken. Ich konnte es nicht. Ich wusste nicht, was sich darin befand, hatte nicht mal eine Ahnung, was es sein konnte. Stattdessen hatte ich Angst. Und ich wollte nicht allein sein, wenn ich es herausfand.

Meine Tasche lag neben mir auf dem Boden. Ich griff danach und suchte mein Handy heraus, um meiner Schwester eine Nachricht zu schicken.

SOS. Du hast Heiligabend mit Sicherheit Besseres zu tun, als deiner egoistischen Schwester das Händchen zu halten, aber ich könnte deine Unterstützung gebrauchen.

Maries Antwort kam umgehend: *Bin auf dem Weg.*

Kapitel 22

Marie und ich saßen nebeneinander auf dem Boden und schwiegen. Sie hatte sich angehört, was der Pfarrer gesagt hatte, und den Brief vom Weihnachtsmann gelesen, sagte selbst jedoch nichts dazu. Stattdessen hielt sie meine Hand fest in ihrer. Sie zitterte ebenso wie meine. Ich konzentrierte mich auf meine Atmung, was gar nicht so leicht war.

»Sollen wir?«, fragte Marie schließlich leise.

Nickend nahm ich die Schachtel und holte noch einmal tief Luft, bevor ich sie öffnete. Ein kleines Kästchen befand sich darin, eine Schmuckschatulle, und darunter lag ein Brief. Ich zog den Umschlag heraus, öffnete ihn und faltete das Papier mit bebenden Fingern auseinander. Als ich Toms Handschrift erkannte, verschwamm der Inhalt vor meinen Augen.

»Soll ich ihn dir vorlesen?«

Ich nickte und reichte Marie das Blatt. Während ich die Beine anzog und meinen Kopf darauf ablegte, räusperte Marie sich und begann zu lesen.

Meine liebste Leni,
wenn du diesen Brief liest, werde ich leider nicht mehr bei dir sein. Es tut mir leid. Es tut mir leid, dass ich nicht stärker war und den Kampf verloren habe. Es tut mir leid um unser gemeinsames Leben, das wir führen wollten und auf das ich mich so sehr gefreut habe. Und es tut mir unendlich leid, dass ich dich in deiner Trauer und deinem Schmerz allein zurücklassen muss. Wie gern würde ich dich in den Arm nehmen und dir sagen, dass alles gut wird.
Leni, ich liebe dich von ganzem Herzen. Du warst mir eine tolle Ehefrau, und ich danke dir für die vielen schönen Jahre, die wir gemeinsam hatten. Es ist großer Mist, dass uns nicht mehr Zeit vergönnt war.
Liebste Leni, ich kann mir vorstellen, wie hart es für dich sein muss, dein Leben ohne mich weiterzuleben, aber daran führt kein Weg vorbei. Es ist, wie es ist, auch wenn wir beide wünschten, es wäre anders.
Du wirst um mich trauern, das weiß ich und das ist auch gut so. Aber früher oder später musst du nach vorne sehen. Versprich mir das, Leni. Sieh nach vorne. Trauere nicht ewig um mich. Du hast noch so viele schöne Jahre vor dir. Solange du in deinem Herzen einen kleinen Platz für mich freihältst, werde ich glücklich sein.
Konkret wünsche ich mir für dich: Geh raus. Genieße das Leben, denn es ist ein Geschenk, und man weiß leider nie, wie lange es einem vergönnt ist. Verlieb dich und denk dabei bitte nicht an mich.

Ja, du hast richtig gehört. Ich möchte, dass du einen neuen Weggefährten findest. Zu zweit macht das Leben so viel mehr Spaß. Du bist eine wundervolle Frau, und es wäre eine Schande, wenn du den Rest deines noch langen Lebens allein verbringen würdest. Es ist okay, Leni. Es ist okay. Ich weiß, dass du mich trotzdem niemals vergessen wirst.

Wir wollten gemeinsame Kinder haben. Leider konnte ich dir keine schenken. Stattdessen schenke ich dir ein Schmuckstück – eine Silberkette mit einem Kreuz als Anhänger. Sofern es für dich und deinen zukünftigen Partner in Ordnung ist, freue ich mich, wenn euer Kind diese Kette eines Tages trägt. Vielleicht darf ich ja Pate im Herzen werden. Und falls nicht, ist das auch kein Problem.

Ich möchte mich bei dir entschuldigen, dass du diesen Brief erst jetzt erhältst. Ich weiß, du hättest viel früher tröstende Worte gebraucht, dennoch habe ich Pfarrer Peters gebeten, sie zurückzuhalten, bis er das Gefühl hat, dass du bereit dafür bist. Ich kenne dich, meine Leni. Wenn ich dir direkt nach meinem Tod gesagt hätte, dass du dich neu verlieben und das Leben ohne mich genießen sollst, hättest du mir einen Vogel gezeigt. Jetzt jedoch hörst du mir hoffentlich zu. Du weißt, ich habe sowieso immer recht. ;-)

Es ist Zeit, sich zu verabschieden. Glaub mir, es fällt mir genauso schwer wie dir. Hätten wir uns nur früher kennengelernt! Aber ich bin dankbar für die Jahre, die wir hatten. Ich danke dir, und ich bitte dich noch einmal:

Mach mich glücklich, indem du dich selbst glücklich machst!
Ich liebe dich, Leni, für immer und ewig,
und ich werde von oben auf dich aufpassen!
Dein Tom

Eine ganze Weile sagten weder Marie noch ich ein Wort. Ich war nicht fähig dazu, und meine Schwester schluchzte leise. Es dauerte lange, sehr lange, bis ich meine Fassung halbwegs wiedererlangte. Ich öffnete die Schmuckschatulle und ließ die Kette vorsichtig durch meine Finger gleiten. Sie war wunderschön, und sie war neutral. Egal ob ich eines Tages einen Jungen oder ein Mädchen haben würde – beide könnten sie tragen.

Ich schloss die Augen; meine Wortwahl enttarnte mich. *Ob* ich eines Tages einen Jungen oder ein Mädchen haben *würde*; nicht *falls* ich eines Tages einen Jungen oder ein Mädchen haben *sollte*. Es stimmte also, ich war bereit für einen Neuanfang. Ich musste ihn nur zulassen. Tom zuliebe und mir zuliebe, egal wie schwer es werden würde. Wenn ich nicht an meiner Trauer zerbrechen wollte, war es endlich an der Zeit loszulassen.

Ich warf meiner Schwester einen Seitenblick zu. Sie putzte sich gerade geräuschvoll die Nase und zog mich danach in ihre Arme. »Tom war einfach der Beste. Es tut mir so leid, Leni.«

Ich nickte. »Ja, mir auch. Er war ein guter Mensch. Er war ein toller Ehemann, und er wäre ein noch besserer Vater geworden.«

»Das steht außer Frage«, stimmte Marie mir zu. »Aber tatsächlich ist Tom nicht der einzige Mann, der einen guten Ehemann und Vater abgäbe.«

»Sprichst du von Finn?«

Sie stieß mich mit dem Ellenbogen in die Seite. »Hey, du kannst ja schon wieder Scherze machen. Das ist schön. Ja, Finn zähle ich natürlich auch dazu. Und Erik.«

»Erik.« Ich seufzte, doch es stimmte. Es gab einen Grund, warum Erik es geschafft hatte, sich unbemerkt durch meine selbst erbaute Mauer aus Trauer und Schmerz zu kämpfen und direkt in mein Herz zu stehlen. Er war ein ebenso guter Mensch, wie Tom es gewesen war, und er würde mit Sicherheit einen tollen Ehemann und Vater abgeben.

»Bist du denn bereit, das umzusetzen, um was Tom dich gebeten hat?«, fragte Marie.

»Habe ich eine Wahl?«, fragte ich zurück. »Alle sagen das Gleiche, nun auch noch Tom.«

»Man hat immer eine Wahl, Leni.«

»Schon, nur gefällt mir die Alternative nicht«, gestand ich. Ich wollte das Leben nicht vergeuden, und ich wollte nicht als verbitterte alte Schachtel enden. Angenommen, ich hatte wirklich noch fünfzig Jahre vor mir – fünfzig! Die wollte ich nicht in Trauer und Schmerz verbringen. Mein Herz hatte das längst verstanden, nun musste ich es meinem Kopf verständlich machen.

»Ach, Leni.« Marie lehnte sich gegen meine Schulter.

»Gib mir trotzdem noch ein wenig Zeit, ja?«, bat ich. »Es ist eines, etwas zu akzeptieren, und etwas anderes, es umzusetzen.«

»Aber natürlich«, sagte Marie. »Ich werde dich nicht drängen, und ich werde dafür sorgen, dass es auch sonst niemand tut. Und damit meine ich vor allem Emma.« Sie grinste, doch dann holte sie tief Luft und richtete sich auf, um mich ansehen zu können. »Was meinst du? Wollen wir gemeinsam zu Mama und Papa fahren und Weihnachten feiern? Oder ist dir nicht danach zumute? Ich könnte verstehen, wenn du lieber noch ein wenig allein sein willst.«

Ich wäre tatsächlich gern noch ein Weilchen für mich geblieben, aber ich wusste, dass es falsch gewesen wäre. Wie hatte Tom es ausgedrückt? *Geh raus. Genieße das Leben.* Und Heiligabend sollte man nun wirklich nicht allein sein, denn wenn man Heiligabend allein verbrachte, fühlte man sich erst recht einsam. Und die Tatsache, dass Marie mir die Option ließ, zu Hause zu bleiben, machte sie seltsamerweise nicht mehr halb so attraktiv.

»Machen wir uns auf den Weg«, sagte ich, stand auf und hielt meiner Schwester beide Hände hin, um ihr ebenfalls auf die Beine zu helfen. »Geht's?«

»Klar«, schnaufte sie, sah allerdings ziemlich angestrengt aus.

Die plötzliche Sorge um sie ließ mich meine eigenen Probleme vergessen. Vielleicht war es keine gute Idee gewesen, sich mit ihr auf den harten Fußboden zu setzen, ich hatte mich jedoch einfach nicht aufrappeln können und bei der Wohnungstür auf Marie gewartet. »Du bist hergelaufen, oder?«, fragte ich, obwohl ich die Antwort kannte. »Mach es dir kurz auf dem Sofa bequem; ich rufe Finn an, damit er uns abholt.«

»Leni?«

»Ja, ich weiß, ich sollte mir endlich ein Auto anschaffen. Möglicherweise hast du recht.« Marie packte mich am Arm, und mir war sofort klar, dass es ihr nicht um irgendein Fahrzeug ging. Ich folgte ihrem Blick Richtung Boden, konnte allerdings nichts entdecken, das ihre Aufmerksamkeit auf sich gezogen haben konnte. »Was ist denn?«

»Ich fürchte, meine Fruchtblase ist geplatzt.«

Meine Augen weiteten sich. »Was?« O mein Gott! »Okay, nur die Ruhe bewahren. Was nun? Soll ich ein Taxi oder Finn rufen? Wer wird schneller hier sein, was meinst du?«

Maries Augen füllten sich mit Tränen. »Ist es nicht noch zu früh dafür?«, flüsterte sie. »Ich hätte doch noch drei Wochen haben sollen.«

»Hey, mach dir keine Sorgen.« Ich strich ihr über den Arm, dabei klopfte mein Herz selbst viel zu schnell. Hoffentlich war alles in Ordnung.

»Ich hab Angst«, sagte Marie. »Dr. Groß und meine Hebamme haben gesagt, ich solle einen Krankenwagen rufen, wenn die Fruchtblase platzt und das Baby noch nicht tief genug im Becken liegt. Das kann dann nämlich richtig gefährlich werden. Aber woher soll ich wissen, wie tief das Baby liegt?«

»Es ist bestimmt alles gut. Beim Ultraschall meinte Dr. Groß doch, dass es der Kleinen bestens geht und es kein Problem wäre, wenn sie früher zur Welt käme«, erinnerte ich Marie, als mir eine Idee kam. »Komm, du legst dich erst mal hin. Ich bin sicher, dass das sinnvoll ist, und die paar Schritte werden schon nicht schaden.«

Marie ließ sich von mir ins Wohnzimmer führen, weigerte sich jedoch, sich hinzulegen. Sie bestand darauf, ich solle ein Handtuch oder eine Decke aufs Sofa legen, damit sie es nicht ruinierte. Als ob das in diesem Moment eine Rolle spielte! Trotzdem riss ich ein Badetuch aus dem Schrank und breitete es für sie aus, und endlich ließ sich meine Schwester auf die Couch sinken. Ich vergewisserte mich, dass alles in Ordnung war, dann hastete ich die Treppe nach unten und hämmerte gegen Eriks Tür. Hoffentlich war er noch nicht zu seinen Eltern aufgebrochen.

Es dauerte nicht lange, bis er mir öffnete. Am Rande nahm ich wahr, dass er den hässlichen Weihnachtspullover trug und sich im Flur Geschenke stapelten. Er schien auf dem Sprung zu sein. Als er mich erblickte, zuckte er zusammen, und seine Pupillen weiteten sich. Richtig, ich musste grauenvoll aussehen mit den verweinten Augen.

»Alles okay?«, fragte er.

»Ja und nein. Das erkläre ich dir später. Maries Fruchtblase ist geplatzt, und sie macht sich ziemliche Sorgen. Sie ist zu früh dran und ...«

Erik hatte bereits nach seinem Schlüssel gegriffen und die Tür hinter sich ins Schloss gezogen. »Ist sie oben bei dir?«

Ich nickte und lief voraus. »Ich hab sie erst mal aufs Sofa gelegt in der Hoffnung, dass das nicht schaden wird. Tut mir leid, ich weiß, es ist Heiligabend, und Geburtsvorbereitung ist nicht unbedingt dein Spezialgebiet.«

»Alles gut«, erwiderte Erik. »Ich helfe gern, sofern ich kann.«

Wir eilten hintereinander die Treppe nach oben und in meine Wohnung Richtung Wohnzimmer. Marie sah ängstlich aus, und immer noch liefen ihr Tränen über die Wangen. Schnell wischte sie sie weg, als Erik und ich eintraten.

»Erik, hallo.«

»Hallo, Marie. Wie geht es dir? Hast du Schmerzen?« Er kniete sich vor dem Sofa auf den Boden.

»Bisher nicht.« Sie wollte sich aufsetzen, doch er bedeutete ihr, liegen zu bleiben.

»Das ist gut, dann haben die Wehen noch nicht eingesetzt, aber das ist in der Regel nur noch eine Frage der Zeit. Darf ich dich abtasten?«

»Natürlich.« Erik legte seine Hände auf Maries Bauch, drückte vorsichtig und konzentrierte sich dabei vor allem auf ihren Unterbauch.

»Entschuldige«, sagte sie währenddessen. »Ich weiß, es ist Heiligabend, und du hast sicher Besseres vor.«

»So ein Blödsinn.« Erik schüttelte lächelnd den Kopf und tastete sich weiter voran. »Es sieht gut aus, dein Kind scheint tief genug im Becken zu liegen. Ganz genau könnte ich es aber nur sagen, wenn ich dich von unten abtasten würde. Vielleicht ...«

»Dann tu das bitte«, bat Marie ihn, ohne zu zögern.

Erik nickte. »In Ordnung, ich wasche mir kurz die Hände.«

Er verschwand im Bad, während Marie aus ihrer Hose und ihrem Slip schlüpfte und ich mich hinter sie stellte. Keine Minute später kehrte Erik mit hochgekrempelten Ärmeln zurück. Er kniete sich erneut neben Marie auf den

Boden und tastete sich vorsichtig mit den Fingern voran, den Blick auf Maries Gesicht gerichtet.

»Du sagst Bescheid, wenn es wehtut oder sich irgendwas seltsam anfühlt.« Marie nickte, doch sie schien keine Schmerzen zu haben, denn sie schwieg. Und kurz darauf gab Erik Entwarnung. »Alles gut, du kannst aufstehen«, sagte er und erhob sich ebenfalls, um sich noch einmal die Hände zu waschen.

Marie atmete erleichtert aus und zog sich wieder an. »Schon mal eine Sorge weniger«, murmelte sie.

»Kannst du denn ein paar Schritte laufen?«, fragte ich.

»Klar, das wird schon gehen.«

»Okay. Dann rufe ich Finn und ein Taxi, und wir schauen, wer zuerst hier ist«, schlug ich vor.

»Ich fahre euch ins Krankenhaus«, bot Erik an, der zurück ins Wohnzimmer kam. »Das geht am schnellsten. Es gibt absolut keinen Grund zur Sorge«, sagte er zu Marie, die ein wenig zitterte, »aber du solltest überwacht werden. Dadurch, dass die Fruchtblase geplatzt ist, besteht rein theoretisch Infektionsgefahr. Das ist nichts Schlimmes, aber Arzt oder Hebamme sollten entscheiden, ob du vorsorglich Antibiotika brauchst.«

»Bist du sicher?«, fragte Marie und warf einen Blick auf die Uhr. »Du wirst doch bestimmt schon irgendwo erwartet.«

Erik schüttelte den Kopf. »Ich bin sicher, und es ist kein großer Umweg, da ich ohnehin Richtung Ziegelhausen muss.«

»Na schön, dann gern«, sagte Marie. »Danke, Erik.«

»Nichts zu danken. Kannst du laufen?«

»Alles gut.« Marie und Erik standen bereits im Hausflur, als sich Marie noch einmal zu mir umdrehte. »Ich kann verstehen, wenn du gerade heute keine Lust auf Krankenhaus hast, und es wird sicher ohnehin eine Weile dauern, bis sich die Kleine endgültig auf den Weg macht. Bleib doch einfach hier, und ich rufe dich dann an.«

Doch ich hörte gar nicht hin. Stattdessen griff ich nach meiner Tasche, löschte das Licht und marschierte entschlossen an den beiden vorbei. »Worauf wartet ihr noch?«

Kapitel 23

Ich saß auf der Bank im Wartebereich des Kreißsaals und zählte die Minuten, bis ich endlich zu meiner Schwester durfte. Man hatte sie in ein freies Behandlungszimmer gewiesen, um einzuschätzen, wie es weitergehen sollte, und Erik brachte gerade die diensthabenden Hebammen auf den neuesten Stand. Mein Körper bebte leicht, obwohl es auf dieser Station alles andere als kalt war. Es war die Atmosphäre, die Tatsache, zum zweiten Mal an einem Heiligabend in einem Krankenhaus zu sein. Dabei ging es heute um einen freudigen Anlass, und man konnte diesen Bereich der Frauenklinik im Neuenheimer Feld nicht einmal ansatzweise mit der Intensivstation vergleichen, auf der Tom gar nicht weit von hier gestorben war.

Eine Wiesentapete voller Pusteblumen zierte die Wand vor mir, und die Bank und die Sessel im Wartebereich waren mit gelbem, rotem oder orangefarbenem Kunstleder bezogen. Doch trotz der fröhlichen Gestaltung ließen sich die Krankenhausatmosphäre und der typische Krankenhausgeruch nicht verscheuchen. Das schaffte nicht einmal der Duft nach Kinderpunsch, der durch die Gänge wehte. Im Hintergrund lief sogar wie vor zwei Jahren leise Weihnachtsmusik, wenn auch nicht *Last Christmas*.

Hier saß ich nun, denn ich wollte meine Schwester nicht allein lassen. Noch im Auto hatte ich zwar Finn angerufen und ihm gesagt, er solle die Krankenhaustasche vor lauter Aufregung nicht vergessen, und auch meine Eltern und Maries Schwiegereltern waren sicher längst auf dem Weg hierher. Trotzdem – Marie brauchte mich, und ich wollte für sie da sein. Außerdem würde ich mich allein zu Hause nur verrückt machen.

Erik bog um die Ecke. Ich stand auf und kam ihm entgegen. »Alles okay?«, fragte ich.

»Sieht alles gut aus. Mach dir keinen Kopf. Es sind zwar noch drei Wochen bis zum errechneten Entbindungstermin, aber es besteht kein Grund zur Sorge, und deine Schwester ist hier in den besten Händen.«

»Okay«, sagte ich leise, doch in meinen Augen sammelten sich Tränen.

Erik legte mir eine Hand auf den Arm. »Hey, was ist los?«

»Es ist bestimmt meine Schuld. Nur meinetwegen saß Marie auf dem kalten, harten Fußboden.«

Erik fragte nicht nach, warum wir nicht auf dem Sofa oder einer anderen angemessenen Sitzgelegenheit gesessen hatten. Stattdessen erwiderte er: »Das ist Blödsinn. Manchmal kommen Kinder halt etwas zu früh auf die Welt, das ist völlig normal. Außerdem hatte deine Schwester doch vorher bereits gewisse Probleme und musste sich schonen.«

»Hm«, machte ich nur und zwang mich zu einem Lächeln. »Danke, Erik. Es ist echt nett, dass du uns geholfen und sogar hergefahren hast, obwohl du verabredet bist. Nach allem, was passiert ist ...«

»... ist es trotzdem selbstverständlich«, beendete er meinen Satz. »Wir sind doch immer noch Freunde, oder nicht?«

Ich nickte. »Ja, das sind wir.«

»Gut. Also dann, ich sollte wohl mal weiter. Meine Eltern warten sicher schon mit dem Essen auf mich.« Allerdings machte er keine Anstalten zu gehen.

»Erik?«

»Ja?«

Ich zögerte. Eigentlich hatte ich ihm sagen wollen, dass wir mehr als Freunde waren, dass er die Hoffnung noch nicht aufgeben sollte. Ich wollte ihm alles erklären, ihm von Toms Brief erzählen, doch ich war nicht sicher, ob das der geeignete Ort dafür war. Ständig liefen Hebammen oder Krankenschwestern an uns vorbei, und es würde sicher auch nicht mehr lange dauern, bis der Rest meiner Familie eintrudelte. Also holte ich mein Portemonnaie heraus und reichte Erik einen Zehneuroschein.

»Hier, du hast die Wette gewonnen. Du trägst den Weihnachtspullover.«

Er lachte leise. »Behalt dein Geld, Leni. Ich wünsche dir ein wunderschönes Weihnachtsfest.«

»Danke, Erik, das wünsche ich dir auch.«

Ich verspürte das Bedürfnis, ihn in den Arm zu nehmen, und gab diesem schließlich nach, anstatt es zu unterdrücken. Erik ließ es zu, aber die Umarmung fiel nicht so herzlich aus wie sonst. Klar, er wollte sein Herz schützen, was ich besser als jeder andere verstand. Hoffentlich hatte er es noch nicht vollständig vor mir verschlossen.

»Und jetzt pressen«, sagte die Hebamme, die zusammen mit einer Krankenschwester und einer Ärztin vor dem Gebärbett stand, um Marie dabei zu unterstützen, meine Nichte auf die Welt zu bringen. Finn wartete neben Marie, hielt ihre Hand und wischte ihr immer wieder die verschwitzten Haare aus dem Gesicht. Ich hingegen hielt mich abseits. Marie hatte sich gewünscht, dass ich bei der Entbindung dabei war, doch helfen konnte ich nicht, und ich beschränkte mich darauf, nicht im Weg zu sein und dem schweren Atmen meiner Schwester zu lauschen. Ich wollte mir gar nicht vorstellen, was für Schmerzen sie gerade durchmachte.

Mein Blick wanderte zur Uhr an der Wand; wenige Minuten vor Mitternacht. Würde meine Nichte noch an diesem Heiligen Abend das Licht der Welt erblicken?

»Sie machen das ganz großartig«, sagte die Hebamme in einer Wehenpause, während Finn Maries Stirn erneut mit einem feuchten Lappen abtupfte und ihr ein Glas Wasser reichte. Doch viel Verschnaufpause blieb meiner Schwester nicht. Sie richtete sich schon wieder auf und verzerrte das Gesicht vor lauter Anstrengung.

»Und jetzt noch einmal ganz fest pressen, dann haben Sie es gleich geschafft. Ich kann den Kopf schon sehen.«

Nur kurz darauf entfuhr meiner Schwester ein Schrei, bevor sie sich erschöpft in die Kissen sinken ließ, und gleich darauf war das Weinen eines Babys zu hören. Meine Augen füllten sich mit Tränen. Ich war glücklich, dass ich dabei sein durfte, als meine Nichte ihren ersten Atemzug tat. So wie ich dabei gewesen war, als Tom seinen letzten getan hatte. Wie nah Leben und Tod beieinanderliegen ...

»23:58 Uhr am 24. Dezember«, verkündete die Hebamme lächelnd. »Herzlichen Glückwunsch zu Ihrer Tochter.«

Sie wickelte meine Nichte in ein Handtuch und legte sie meiner Schwester auf die Brust. Marie und Finn betrachteten die Kleine gerührt, und ich überlegte gerade, ob ich unseren und Finns Eltern Bescheid geben sollte, dass ihre Enkeltochter da war und alles in Ordnung zu sein schien, als Marie mich zu sich rief.

»Komm her, sieh sie dir an. Ist sie nicht perfekt?«

Ich trat auf die frischgebackene Familie zu, und Finn rückte zur Seite, um mir Platz zu machen. Und da war sie, meine Nichte. Sie hielt den Zeigefinger meiner Schwester in ihrer winzigen Hand und war wunderschön. Die kleine Nase, der kleine Mund. Es war ein Wunder. Das Wunder des Lebens.

»Ja, sie ist perfekt«, sagte ich.

»Fröhliche Weihnachten!«, wünschte Finn.

»Fröhliche Weihnachten!«, stimmten wir anderen ein und hielten unsere Plastikbecher mit Kinderpunsch hoch, die uns die Schwestern der Wöchnerinnenstation besorgt hatten. Ich trank einen Schluck, und Wärme erfüllte mich sowie der wunderbare Geschmack von Orangen und Zimt.

Es war schon spät, denn das Kinderärzteteam hatte

meine Nichte erst gründlich untersuchen wollen. Zum Glück hatte sich schnell herausgestellt, dass es der Kleinen gut ging. Sie war 52 Zentimeter groß und wog 3,2 Kilo. Damit lag sie vollkommen im Rahmen und hatte auch keinerlei Probleme mit dem Atmen. Nur mit dem Stillen wollte es noch nicht hinhauen, aber das war laut den Schwestern nicht ungewöhnlich.

Normalerweise war die Besuchszeit längst vorbei, aber da Weihnachten war, drückten die Schwestern ein Auge zu.

»Wie soll die Kleine denn heißen?«, wollte meine Mutter wissen, während Maries Schwiegereltern dabei waren, das Zimmer aufzuräumen. Sie hatten Weihnachtssüßigkeiten mitgebracht, die überall verteilt lagen, außerdem hatten wir uns Pizza in die Uniklinik liefern lassen, da das Weihnachtsessen ja ausgefallen war und wir alle Hunger gehabt hatten.

Marie und Finn sahen einander an. Meine Schwester wirkte ein wenig erschöpft, aber gleichzeitig überglücklich. Ich freute mich für sie und war froh, dass ich rechtzeitig aus meinem Schneckenhaus hervorgekrochen war, um diesen glücklichen Moment miterleben zu können.

»Hannah, aber wir werden sie Hanni rufen«, erklärte meine Schwester und zwinkerte mir zu.

Ich musste grinsen. Früher hatten wir uns immer gewünscht, wir würden Hanni und Nanni heißen, wie die Zwillinge aus Enid Blytons Büchern, die wir abgöttisch geliebt und bis zum Umfallen gelesen hatten.

»Verstehe.« Meine Mutter schüttelte den Kopf, lächelte jedoch.

»Wir werden uns langsam auf den Weg machen«, sagte Finns Vater. »Dann könnt ihr euch ausruhen. Es war immerhin ein langer und ereignisreicher Tag.«

»Und die erste Nacht ist für gewöhnlich die schlimmste«, fügte Finns Mutter hinzu.

Ich blickte zu Hanni, die selig in Maries Arm schlief. Die Geburt hatte auch sie mitgenommen, und sie würde sich erst einmal an das Leben auf dieser Welt gewöhnen müssen.

Meine Mutter erhob sich von ihrem Stuhl. »Dann fahren wir wohl auch besser nach Hause. Oder braucht ihr noch Hilfe?«

Finn schüttelte den Kopf. Sie hatten ein Familienzimmer bekommen, er würde die Nacht also im Krankenhaus verbringen und Marie unterstützen. »Danke, wir kommen zurecht, und falls doch was ist, rufen wir die Schwester.«

»Tut das. Lieber einmal zu viel fragen als einmal zu wenig.« Unsere Eltern und Maries Schwiegereltern verabschiedeten sich von der kleinen Familie, dann wandte sich meine Mutter an mich. »Sollen wir dich nach Hause bringen?«

Ich nickte. »Danke, das wäre nett.«

»Leni?«, sagte Marie, noch ehe ich die Gelegenheit bekam, mich von ihr zu verabschieden.

»Geht ihr schon mal vor?«, fragte ich meine Mutter daraufhin.

»Ich bringe euch zum Fahrstuhl«, bot Finn an, und kurz darauf waren Marie und ich mit Hanni allein im Zimmer.

Ich setzte mich neben meine Schwester auf die Bettkante. »Alles okay?«

»Das wollte ich dich gerade fragen. Geht es dir gut?«

Ich nickte und meinte es ehrlich. Ich hatte Toms Todestag überstanden und mit meiner Familie – wenn auch auf ungewöhnliche Weise – Weihnachten gefeiert, ohne zusammenzubrechen. Das war definitiv ein Fortschritt!

»Das freut mich«, sagte Marie. »Ich bin so froh, dass du hier warst. Danke, Leni.«

»Das hätte ich um nichts auf der Welt versäumen wollen. Ruht euch aus, ihr drei. Wir sehen uns morgen.« Ich umarmte Marie und gab Hanni einen Kuss auf den Kopf; sie war so weich und warm und roch so gut. Dann ging auch ich zu den Fahrstühlen.

Auf dem Weg zum Auto legte meine Mutter einen Arm um mich. »Es freut mich sehr, dass es dir wieder besser geht«, flüsterte sie mir ins Ohr.

»Mich auch, Mama, mich auch.«

»Leni.« Erik, der mir die Wohnungstür geöffnet hatte, schien überrascht, mich zu sehen. »Wie geht es deiner Schwester?«

»Sie bleibt über die Feiertage im Krankenhaus, aber ihr und der kleinen Hanni geht es prächtig.«

»Das ist gut«, sagte Erik. »Hanni also?«

»Eigentlich Hannah, aber ja. Hattest du ein schönes Weihnachtsfest?«

Er nickte. »Ja, es war schön. Wir haben viel zu viel gegessen, wie jedes Jahr, und meine Mutter hat mich wie üblich zum Singen von Weihnachtsliedern genötigt. Den Pullover fand sie übrigens grauenvoll, aber ich denke, sie würde selbst deinen nicht mögen.« Er deutete in meine Richtung. Ich trug den Weihnachtspullover, den er mir vor wenigen Tagen aus der Stadt besorgt hatte. »Sie hat keinen Sinn für Micky Maus.«

»Nun, ich liebe den Pullover. Micky Maus ist Kult.« Ich hob das Geschenk auf, das ich neben Eriks Tür auf den Boden gestellt hatte. »Erik, ich wollte mich noch einmal bei dir bedanken. Für gestern und generell für alles, was du in den letzten Wochen für mich getan hast. Und ich möchte dir dein Geschenk geben.« Ich überreichte ihm ein Kuvert und das Päckchen, das in Micky-Maus-Geschenkpapier verpackt war.

Erik öffnete zuerst den Umschlag. Neben der obligatorischen Weihnachtskarte befand sich der Gutschein für die Musikschule darin. Er lachte, während er sich dem Päckchen mit den Louis-de-Funès-Filmen widmete.

»Perfekt, beides. Danke, Leni. Ich ... ähm ... ich hab hier auch noch dein Geschenk.« Er ging zur Kommode und griff nach einem Päckchen, das darauf lag. »Aber versteh es bitte nicht falsch, es hat rein gar nichts zu bedeuten.«

»In Ordnung«, sagte ich, während ich neugierig das Geschenkband löste. Als ich das Papier auseinanderschlug, kam eine dunkelrote Schachtel zum Vorschein. Was auch immer sich darin versteckte, war in Styropor gehüllt. Ich holte die Verpackung heraus und nahm sie auseinander. Sie schützte eine Figur zum Hinstellen oder besser gesagt zwei Figuren: Micky und Minnie Maus. Minnie balancierte einen Teller Weihnachtsplätzchen in den Händen und bekam einen Kuss von Micky auf die Wange, der einen Mistelzweig über sie beide hielt. Die Figur war wunderschön. Sie wirkte handgeschnitzt, obwohl sie nicht aus Holz war. Ich ahmte Micky nach und drückte Erik einen Kuss auf die Wange. »Danke, die bekommt einen Ehrenplatz in meiner Wohnung. Ich denke, ich stelle sie auf die Kommode im Eingangsbereich.«

»Schön, dann habe ich ja doch nicht danebengegriffen.«

Ich schüttelte den Kopf. »Ganz und gar nicht.« Schweigen breitete sich zwischen uns aus. Ich sah Erik an, dass er überlegte, wie er mich taktvoll loswerden konnte, deshalb sagte ich: »Kann ich kurz mit dir reden?«

»Klar.« Mit verschränkten Armen lehnte er sich gegen den Türrahmen, anstatt mich hereinzubitten; ich konnte es ihm nicht verdenken.

»Ich möchte mich bei dir entschuldigen«, begann ich.

»Du musst dich nicht entschuldigen, Leni. Für deine Gefühle kannst du nichts.«

»Doch, das muss ich. Ich schätze, ich habe dir Hoffnungen gemacht, und das war nicht fair.«

Erik zuckte mit den Schultern. »Was ist schon fair? Außerdem ist es meine eigene Schuld, wenn ich mich einer Hoffnung hingegeben habe. Schließlich kannte ich die Situation. Also alles gut.« Er wollte sich vom Türrahmen abstoßen, doch ich griff nach seiner Hand. Verdutzt blickte er mich an.

»Mir ist einiges klar geworden, Erik, außerdem wollte ich dir sagen, dass du mit deiner Bemerkung recht hattest, auch wenn du natürlich keine umgekehrte Psychologie damit bezweckt hast.«

Erik konnte sich ein Schmunzeln nicht verkneifen. »Wovon genau redest du?«, fragte er scheinheilig.

Ich grinste. »Ich habe mich in dich verliebt, und diese Gefühle wären nicht da, wenn ich noch nicht bereit dafür wäre. Das Problem ist nur, dass mein Kopf und mein Herz unterschiedlich schnelle Auffassungsgaben zu haben scheinen. Ich muss die beiden erst einmal irgendwie in Einklang bringen.«

»Was willst du mir damit sagen?« Das Schmunzeln verschwand, und ich spürte, wie Eriks Körper sich anspannte.

»Ich möchte, dass du dir auch weiterhin Hoffnung machst, und bitte dich, auf mich zu warten.« Ich atmete tief ein und sah ihm in die Augen. »Denkst du, das kriegst du hin? Ich weiß, es ist viel verlangt, aber es würde mir sehr viel bedeuten. Du bist der Einzige, mit dem ich mir nach Toms Tod etwas Ernstes vorstellen kann.«

»Ob ich das hinkriege?« Erik lachte leise. »Ach, Leni.« Er zog mich in seine Arme.

Ich schmiegte mich an seine Brust und schloss wohlig seufzend die Augen. »Das nehme ich mal als Ja.«

»Das will ich hoffen.« Er gab mir einen Kuss auf den Scheitel. »Nimm dir die Zeit, die du brauchst, und wenn du bereit bist, bin ich da.«

Wenn das nicht beste Aussichten für das neue Jahr waren!

Kapitel 24

Die Vögel zwitscherten und wurden von Hannis fröhlichem Glucksen begleitet, die in ihrem Kinderwagen lag und wild mit der Kinderwagenkette spielte. Die Sonne wärmte bereits, sodass ich meine Jeansjacke ausgezogen und die Ärmel meines Pullovers hochgekrempelt hatte.

Im Februar hatten sich wie jedes Jahr die ersten Schneeglöckchen und Krokusse gezeigt, obwohl es kalt geblieben war, doch in den letzten Tagen waren die Temperaturen endlich milder geworden. Die Natur schien nur darauf gewartet zu haben, denn plötzlich blühte es überall: Die Bäume wurden grün, in den Vorgärten wechselten sich Osterglocken mit Hyazinthen ab, und die ersten Tulpen streckten sich aus der Erde heraus. Ich atmete tief die herrliche Luft ein. Es roch anders als noch vor ein paar Tagen.

Das war der Kreislauf des Lebens: Im November war die Welt in einen tiefen Winterschlaf verfallen, und alles hatte sich trist angefühlt, nun jedoch erwachte sie zum Leben, was sich auch auf mich auswirkte. Ich fühlte mich verändert. Irgendwie ... Keine Ahnung, es ging mir einfach besser. Ich steckte voller Energie, denn im Gegensatz zu anderen Menschen schenkte mir das Frühjahr neue Kraft statt Müdigkeit.

»Wann ist es eigentlich Frühling geworden?«, fragte ich meine Schwester.

Marie zuckte mit den Schultern. »Weiß nicht. Das kommt doch jedes Jahr von heute auf morgen. Hast du später noch was vor?«

»Bisher nicht.« Es war Samstag, und ich wollte einfach nur das herrliche Wetter genießen.

»Dann komm doch mit zu uns. Finn schmeißt sicher den Grill an. Wir könnten auch Emma und Mark fragen, ob sie Lust haben.«

»Klar, gern. Soll ich was mitbringen?«

»Nicht nötig, aber du könntest *jemanden* mitbringen. Oder muss Erik heute arbeiten?«

»Nein, ich glaube, er hat frei.«

Wir hatten uns seit einigen Tagen nicht gesehen, und er fehlte mir. Mehr als sonst. Mehr als jemals zuvor. Wenn ich genauer darüber nachdachte, war es eine andere Art des Vermissens geworden. Konnte es sein, dass …? Ich ging langsamer, horchte in mein Herz hinein und versuchte herauszufinden, was mein Verstand davon hielt. Er protestierte nicht – im Gegenteil. Er sagte mir, dass sich die Welt weiterdrehte und dass ich endlich bereit dazu war, mich wieder mit ihr zu drehen.

Ich hatte mich zurück ins Leben gekämpft und versucht, die zwei Jahre, die ich mich zu Hause versteckt hatte, irgendwie wettzumachen. Diese Zeit fühlte sich nicht vergeudet an, denn ich hatte sie gebraucht, um zu mir zu finden. Trotzdem oder vielleicht gerade deshalb hatte ich mich in den letzten dreieinhalb Monaten einzig und allein auf die schönen Dinge des Lebens konzentriert: Kino, essen gehen, lange Spaziergänge, Zoobesuche mit Hanni … Ich hatte viel Zeit mit Marie und Emma verbracht und viel allein unternommen – und mit Erik.

Ein breites Lächeln stahl sich auf mein Gesicht. Ich hatte es geschafft. Ich war bereit, das Leben wieder zu genießen, und ich war bereit für eine neue Liebe.

»Was ist los?«, fragte Marie, der nichts entging.

Ich blieb stehen. »Ach, nichts. Du, ist es okay, wenn ich euch allein lasse? Ich muss noch was erledigen.«

»Tatsächlich?« Marie grinste bis über beide Ohren, als wäre sie über mein Vorhaben absolut im Bilde, und vielleicht war sie das sogar. Wir waren immerhin Zwillinge. »Geh du nur, wir kommen schon zurecht. Nicht wahr, Hanni?« Die Kleine juchzte vor Vergnügen, als verstünde sie jedes Wort.

»Dann bis nachher. Ich schreib dir, ob ich allein komme oder zusammen mit Erik.«

»Mach das, Leni. Hab dich lieb.«

»Ich dich auch!«, rief ich, während ich bereits den Weg nach Hause einschlug.

Ich wollte keine Sekunde länger warten, deshalb rannte ich die Straße hinauf. Dabei ließ ich nicht nur den Neckar, meine Schwester und Hanni zurück; auch mein altes Leben blieb hinter mir.

Ich stoppte erst, als ich völlig außer Atem vor Eriks Wohnungstür ankam und gleichzeitig klingelte und klopfte. Es dauerte ewig, bis er öffnete. Ich war schon drauf und dran, ihn anzurufen, um zu fragen, wo er steckte, als endlich die Tür aufging. Erik hielt ein Handtuch in den Händen, und aus der Wohnung roch es nach Maiglöckchen. Er schien gerade geputzt zu haben, und als ich genauer hinsah, bemerkte ich den feuchten Boden.

»Was ist denn so wichtig?«, fragte er mit einem Lächeln.

Ich musste erst mal Luft holen, bevor ich antworten konnte. »Ich bin bereit.«

»Aha, du bist bereit. Wofür genau?« Er runzelte die Stirn, doch dann fiel der Groschen, und sein Mund verzog sich zu einem breiten Grinsen. »Ah, verstehe. Du bist bereit.«

Ich nickte. »Sieht so aus.«

»Na, wenn das so ist.« Er warf das Handtuch über seine Schulter hinter sich, griff nach meiner Hand und zog mich in seine Wohnung.

Epilog

Acht Jahre später

»Jetzt komm doch endlich, Mama«, quengelte Ava und zog an meiner Hand. »Ich will nicht zu spät kommen.«

Sie steckte bereits in ihrem Mantel und den Stiefeln. Lächelnd strich ich ihr über die braunen Locken und setzte ihr die pink-gelb geringelte Strickmütze auf den Kopf. Ava war das Ebenbild ihres Vaters: Sie hatte die gleichen blauen Augen, die gleichen braunen Haare, allerdings widerspenstiger als Eriks, und ein Grübchen an der gleichen Stelle der rechten Wange wie er.

Mein Handy klingelte, und ich unterdrückte ein erleichtertes Aufatmen. Ich holte das Smartphone aus meiner Tasche und sah aufs Display, auch wenn ich wusste, wer am anderen Ende der Leitung war.

»Das ist eure Tante Marie, da muss ich kurz drangehen.« Ava zog einen Schmollmund, und ich ging in die Hocke. »Wir kommen bestimmt nicht zu spät, meine Süße. Wir haben noch eine halbe Stunde Zeit, bis das Krippenspiel beginnt, und die Christmette ist erst danach. Aber ich mache dir einen Vorschlag.« Bevor ich ihren Mantel zuknöpfte und ihr den passend zur Mütze geringelten Schal umband, ließ ich das Kreuz, das sie an einer Silberkette um ihren Hals trug, durch meine Finger gleiten. »Geh doch schon mal mit Papa und Jakob raus und schalte die Weihnachtsbeleuchtung ein, damit der Weihnachtsmann unser Haus nachher auch findet.«

»Au ja.« Avas Augen leuchteten wieder. »Komm, Papa, beeil dich.«

»Bin schon da.« Erik zog den Reißverschluss seiner Jacke hoch, nahm Jakob auf den Arm und Ava an der Hand und zwinkerte mir zu, bevor er mit beiden Kindern das Haus verließ.

Während ich das Gespräch annahm, hetzte ich ins Schlafzimmer. »Dein Anruf war die letzte Rettung«, sagte ich, ohne meine Schwester zu begrüßen. »Danke dir.« Ich wollte schon wieder auflegen, denn Marie hatte mich nur angerufen, damit ich ungestört die Weihnachtsgeschenke unter den Tannenbaum legen konnte. Ich lächelte, als ich daran dachte, wie sie diese Idee bereits vor acht Jahren angebracht hatte.

»Warte!«, rief meine Schwester. »Vergiss die Rosinen nicht, sonst wird Hanni misstrauisch. Du weißt, wie sie ist.«

Ich schmunzelte. Kaum zu glauben, dass Hanni dermaßen auf Rosinen stand, wo ihre Mutter sie doch so sehr hasste. »Gut, dass du mich daran erinnerst. Bis gleich.«

Ich legte auf, drapierte die Geschenke unter dem Baum und schnappte mir in der Küche die Tüte Rosinen, bevor ich in Windeseile in meine Wintersachen schlüpfte und das Haus verließ. Ava und Jakob spielten auf der Straße Fangen, während Erik am Gartenzaun lehnte, die Hände in den Taschen seiner Jacke. Als ich auf ihn zukam, zog er mich in seine Arme.

»Alles gut?«, fragte er.

»Alles bestens.«

Liebevoll schob er mir eine Haarsträhne hinters Ohr. »Wenn du nach dem Gottesdienst ungestört zu Toms Grab gehen möchtest, kümmere ich mich um die Kinder.«

»Wie wär's, wenn ihr dieses Jahr mitkommen würdet?«, schlug ich vor. Bisher hatte ich jedes Jahr an Heiligabend das Bedürfnis verspürt, zumindest einen kurzen Augenblick allein mit Tom zu sein, doch heute nicht. Wenn das Leben anders verlaufen wäre, hätten Tom und ich eine Familie gehabt, und es hätte kein Grab gegeben, zu dem es mich besonders zu Weihnachten hinzog. Allerdings ging das Leben manchmal seltsame Wege, und man musste es nehmen, wie es kam. Natürlich fehlte Tom mir nach wie vor, aber es war nicht mehr so schlimm wie vor acht oder gar zehn Jahren. Der Schmerz war einer Melancholie gewichen, und ich konnte mit einem Lächeln an ihn denken und nicht mehr nur voller Trauer. Tom würde immer in meinem Herzen bleiben, und trotzdem hatte dort noch jemand anderes einen mindestens genauso großen Platz gefunden: Erik. Er war ein wunderbarer Mann, hatte mir eine Familie geschenkt. Hätte ich uns damals keine Chance gegeben, würde es Ava und Jakob heute nicht geben, und ich liebte die beiden und ihren Papa mehr als alles andere auf der Welt. Sie waren meine Familie, und ich wollte jede

Sekunde dieses besonderen Abends mit ihnen zusammen verbringen.

»Bist du sicher?«, fragte Erik. »Du weißt, wie wild die beiden sein können. Das ist wirklich kein Problem für mich.«

»Ich bin mir ganz sicher.«

Erik lächelte, ich lächelte zurück, und dann küssten wir uns, bis ein kleines Mädchen und ein noch kleinerer Junge an unseren Armen zogen.

»Gehen wir jetzt endlich?«, fragte Ava. »Wenn wir noch lange hier herumstehen, kann der Weihnachtsmann doch gar nicht unsere Geschenke bringen.«

»Natürlich, da hast du absolut recht«, erwiderte ich.

Erik und ich lächelten uns noch einmal zu, bevor wir die Kinder zwischen uns nahmen und uns auf den Weg zur Kirche machten.

Die Zeit heilt alle Wunden. Vielleicht war an dem Spruch ja doch etwas dran.

Lenis Adventskalender zum Mitmachen

1. Dezember: Mach dir eine heiße Schokolade mit Sahne und genieße sie. (Fang alternativ mit der Aufgabe für den 4. Dezember an und trink die heiße Schokolade in drei Tagen.)

2. Dezember: Schick jemandem eine Weihnachtskarte und wünsch ihm schöne Feiertage.

3. Dezember: Stell dich ans Fenster und nimm dir eine Viertelstunde Zeit, um die Weihnachtsbeleuchtung der Nachbarn zu bewundern.

4. Dezember: Schmück deine Wohnung weihnachtlich.

5. Dezember: Hör dir *Last Christmas* an. Optional: Sing lauthals mit.

6. Dezember: Genieß einen Schokoladenweihnachtsmann und verschenk einen.

7. Dezember: Mach einen Abendspaziergang und lass die weihnachtliche Atmosphäre auf dich wirken.

8. Dezember: Kuschle dich mit einer Tasse Tee aufs Sofa und hör mindestens eine Viertelstunde lang Weihnachtsmusik.

9. Dezember: Besorg Weihnachtsgeschenke in der Stadt (nicht übers Internet).

10. Dezember: Lies über die Feiertage einen Weihnachtsroman und fang am besten gleich damit an.

11. Dezember: Bummle über den Weihnachtsmarkt.

12. Dezember: »A Plätzchen a day keeps the Weihnachtsstress away.« Back Plätzchen und probier sofort eins.

13. Dezember: Geh in den Wald und schlag einen Weihnachtsbaum.

14. Dezember: Schreib dem Weihnachtsmann (Weihnachtspostfiliale, 16798 Himmelpfort) oder dem Christkind (51777 Engelskirchen) einen Brief.

15. Dezember: Schau dir einen Weihnachtsfilm an.

16. Dezember: Mach dir einen Bratapfel mit Datteln (alternativ Rosinen), Nüssen und Marzipan.

17. Dezember: Bastle Strohsterne und verteil sie in der Wohnung.

18. Dezember: Hol die Blockflöte raus (oder ein anderes Instrument) und spiel ein Weihnachtslied.

19. Dezember: Hol deinen Weihnachtspullover aus der Mottenkiste und zieh ihn an.

20. Dezember: Geh Schlittschuhlaufen.

21. Dezember: Pack die Geschenke ein und hör dazu Weihnachtsmusik.

22. Dezember: Bastle dir eine Schneekugel mit einem Selfie, auf dem du lächelst.

23. Dezember: Schmück den Weihnachtsbaum, ganz ohne Stress und Hektik.

24. Dezember: Zünde eine Kerze für all diejenigen an, die dieses Jahr nicht bei dir sein können, und verleb ein wunderschönes Weihnachtsfest mit deinen Lieben.

Dank

Hier ist er nun, mein erster »richtiger« Holly-Baker-Roman, nachdem bereits fünf kürzere Geschichten unter diesem Pseudonym erschienen sind. Tatsächlich ist es sogar schon der 15. Roman, der von mir veröffentlicht ist, und dafür bin ich unendlich dankbar. Noch vor wenigen Jahren hätte ich das niemals für möglich gehalten. Zu verdanken habe ich das vor allem einer Person: meinem Mann. Er behauptet zwar immer, er sei Realist, auch wenn ich ihn oft genug für einen Pessimisten halte, doch an einem hat er niemals gezweifelt: an mir. Dafür danke ich dir. Ohne dich wäre ich nicht da, wo ich heute bin! Egal wie müde du von deiner eigenen Arbeit bist, du bist immer für mich da und unterstützt mich, wo du nur kannst. Du sagst immer, das sei selbstverständlich, aber ich weiß, dass das nicht stimmt. Also danke! Ich liebe dich und ich hoffe, wir haben noch viele gemeinsame Jahre vor uns!

Vielen, vielen Dank an Niklas und Betty. Ich weiß, dass es nicht immer leicht für euch ist und ihr oftmals viel Geduld aufbringen müsst. Ich hab euch beide so unendlich lieb!

Zu danken habe ich auch meiner Agentin Diana Itterheim von der litmedia.agency. Erst als du mich unter Vertrag genommen hast, begann es richtig gut zu laufen. Ich bin unglaublich dankbar, dass du mich damals gefragt hast, ob ich zu dir kommen will. Ja zu sagen, war eine der besten Entscheidungen meines Lebens!

Ich danke Michaela Sappler und dem ganzen Team vom Piper Verlag. Die Entscheidung für diesen Roman fiel ungewöhnlich schnell, worüber ich mich sehr gefreut habe. Danke für das Vertrauen und für die gute Zusammenarbeit. Vom ersten Moment an habe ich mich gut aufgehoben gefühlt.

Außerdem möchte ich mich bei meiner Lektorin Friederike Haller für die ebenfalls gute Zusammenarbeit, die konstruktive Kritik und die schönen Textpassagen bedanken, die Sie eingefügt haben.

Und natürlich möchte ich euch Lesern ebenfalls danken. Wenn ihr meine Romane nicht lesen würdet, dürfte ich sie nicht schreiben, also vielen, vielen Dank! Ich hoffe, euch gefällt meine Geschichte von Leni, Erik und Tom, und ich freue mich, wenn wir uns irgendwann mal wiederlesen.

An dieser Stelle möchte ich außerdem noch allen Lesern, die einen geliebten Menschen verloren haben, viel Kraft wünschen. Ich drücke die Daumen, dass es irgendwann leichter wird, und bis dahin wünsche ich euch alles Gute! Bleibt gesund!

Und jetzt bleibt nur noch eins zu sagen:

Fröhliche Weihnachten!